続・魔法科高校の劣等生
メイジアン・カンパニー
The irregular at magic high school
Magian Company
左島 勤
Tsutomu Sato
illustration／石田可奈
Kana Ishida
illustrator assistant／ジミー・ストーン、末永康子
design／BEE-PEE

KEYWORDS

メイジアン・カンパニー

魔法資質保有者の人権自衛を目的とする国際互助組織であるメイジアン・ソサエティの目的を実現するための具体的な活動を行う一般社団法人。2100年4月26日に設立。本拠地は日本の町田にあり、理事長を司波深雪、専務理事を司波達也が務める。

国際組織として、魔法協会が既設されているが、魔法協会は実用的なレベルの魔法師の保護が主目的になっているのに対し、メイジアン・カンパニーは軍事的に有用であるか否かに拘わらず魔法資質を持つ人間が、社会で活躍できる道を拓く為の非営利法人である。具体的にはメイジアンとしての実践的な知識が学べる魔法師の非軍事的職業訓練事業、学んだことを実際に使う職を紹介する非軍事的職業紹介事業を展開を予定。

FEHR ―フェール―

『Fighters for the Evolution of Human Race』(人類の進化を守る為に戦う者たち)の頭文字を取った名称の政治結社。二〇九五年十二月、『人間主義者』の過激化に対抗して設立された。本部をバンクーバーに置き、代表者のレナ・フェールは『聖女』の異名を持つカリスマ的存在。結社の目的はメイジアン・ソサエティと同様に反魔法主義・魔法師排斥運動から魔法師を保護すること。

リアクティブ・アーマー

旧第十研から追放された数字落ち『十神』の魔法。個体装甲魔法で、破られると同時に『その原因となった攻撃と同種の力』に対する抵抗力が付与されて再構築される。

司波深雪
しば・みゆき

魔法大学三年。
四葉家の次期当主。達也の婚約者。
冷却魔法を得意とする。
メイジアン・カンパニーの理事長を務める。

「私たちはメイジアンの人権保護のための組織、
メイジアン・カンパニーを設立します」

「引きずり出す！」
遠上遼介
とおかみ・りょうす
USNAの政治結社『FE
ている日本人の青年。
バンクーバーへ留学中に
活動に傾倒し、大学を中
数字落ちである『十神』の

司波達也

しば・たつや

魔法大学三年。
数々の戦略級魔法師を倒し、その実力を示した『最強の魔法師』。深雪の婚約者。
メイジアン・ソサエティの副代表を務め、メイジアン・カンパニーを立ち上げた。

ー
ナ
HR』に所属し
、『FEHR』の
退。
の魔法を使う。

世界最強となった兄と
兄へ絶対的な信頼を寄せる妹。
彼らが理想とする社会実現のための一歩を踏み出した時、
混乱と変革の日々の幕が開いた――。

続・魔法科高校の劣等生
メイジアン・カンパニー

The irregular at magic high school
Magian Company

佐島 勤
Tsutomu Sato
illustration
石田可奈
Kana Ishida

司波達也《しば・たつや》

魔法大学三年。
数々の戦略級魔法師を倒し、その実力を示した『最強の魔法師』。深雪の婚約者。
メイジアン・ソサエティの副代表を務め、メイジアン・カンパニーを立ち上げた。

司波深雪《しば・みゆき》

魔法大学三年。
四葉家の次期当主。達也の婚約者。
冷却魔法を得意とする。
メイジアン・カンパニーの理事長を務める。

アンジェリーナ・クドウ・シールズ

魔法大学三年。
元USNA軍スターズ総隊長アンジー・シリウス。
日本に帰化し、深雪の護衛として、達也、深雪とともに生活している。

九島光宣《くどう・みのる》

達也との決戦後、水波とともに眠りについた。
現在は水波とともに衛星軌道上から達也の手伝いをしている。

桜井水波《さくらい・みなみ》

光宣の恋人。
光宣とともに眠りにつき、現在は光宣と生活をともにしている。

藤林響子《ふじばやし・きょうこ》

国防軍を退役し、四葉家で研究に従事。
2100年メイジアン・カンパニーへと入社する。

遠上遼介《とおがみ・りょうすけ》

USNAの政治結社『FEHR』に所属している日本人の青年。
バンクーバーへ留学中に、
『FEHR』の活動に傾倒し、大学を中退。
数字落ちである『十神』の魔法を使う。

レナ・フェール

USNAの政治結社『FEHR』の首領。
『聖女』の異名を持ち、カリスマ的存在となっている。
実年齢は三十歳だが、
十六歳前後にしか見えない。

アーシャ・チャンドラセカール

戦略級魔法『アグニ・ダウンバースト』の開発者。
達也とともにメイジアン・ソサエティを設立し、
代表を務める。

アイラ・クリシュナ・シャーストリー

チャンドラセカールの護衛で
『アグニ・ダウンバースト』を会得した
非公認の戦略級魔法師。

一条将輝《いちじょう・まさき》

魔法大学三年。
十師族・一条家の次期当主。

十文字克人《じゅうもんじ・かつと》

十師族・十文字家の当主。
実家の土木会社の役員に就任。
達也曰く『巌のような人物』。

七草真由美《さえぐさ・まゆみ》

十師族・七草家の長女。
魔法大学を卒業後、七草家関連企業に入社したが、
メイジアン・カンパニーに転職することとなった。

西城レオンハルト《さいじょう・れおんはると》

第一高校卒業後、克災救難大学校、
通称レスキュー大に進学。達也の友人。
硬化魔法が得意な明るい性格の持ち主。

千葉エリカ《ちば・えりか》

魔法大学三年。達也の友人。
チャーミングなトラブルメイカー。

吉田幹比古《よしだ・みきひこ》

魔法大学三年。古式魔法の名家。
エリカとは幼少期からの顔見知り。

柴田美月《しばた・みづき》

第一高校卒業後、デザイン学校に進学。
達也の友人。霊子放射光過敏症。
少し天然が入った真面目な少女。

光井ほのか《みつい・ほのか》

魔法大学三年。光波振動系魔法が得意。
達也に想いを寄せている。
思い込むとやや直情的。

北山雫《きたやま・しずく》

魔法大学三年。ほのかとは幼馴染。
振動・加速系魔法が得意。
感情の起伏をあまり表に出さない。

四葉真夜《よつば・まや》
達也と深雪の叔母。
四葉家の現当主。

葉山《はやま》
真夜に仕える老齢の執事。

黒羽亜夜子《くろば・あやこ》
魔法大学二年。文弥の双子の姉。
四高を卒業時に、四葉家との関係は公表されている。

黒羽文弥《くろば・ふみや》
魔法大学二年。亜夜子の双子の弟。
四高を卒業時に、四葉家との関係は公表されている。
一見中性的な女性にしか見えない美青年。

花菱兵庫《はなびし・ひょうご》
四葉家に仕える青年執事。
序列第二位執事・花菱の息子。

七草香澄《さえぐさ・かすみ》
魔法大学二年。
七草真由美の妹。泉美の双子の姉。
元気で快活な性格。

七草泉美《さえぐさ・いずみ》
魔法大学二年。
七草真由美の妹。香澄の双子の妹。
大人しく穏やかな性格。

Glossary
用語解説

魔法科高校
国立魔法大学付属高校の通称。全国に九校設置されている。
この内、第一から第三までが一学年定員二百名で
一科・二科制度を採っている。

ブルーム、ウィード
第一高校における一科生、二科生の格差を表す隠語。
一科生の制服の左胸には八枚花弁のエンブレムが
刺繍されているが、二科生の制服にはこれが無い。

一科生のエンブレム

司波達也のCAD

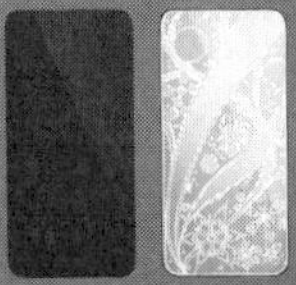
司波深雪のCAD

CAD〔シー・エー・ディー〕
魔法発動を簡略化させるデバイス。
内部には魔法のプログラムが記録されている。
特化型、汎用型などタイプ・形状は様々。

フォア・リーブス・テクノロジー〔FLT〕
国内CADメーカーの一つ。
元々完成品よりも魔法工学部品で有名だったが、
シルバー・モデルの開発により
一躍CADメーカーとしての知名度が増した。

トーラス・シルバー
僅か一年の間に特化型CADのソフトウェアを
十年は進歩させたと称えられる天才技術者。

エイドス〔個別情報体〕
元々はギリシア哲学用語。現代魔法学において
エイドスとは、事象に付随する情報体のことで、
「世界」にその「事象」が存在することの記録で、
「事象」が「世界」に記す足跡とも言える。
現代魔法学における「魔法」の定義は、エイドスを改変することによって、
その本体である「事象」を改変する技術とされている。

イデア〔情報体次元〕
元々はギリシア哲学用語。現代魔法学においてイデアとは、エイドスが記録されるプラットフォームのこと。
魔法の一次的形態は、このイデアというプラットフォームに魔法式を出力して、
そこに記録されているエイドスを書き換える技術である。

起動式
魔法の設計図であり、魔法を構築するためのプログラム。
CADには起動式のデータが圧縮保存されており、
魔法師から流し込まれたサイオン波を展開したデータに従って信号化し、魔法師に返す。

サイオン(想子)
心霊現象の次元に属する非物質粒子で、認識や思考結果を記録する情報素子のこと。
現代魔法の理論的基盤であるエイドス、現代魔法の根幹を支える技術である起動式や魔法式は
サイオンで構築された情報体である。

プシオン(霊子)
心霊現象の次元に属する非物質粒子で、その存在は確認されているがその正体、その機能については
未だ解明されていない。一般的な魔法師は、活性化したプシオンを「感じる」ことができるにとどまる。

魔法師
『魔法技能師』の略語。魔法技能師とは、実用レベルで魔法を行使するスキルを持つ者の総称。

魔法式
事象に付随する情報を一時的に改変する為の情報体。魔法師が保有するサイオンで構築されている。

魔法演算領域
魔法式を構築する精神領域。魔法という才能の、いわば本体。魔法師の無意識領域に存在し、
魔法師は通常、魔法演算領域を意識して使うことは出来ても、そこで行われている処理のプロセスを
意識することは出来ない。魔法演算領域は、魔法師自身にとってもブラックボックスと言える。

魔法式の出力プロセス
❶起動式をCADから受信する。これを「起動式の読込」という。
❷起動式に変数を追加して魔法演算領域に送る。
❸起動式と変数から魔法式を構築する。
❹構築した魔法式を、無意識領域の最上層にして
意識領域の最下層たる「ルート」に転送、意識と無意識の
狭間に存在する「ゲート」から、イデアへ出力する。
❺イデアに出力された魔法式は、指定された座標の
エイドスに干渉しこれを書き換える。

単一系統・単一工程の魔法で、この五段階のプロセスを
半秒以内で完了させることが、「実用レベル」の
魔法師としての目安になる。

魔法の評価基準(魔法力)
サイオン情報体を構築する速さが魔法の処理能力であり、
構築できる情報体の規模が魔法のキャパシティであり、
魔法式がエイドスを書き換える強さが干渉力、
この三つを総合して魔法力と呼ばれる。

基本コード仮説
「加速」「加重」「移動」「振動」「収束」「発散」「吸収」「放出」の四系統八種にそれぞれ対応した
プラスとマイナス、合計十六種類の基本となる魔法式が存在していて、
この十六種類を組み合わせることで全ての系統魔法を構築することができるという理論。

系統魔法
四系統八種に属する魔法のこと。

系統外魔法
物質的な現象ではなく精神的な現象を操作する魔法の総称。

心霊存在を使役する神霊魔法・精霊魔法から読心、幽体分離、意識操作まで多種にわたる。

十師族
日本で最強の魔法師集団。一条(いちじょう)、一之倉(いちのくら)、一色(いっしき)、二木(ふたつぎ)、
二階堂(にかいどう)、二瓶(にへい)、三矢(みつや)、三日月(みかづき)、四葉(よつば)、五輪(いつわ)、
五頭(ごとう)、五味(いつみ)、六塚(むつづか)、六角(ろっかく)、六郷(ろくごう)、六本木(ろっぽんぎ)、
七草(さえぐさ)、七宝(しっぽう)、七夕(たなばた)、七瀬(ななせ)、八代(やつしろ)、八朔(はっさく)、
八幡(はちまん)、九島(くどう)、九鬼(くき)、九頭見(くずみ)、十文字(じゅうもんじ)、十山(とおやま)の
二十八の家系から四年に一度の「十師族選定会議」で選ばれた十の家系が『十師族』を名乗る。

数字付き
十師族の苗字に一から十までの数字が入っているように、百家の中でも本流とされている家系の
苗字には“『千』代田”、“『五十』里”、“『千』葉”家の様に、十一以上の数字が入っている。
数値の大小が力の強弱を表すものではないが、苗字に数字が入っているかどうかは、
血筋が大きく物を言う、魔法師の力量を推測する一つの目安となる。

数字落ち
エクストラ・ナンバーズ、略して「エクストラ」とも呼ばれる、「数字」を剥奪された魔法師の一族。
かつて、魔法師が兵器であり実験体サンプルであった頃、「成功例」としてナンバーを与えられた
魔法師が、「成功例」に相応しい成果を上げられなかった為に捺された烙印。

様々な魔法

●コキュートス
精神を凍結させる系統外魔法。凍結した精神は肉体に死を命じることも出来ず、
この魔法を掛けられた相手は、精神の「静止」に伴い肉体も停止・硬直してしまう。
精神と肉体の相互作用により、肉体の部分的な結晶化が観測されることもある。

●地鳴り
独立情報体「精霊」を媒体として地面を振動させる古式魔法。

●術式解散〔グラム・ディスパージョン〕
魔法の本体である魔法式を、意味の有る構造を持たないサイオン粒子群に分解する魔法。
魔法式は事象に付随する情報体に作用するという性質上、その情報構造が露出していなければならず、
魔法式そのものに対する干渉を防ぐ手立ては無い。

●術式解体〔グラム・デモリッション〕
圧縮したサイオン粒子の塊をイデアを経由せずに対象物へ直接ぶつけて爆発させ、そこに付け加えられた
起動式や魔法式などの、魔法を記録したサイオン情報体を吹き飛ばしてしまう無系統魔法。
魔法といっても、事象改変の為の魔法式としての構造を持たないサイオンの砲弾であるため情報強化や
領域干渉には影響されない。また、砲弾自体の持つ圧力がキャスト・ジャミングの影響も撥ね返してしまう。
物理的な作用が皆無である故に、どんな障碍物でも防ぐことは出来ない。

●地雷原
土、岩、砂、コンクリートなど、材質は問わず、
とにかく「地面」という概念を有する固体に強い振動を与える魔法。

●地割れ
独立情報体「精霊」を媒体として地面を線上に押し潰し、
一見地面を引き裂いたかのような外観を作り出す魔法。

●ドライ・ブリザード
空気中の二酸化炭素を集め、ドライアイスの粒子を作り出し、
凍結過程で余った熱エネルギーを運動エネルギーに変換してドライアイス粒子を高速で飛ばす魔法。

●這い寄る雷蛇〔スリザリン・サンダース〕
『ドライ・ブリザード』のドライアイス気化によって水蒸気を凝結させ、気化した二酸化炭素を
溶け込ませた導電性の高い霧を作り出した上で、振動系魔法と放出系魔法で摩擦電気を発生させる。
そして、炭酸ガスが溶け込んだ霧や水滴を導線として敵に電撃を浴びせるコンビネーション魔法。

●ニブルヘイム
振動減速系広域魔法。大容積の空気を冷却し、
それを移動させることで広い範囲を凍結させる。
端的に言えば、超大型の冷凍庫を作り出すようなものである。
発動時に生じる白い霧は空中で凍結した氷や
ドライアイスの粒子だが、レベルを上げると凝結した
液体窒素の霧が混じることもある。

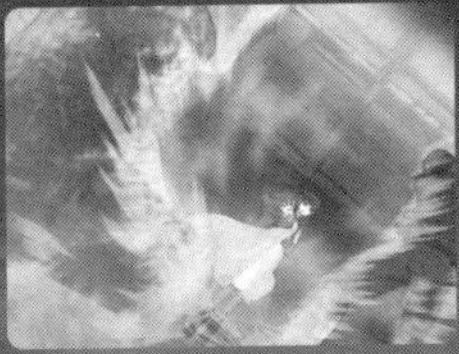

●爆裂
対象物内部の液体を気化させる発散系魔法。
生物ならば体液が気化して身体が破裂、
内燃機関動力の機械ならば燃料が気化して爆散する。
燃料電池でも結果は同じで、可燃性の燃料を搭載していなくても、
バッテリー液や油圧液や冷却液や潤滑液など、およそ液体を搭載していない機械は存在しないため、
『爆裂』が発動すればほぼあらゆる機械が破壊され停止する。

●乱れ髪
角度を指定して風向きを変えて行くのではなく、「もつれさせる」という曖昧な結果をもたらす
気流操作により、地面すれすれの気流を起こして相手の足に草を絡みつかせる古式魔法。
ある程度丈の高い草が生えている野原でのみ使用可能。

魔法剣

魔法による戦闘方法には魔法それ自体を武器にする戦い方の他に、
魔法で武器を強化・操作する技法がある。
銃や弓矢などの飛び道具と組み合わせる術式が多数派だが、
日本では剣技と魔法を組み合わせて戦う「剣術」も発達しており、
現代魔法と古式魔法の双方に魔法剣とも言うべき専用の魔法が編み出されている。

1. 高周波(こうしゅうは)ブレード

刀身を高速振動させ、接触物の分子結合力を超えた振動を伝播させることで
固体を局所的に液状化して切断する魔法。刀身の自壊を防止する術式とワンセットで使用される。

2. 圧斬り(へしきり)

刃先に斬撃方向に対して左右垂直方向の斥力を発生させ、
刃が接触した物体を押し開くように割断する魔法。
斥力場の幅は1ミリ未満の小さなものだが光に干渉する程の強度がある為、
正面から見ると刃先が黒い線になる。

3. ドウジ斬り(童子斬り)

源氏の秘剣として伝承されていた古式魔法。二本の刃を遠隔操作し、
手に持つ刀と合わせて三本の刀で相手を取り囲むようにして同時に切りつける魔法剣技。
本来の意味である「同時斬り」を「童子斬り」の名に隠していた。

4. 斬鉄(ざんてつ)

千葉一門の秘剣。刀を鋼と鉄の塊ではなく、「刀」という単一概念の存在として定義し、
魔法式で設定した斬撃線に沿って動かす移動系統魔法。
単一概念存在と定義された「刀」はあたかも単分子結晶の刃の様に、
折れることも曲がることも欠けることもなく、斬撃線に沿ってあらゆる物体を切り裂く。

5. 迅雷斬鉄(じんらいざんてつ)

専用の武装デバイス「雷丸(いかづちまる)」を用いた「斬鉄」の発展形。
刀と剣士を一つの集合概念として定義することで
接敵から斬撃までの一連の動作が一切の狂い無く高速実行される。

6. 山津波(やまつなみ)

全長180センチの長大な専用武器「大蛇丸(おろちまる)」を用いた千葉一門の秘剣。
自分と刀に掛かる慣性を極小化して敵に高速接近し、
インパクトの瞬間、消していた慣性を上乗せして刀身の慣性を増幅し対象物に叩きつける。
この偽りの慣性質量は助走が長ければ長いほど増大し、最大で十トンに及ぶ。

7. 薄羽蜻蛉(うすばかげろう)

カーボンナノチューブを織って作られた厚さ五ナノメートルの極薄シートを
硬化魔法で完全平面に固定して刃とする魔法。
薄羽蜻蛉で作られた刀身はどんな刀剣、どんな剃刀よりも鋭い切れ味を持つが、
刃を動かす為のサポートが術式に含まれていないので、術者は刀の操作技術と腕力を要求される。

魔法技能師開発研究所

西暦2030年代、第三次世界大戦前に緊迫化する国際情勢に対応して日本政府が次々に設立した魔法師開発の為の研究所。その目的は魔法の開発ではなくあくまでも魔法師の開発であり、目的とする魔法に最適な魔法師を産み出す為の遺伝子操作を含めて研究されていた。

魔法技能師開発研究所は第一から第十までの10ヶ所設立され、現在も5ヶ所が稼働中である。

各研究所の詳細は以下のとおり。

魔法技能師開発第一研究所

2031年、金沢市に設立。現在は閉鎖。

テーマは対人戦闘を想定した生体に直接干渉する魔法の開発。気化魔法「爆裂」はその派生形態。ただし人体の動きを操作する魔法はパペット・テロ(操り人形化した人間によるカミカゼテロ)を誘発するものとして禁止されていた。

魔法技能師開発第二研究所

2031年、淡路島に設立。稼働中。

第一研のテーマと対をなす魔法として、無機物に干渉する魔法、特に酸化還元反応に関わる吸収系魔法を開発。

魔法技能師開発第三研究所

2032年、厚木市に設立。稼働中。

単独で様々な状況に対応できる魔法師の開発を目的としてマルチキャストの研究を推進。特に、同時発動、連続発動が可能な魔法数の限界を実験し、多数の魔法を同時発動可能な魔法師を開発。

魔法技能師開発第四研究所

詳細は不明。場所は旧長野県と旧山梨県の県境付近と推定。設立は2033年と推定。現在は閉鎖されたことになっているが、これも実態は不明。旧第四研のみ政府とは別に、国に対し強い影響力を持つスポンサーにより設立され、現在は国から独立しそのスポンサーの支援下で運営されているとの噂がある。またそのスポンサーにより2020年代以前から事実上運営が始まっていたとも噂されている。

精神干渉魔法を利用して、魔法師の無意識領域に存在する魔法という名の異能の源泉、魔法演算領域そのものの強化を目指していたとされている。

魔法技能師開発第五研究所

2035年、四国の宇和島市に設立。稼働中。

物質の形状に干渉する魔法を研究。技術的難度が低い流体制御が主流となるが、固体の形状干渉にも成功している。その成果がUSNAと共同開発した「バハムート」。流体干渉魔法「アビス」と合わせ、二つの戦略級魔法を開発した魔法研究機関として国際的に名を馳せている。

魔法技能師開発第六研究所

2035年、仙台市に設立。稼働中。

魔法による熱量制御を研究。第八研と並び基礎研究機関的な色彩が強く、その反面軍事的な色彩は薄い。ただ第四研を除く魔法技能師開発研究所の中で、最も多く遺伝子操作実験が行われたと言われている(第四研については実態が不明)。

魔法技能師開発第七研究所

2036年、東京に設立。現在は閉鎖。

対集団戦闘を念頭に置いた魔法を開発。その成果が群体制御魔法。第六研が非軍事的色彩の強いものだった反動で、有事の首都防衛を兼ねた魔法師開発の研究施設として設立された。

魔法技能師開発第八研究所

2037年、北九州市に設立。稼働中。

魔法による重力、電磁力、強い相互作用、弱い相互作用の操作を研究。第六研以上に基礎研究機関的な色彩が強い。ただし、国防軍との結び付きは第六研と異なり強固。これは第八研の研究内容が核兵器の開発と容易に結びつくからであり、国防軍のお墨付きを得て核兵器開発疑惑を免れているという側面がある。

魔法技能師開発第九研究所

2037年、奈良市に設立。現在は閉鎖。

現代魔法と古式魔法の融合、古式魔法のノウハウを現代魔法に取り込むことで、ファジーな術式操作など現代魔法が苦手としている諸課題を解決しようとした。

魔法技能師開発第十研究所

2039年、東京に設立。現在は閉鎖。

第七研と同じく首都防衛の目的を兼ねて、大火力の攻撃に対する防御手段として空間に仮想構築物を生成する領域魔法を研究。その成果が多種多様な対物理障壁魔法。

また第十研は、第四研とは別の手段で魔法能力の引き上げを目指した。具体的には魔法演算領域そのものの強化ではなく、魔法演算領域を一時的にオーバークロックすることで必要に応じ強力な魔法を行使できる魔法師の開発に取り組んだ。ただしその成否は公開されていない。

これら10ヶ所の研究所以外にエレメンツ開発を目的とした研究所が2010年代から2020年代にかけて稼働していたが、現在は全て閉鎖されている。
また国防軍には2002年に設立された陸軍総司令部直属の秘密研究機関があり独自に研究を続けている。九島烈は第九研に所属するまでこの研究機関で強化措置を受けていた。

戦略級魔法師・十三使徒

現代魔法は高度な科学技術の中で育まれてきたものである為、
軍事的に強力な魔法の開発が可能な国家は限られている。

その結果、大規模破壊兵器に匹敵する戦略級魔法を開発できたのは一握りの国家だった。

ただ開発した魔法を同盟国に供与することは行われており、
戦略級魔法に高い適性を示した同盟国の魔法師が戦略級魔法師として認められている例もある。

2095年4月段階で、国家により戦略級魔法に適性を認められ対外的に公表された魔法師は13名。

彼らは十三使徒と呼ばれ、世界の軍事バランスの重要ファクターと見なされていた。

十三使徒の所属国、氏名、戦略級魔法の名称は以下のとおり。

USNA

■アンジー・シリウス：「ヘビィ・メタル・バースト」
■エリオット・ミラー：「リヴァイアサン」
■ローラン・バルト：「リヴァイアサン」
※この中でスターズに所属するのはアンジー・シリウスのみであり、
エリオット・ミラーはアラスカ基地、ローラン・バルトは国外のジブラルタル基地から
基本的に動くことはない。

新ソビエト連邦

■イーゴリ・アンドレイビッチ・ベゾブラゾフ：「トゥマーン・ボンバ」
■レオニード・コンドラチェンコ：「シムリャー・アールミヤ」
※コンドラチェンコは高齢の為、黒海基地から基本的に動くことはない。

大亜細亜連合

■劉麗蕾（りうりーれい）：「霹靂塔」
※劉雲徳は2095年10月31日の対日戦闘で戦死している。

インド・ペルシア連邦

■バラット・チャンドラ・カーン：「アグニ・ダウンバースト」

日本

■五輪 澪（いつわみお）：「深淵（アビス）」

ブラジル

■ミゲル・ディアス：「シンクロライナー・フュージョン」
※魔法式はUSNAより供与されたもの。

イギリス

■ウィリアム・マクロード：「オゾンサークル」

ドイツ

■カーラ・シュミット：「オゾンサークル」
※オゾンサークルはオゾンホール対策として分裂前のEUで共同研究された魔法を原型としており、
イギリスで完成した魔法式が協定により旧EU諸国に公開された。

トルコ

■アリ・シャーヒーン：「バハムート」
※魔法式はUSNAと日本の共同で開発されたものであり、日本主導で供与された。

タイ

■ソム・チャイ・ブンナーク：「アグニ・ダウンバースト」
※魔法式はインド・ペルシアより供与されたもの。

スターズとは

USNA軍統合参謀本部直属の魔法師部隊。十二の部隊があり、
隊員は星の明るさに応じて階級分けされている。
部隊の隊長はそれぞれ一等星の名前を与えられている。

●スターズの組織体系

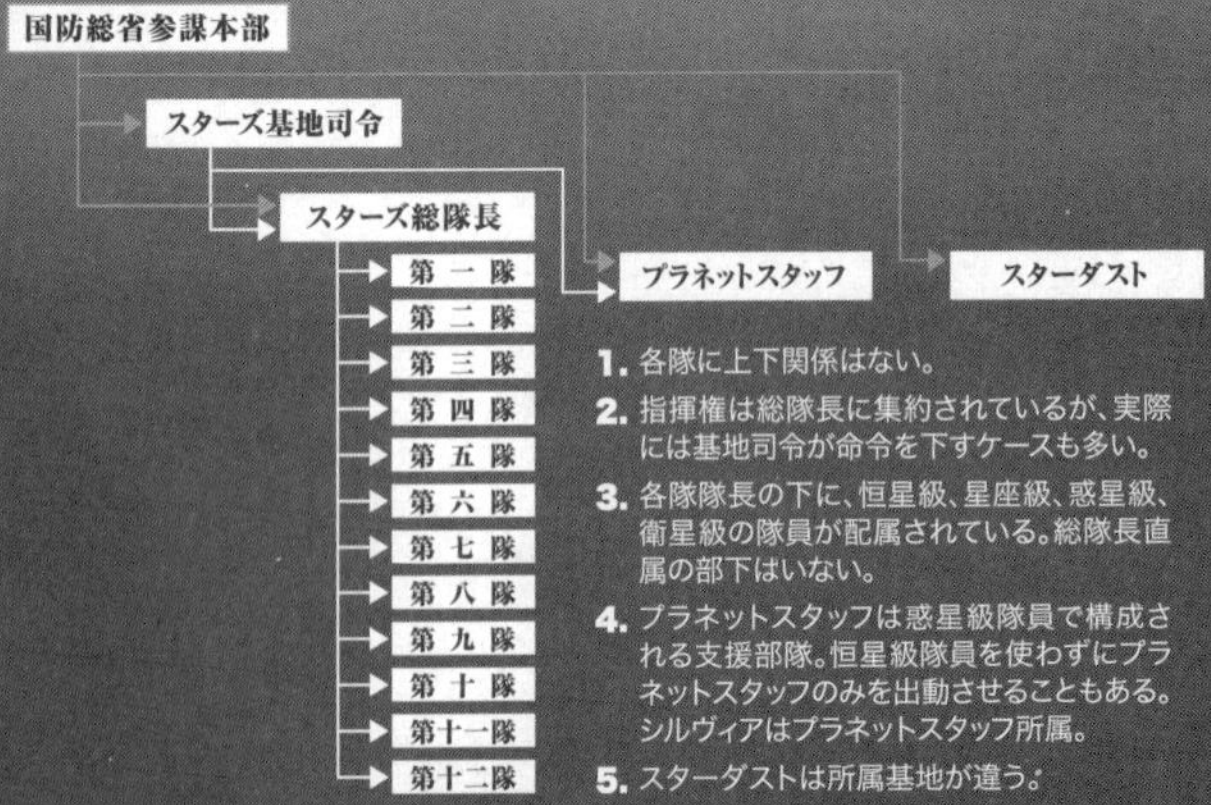

1. 各隊に上下関係はない。
2. 指揮権は総隊長に集約されているが、実際には基地司令が命令を下すケースも多い。
3. 各隊隊長の下に、恒星級、星座級、惑星級、衛星級の隊員が配属されている。総隊長直属の部下はいない。
4. プラネットスタッフは惑星級隊員で構成される支援部隊。恒星級隊員を使わずにプラネットスタッフのみを出動させることもある。シルヴィアはプラネットスタッフ所属。
5. スターダストは所属基地が違う。

総隊長アンジー・シリウスの暗殺を企てた隊員たち

• アレクサンダー・アークトゥルス

第三隊隊長 大尉 北アメリカ大陸先住民のシャーマンの血を色濃く受け継いでいる。
レグルスと共に叛乱の首謀者とされる。

• ジェイコブ・レグルス

第三隊 一等星級隊員 中尉 ライフルに似た武装デバイスで放つ
高エネルギー赤外線レーザー弾『レーザースナイピング』を得意とする。

• シャルロット・ベガ

第四隊隊長　大尉　リーナより十歳以上年上であるが、階級で劣っていることに不満を懐いている。
リーナとは折り合いが悪い。

• ゾーイ・スピカ

第四隊 一等星級隊員 中尉 東洋系の血を引く女性。『分子ディバイダー』の
変形版ともいえる細く尖った力場を投擲する『分子ディバイダー・ジャベリン』の使い手。

• レイラ・デネブ

第四隊 一等星級隊員 少尉 北欧系の長身でグラマラスな女性。
ナイフと拳銃のコンビネーション攻撃を得意とする。

司波達也の新スーツ『フリードスーツ』

四葉家が開発した飛行装甲服。国防軍が開発した『ムーバルスーツ』と比較するとパワーアシスト機能は備わっておらずデータリンク機能で劣っているが、防御性能は同等以上に向上している。

ステルス性能や飛行性能に秀でており、司波達也曰く「追跡にはムーバルスーツよりも適しているとさえ言える」。

吸血鬼《パラサイト》

精神に由来する情報生命体。

元々は異次元で形成されたとされ、マイクロブラックホール生成・消滅実験によって次元の壁が揺らぎ、現世へと顕現したと考えられている。

人間に取り憑いて変質させる魔性であり、宿主の脳を侵食する。

パラサイトたちに指揮官に該当する存在はおらず、個別の思考能力を持ちながら、意識を共有している。パラサイト同士は交信を行い、ある程度の範囲における仲間の居場所を把握し行動する。

二〇九五年度の冬に司波達也たちは一度この存在に遭遇、そして退けることに成功している。

パラサイトのネーミングはこの事件が発生した当初、犠牲者に目立った外傷が無いにも拘わらず、体内から大量の血液が失われていたことに由来する。

『アストラル・ディスパージョン』

パラサイトとの戦闘で苦戦する達也が、ついに開発した新魔法。霊子情報体をこの世界から完全に駆逐することができる。

今まで達也が使用していた情報体を想子の球体に閉じ込める無系統魔法『封玉』の効果は一時的なものであり、精神干渉系魔法に高度な適性を持つ他の魔法師によって追加的な封印処置が必要だった。

しかし、アークトゥルスとの戦闘中に達也は、精神体(霊子情報体)がこの世界に存在する為には、世界へアクセスする為の媒体となる想子情報体が必要不可欠であることを突き止める。彼は精神体の活動に伴う情報の変動を観測し、そこから逆算的にアクセス媒体として機能している想子情報体を把握、これを破壊することで、精神体をこの世界から完全に切り離す魔法を生み出した。

それが、霊子情報体支持構造分解魔法『アストラル・ディスパージョン』である。

The International Situation

2096年現在の世界情勢

世界の寒冷化を直接の契機とする第三次世界大戦、二〇年世界群発戦争により世界の地図は大きく塗り替えられた。現在の状況は以下のとおり。

ＵＳＡはカナダ及びメキシコからパナマまでの諸国を併合して北アメリカ大陸合衆国（ＵＳＮＡ）を形成。

ロシアはウクライナ、ベラルーシを再吸収して新ソビエト連邦（新ソ連）を形成。

中国はビルマ北部、ベトナム北部、ラオス北部、朝鮮半島を征服して大亜細亜連合（大亜連合）を形成。

インドとイランは中央アジア諸国（トルクメニスタン、ウズベキスタン、タジキスタン、アフガニスタン）及び南アジア諸国（パキスタン、ネパール、ブータン、バングラデシュ、スリランカ）を呑み込んでインド・ペルシア連邦を形成。

他のアジア・アラブ諸国は地域ごとに軍事同盟を締結し新ソ連、大亜連合、インド・ペルシアの三大国に対抗。

オーストラリアは事実上の鎖国を選択。

ＥＵは統合に失敗し、ドイツとフランスを境に東西分裂。東西ＥＵも統合国家の形成に至らず、結合は戦前よりむしろ弱体化している。

アフリカは諸国の半分が国家ごと消滅し、生き残った国家も辛うじて都市周辺の支配権を維持している状態となっている。

南アメリカはブラジルを除き地方政府レベルの小国分立状態に陥っている。

The irregular at magic high school
Magian Company

［ヒストリー］

後に「最初の現代魔法師」と呼ばれる超能力者《サイキック》が世に姿を現したのは、西暦一九九九年のことだ。その後二十一世紀のほとんどの期間を通じて、国家は魔法師を兵器として育成、いや、開発し改良し続けた。

日本もその例外ではない。国立魔法大学もその付属高校も名目上は魔法師の為の教育・研究機関だが、真の目的は国家の為の戦力増強を目的とする開発・研究機関だった。

だが二十一世紀も残りわずかとなった年、一人のイレギュラーが国立魔法大学付属第一高校に入学した時から、魔法師の歴史と運命は大転回を迎えることになる。

最初の異変は小さなものだった。西暦二〇九五年四月、一人の高校生が数人の仲間と共に国際テロリスト『ブランシュ』所属の小規模な武装集団を制圧、いや壊滅させたという異常事態。公にはならなかったが、魔法という戦力の重要性を知る軍事・治安当局と犯罪組織の関係者はこの事実に関心を寄せた。

次の事件は同年八月、国際犯罪結社『無頭竜《No Head Dragon》』東日本支部の全幹部消滅から、九月の本部壊滅に至る一連の出来事。本部襲撃は日本と大亜連合の治安当局が例外的に手を組んだ共同作戦によるものだと明らかになっている。だが東日本支部の幹部を消した者の正体は、日本でも一部の軍関係者しか知らなかった。

そして西暦二〇九五年十月三十一日、後世の歴史家に歴史の転換点と呼ばれる大事件が発生する。朝鮮半島南端の海軍基地とそこに集結した艦隊が、たった一発の魔法で全滅した。通称『灼熱《しゃくねつ》のハロウィン』。たった一人の魔法師が一国の、大国の軍事力を凌駕《りょうが》したのだ。

この謎の魔法とそれを行使した謎の魔法師を巡って、当時世界最強の魔法師部隊と呼ばれた『スターズ』と日本の魔法師の間に暗闘が発生する。

異次元精神生命体『パラサイト』の介入によりこの闘争は決着を見ずに終結したが、仮に判定勝負があったなら、勝利したのはアメリカ軍でも日本軍でもなかった。判定勝ちを収めたのは日本の民間魔法師組織、アンタッチャブルの異名を持つ『四葉家《よつばけ》』の一族だった。

二〇九六年は世界的に見れば小康状態だった。人々の目に「世界が決定的に変わった」と明らかになったのは翌年、西暦二〇九七年のこと。歴史を変えたイレギュラー、『司波達也《しばたつや》』の名が表舞台に登場したのはこの年の一月、魔法師一族『四葉家《よつばけ》』次期当主の婚約者としてだ。

この時点ではまだ魔法師の小さな社会に留まる程度の知名度だったが、彼の名は見る見る内に巨大なものとなっていく。

五月末、重力制御魔法式熱核融合炉『恒星炉』技術とこれを使ったプラント建設プロジェクトを発表。この恒星炉により二十二世紀前半、人類は再び気候変動に左右されない大量のエネルギーを手に入れる。それと共に、魔法師が「兵器」から「生産者」に変わった。魔法師は戦いの為《ため》の道具から、真の意味での人間に変わることができた。

二〇九七年八月。司波《しば》達也《たつや》は遂《つい》に、自分が単独で国家と対等に戦争ができる存在であることを世界に示し、認めさせる。ここに「個人は国家に抗《あらが》えない」という常識が覆《くつがえ》された。今ではあの『灼熱《しゃくねつ》のハロウィン』を引き起こしたのも司波《しば》達也《たつや》だと分かっている。

しかし彼が引き起こした混乱と変革は、それで終わりではなかった……。

［1］　メイジアン・ソサエティ

西暦二一〇〇年四月二十四日。この日、達也《たつや》はインド洋上にいた。場所は公海上に停泊したイギリスロイヤルネイビー空母『デューク・オブ・エディンバラ』艦内。彼は日本からプライベートジェットで飛んできたのである。

なお達也《たつや》が使った小型ジェット機は恒星炉プラントが生産する水素を燃料に使い、気流制御と慣性制御の魔法を利用して最高速度マッハ七を発揮する極超音速機だ。日本からのフライト時間は離着陸時間を含めて二時間弱。ここでも魔法の民生利用が試みられている。

小型ジェットが、慣性制御魔法によりアレスティング・ワイヤーを使わずに着艦したデューク・オブ・エディンバラ艦内ではインド・ペルシア連邦《India=Persia Union》（IPU）の魔法学最高権威、アーシャ・チャンドラセカールと彼女の護衛である非公認戦略級魔法師アイラ・クリシュナ・シャーストリー、そしてイギリスの国家公認戦略級魔法師ウィリアム・マクロードが待っていた。

——なお達也《たつや》は一人だ。護衛も秘書も連れていない。

「お待たせしましたか？」

予定の時間にはまだ十分以上の余裕がある。だが達也《たつや》は（日本人の感覚で）礼儀としてそう訊《たず》ねた。

「いえ、まだ時間前ですよ」

達也《たつや》の言葉に、チャンドラセカールが笑顔で頭を揺らした。そのジェスチャーの意味は正直に言って達也《たつや》には分からなかったが、文化の違いと考えて気にしなかった。

「ですが予定に拘《こだわ》る必要もありませんし、始めましょうか」

「ええ、皆さんがよろしければ」

チャンドラセカールの言葉に、達也《たつや》がマクロードへ視線を送る。

マクロードは頷《うなず》いて「では、署名式を開始します」と宣言した。

杓子定規《しゃくしじょうぎ》な役人が相手ならば関係者が揃《そろ》っていても予定時刻まで待っただろう。こういう合理主義は達也《たつや》としても大歓迎だ。

マクロードが開式を宣言したのは、彼が今日の署名式の立会人だからだ。

これから行われるのは魔法資質を持つ者の為《ため》の国際的な互助組織『メイジアン・ソサエティ』の設立手続き。既に細かいところまで準備は完了し、後は代表のチャンドラセカールと副代表の達也《たつや》、立会人のマクロードが設立憲章に署名するだけとなっている。

魔法師の国際組織は既に、国際魔法協会が存在する。しかし魔法協会は実用レベルの魔法技能を持つ魔法師の為《ため》の組織だ。そして実用レベルとは「軍事的に意義があるレベル」と全く同じ意味でないにしても、限りなくそれに近い。また魔法協会はその成り立ちから「魔法を核兵器に対抗する抑止力として用いる為《ため》の組織」という性格が強すぎる。魔法資質を持っていても軍事的に有用でないレベル、軍事に不向きな特性を持つ者は魔法協会の保護を受けられない。

そう指摘されるとおそらく、魔法協会の関係者は「そんなことはない」と否定するだろう。だが達也《たつや》とチャンドラセカールは、「魔法協会は魔法の軍事利用を前提とした組織である」と認識している。

そしてこの認識に基づいて魔法協会以外の、メイジアン——軍事的に有用であるか否《いな》かに拘《かか》わらず魔法資質を持つ者のことを彼らはこう定義した——の人権を守る為《ため》の互助組織を設立する必要があると考えた。二人は魔法協会を自分たちの思いどおりに変えるのではなく、その為《ため》の組織を自分たちの責任で立ち上げることにしたのだった。誰かに押し付けるのではなく、自ら行動する決断をしたのである。

メイジアン・ソサエティの本部所在地はスリランカ島南端の都市ゴール。ソサエティ設立に先立ち、IPUは昨日付でスリランカ島の領有権を放棄し、イギリスと共にスリランカを中立の独立国として承認した。

このスリランカ独立は、最初からメイジアン・ソサエティ設立を前提としたものだ。IPUとしては、自分たちの庭先であるスリランカ島にソサエティの本部が置かれれば、一個人で国家を凌《しの》ぐ軍事力を持つ達也《たつや》の好意と、国際的な魔法師組織との緊密な交流を期待できる。このメリットを、スリランカ島を領有し続けることの利益よりも高く評価したのだった。

マクロードはスリランカを真っ先に国家承認したイギリス政府の代理人として、スリランカに設立されたメイジアン・ソサエティがIPUの支配下になく、日本政府に所属する機関でもない、如何《いか》なる政府からも独立した民間の国際組織であることを世界に向けて証言する役割を担《にな》っている。

マクロード自身には、当面ソサエティに加入する予定はない。だがソサエティを側面から支援する意思はある。彼が立会人の役目を引き受けたのはその為《ため》だ。

一般市民の権利を守る為《ため》という名目で魔法師の人権制限——あるいは人権侵害——が進む大陸ヨーロッパ諸国に対して、イギリスは外交上批判的な立場を取っている。『メイジアン』の人権保護を謳《うた》うソサエティを支援することは、イギリス政府のこの外交戦略に適《かな》う。またロンドンに本部を置く国際魔法協会が大陸ヨーロッパ諸国に対するイギリス政府の非難に同調しようとしないので、この魔法協会を牽制《けんせい》するという目的もあった。

この様にIPUとイギリスの支持と支援を背景にして、達也《たつや》二十一歳の誕生日にメイジアン・ソサエティは正式にスタートを切った。

達也《たつや》が空母デューク・オブ・エディンバラに到着したのはインド時間午前十時二十分。署名式は一時間で終了し、マクロードをホストにした空母での昼食会に出席。空母甲板上の帰りのジェット機に乗り込んだのはインド時間午後二時、日本時間午後五時三十分のことだった。

「達也《たつや》様、お疲れ様でした」

「閣下、離陸準備は全て調っております」

前者は機内に待機していた執事の花菱兵庫《はなびしひょうご》。達也《たつや》が兵庫《ひょうご》を艦内に伴わなかったのは、万が一の時に足手纏《あしでまと》いになるからだ。

そして後者、達也《たつや》を閣下と呼んで出迎えたのはこの機のパイロット、四八徹《よつやてつ》だ。彼は三年前まで日本国防空軍の戦闘機パイロットで、当時は四十谷徹《あいたにてつ》という名前だった。だが二〇九七年八月の米軍による巳焼島《みやきしま》侵攻、新ソ連による巳焼島《みやきしま》攻撃を座視した国防軍に失望し、軍を退役して達也《たつや》の麾下《きか》に加わったのである。

兵庫《ひょうご》も通常のプライベートジェットならば操縦できる。資格は持っていないが、大型旅客機も技術的には飛ばす腕がある。

だがこの達也《たつや》専用機は極超音速ジェット機。専門のパイロットでも扱いが難しいじゃじゃ馬だ。単に操縦するだけでも高い技術が必要となるのに加えて、機体に組み込まれた気流制御と慣性制御の魔法システムを使いこなす魔法技能も要求される。

その点、四八《よつや》は百家《ひやっけ》・四十谷《あいたに》家の出身。彼が改名したのは四葉《よつば》家の魔法師となるに当たり四十谷家《あいたにけ》と縁を切ったことを示す為《ため》で、魔法自体は百家《ひやっけ》・数字付《ナンバーズ》きに相応《ふさわ》しい水準の技能を有している。

達也《たつや》専用機を兵庫《ひょうご》ではなく四八《よつや》が操縦しているのはそういう理由からだ。

四八《よつや》の言葉に達也《たつや》は頷《うなず》き、「すぐに出発してください」と命じた。

「了解しました！」

四八《よつや》は挙手礼で応え、操縦席に急ぎ足で移動する。

達也《たつや》と兵庫《ひょうご》が席に着いてシートベルトを締めた直後、双発の極超音速ターボジェットエンジンが唸《うな》りを上げ始めた。

◇◇◇

日本時間午後七時過ぎ、達也《たつや》たちを乗せた極超音速機は巳焼島《みやきしま》に帰り着いた。

この三年間で巳焼島《みやきしま》は開発が急ピッチで進み、島内の風景は様変わりしている。島の実質的所有者が四葉家《よつばけ》という点に変わりはない。だがインフラ整備の資本は四葉家《よつばけ》以外から大量に流入している。

例えばこの『西太平洋海上空港』は島の北部に造られていた短い滑走路を整備・拡張したものではない。巳焼島《みやきしま》南東沿岸に浮かぶ、日米企業のジョイントベンチャーによるL字型のメガフロートに築かれた海上空港である。直角に交わる二本の滑走路はどちらも四千メートル級。現在ここに離着陸する機体は小型機、もしくは中型機だけだが、その気になれば大型旅客機も就航可能だ。

海上空港と島を結ぶ吊《つ》り橋《ばし》を渡ると、半年前に完成したばかりの空港ビルがある。

「お帰りなさいませ」

そこでは深雪《みゆき》が達也《たつや》の到着を待っていた。

「ただいま。何も無かったか？」

達也《たつや》の問い掛けに、深雪《みゆき》はいつもどおり従順に答える。

「はい、何事も」

「たった半日で重大事件が起こるはずないと思うけど」

しかしこの予定調和を乱す者がいた。リーナである。

リーナの正式な立場はつい先日までＵＳＮＡから達也《たつや》に貸し出されている米軍士官だったが、実質的には三年前の夏から深雪《みゆき》の護衛として常に行動を共にしている。

なお今年の一月四日、深雪《みゆき》より一足先に二十歳になると同時に、リーナは日本政界の黒幕の一人であり四葉《よつば》家《け》のスポンサーでもある東道青波《とうどうあおば》の養子となり日本に帰化した。これによって少なくとも書類上、彼女はＵＳＮＡ連邦軍士官ではなくなり、日本の文民となっている。ちなみに彼女の現在の正式な氏名は『東道理奈《とうどうりな》』である。

ただ普段は変わらず『アンジェリーナ・クドウ・シールズ』と名乗っており、通称も『リーナ』のままだ。達也《たつや》と深雪《みゆき》も変わらずリーナと呼んでいる。

高校卒業から丸二年。深雪《みゆき》とリーナは美少女から美女へ、見事な脱皮を遂げていた。

身長や体型は二人とも高校卒業時と変わらない。顔付きも元々大人っぽかったので、何処《どこ》が変わったと具体的に指摘できる変化は無い。

だが間違いなく、大人っぽくなっている。髪型やメイクも変化しているが、その所為《せい》で印象が変わったと言うより印象の変化に合わせて髪型やメイクを変えたと言う方が適切だし、正解だろう。

深雪《みゆき》はストレートロングの髪型こそ変わっていないが、真《ま》っ直《す》ぐに垂らしていた前髪を斜めに流して分け目から白い額をのぞかせている。また形の良《い》い眉が露《あら》わになり、気品がより強調されるようになった。

リーナは、元々軍人的な雰囲気を隠し高校生らしく見せる為《ため》の変装だったツインテールをやめて、胸に掛からない程度のセミロングに変えている。前髪はクールなシースルーバング。以前に比べて、都会的なイメージが強くなっている。

「達也《たつや》様の方は如何《いかが》でしたか？」

リーナの茶々に達也《たつや》が反応するより早く、深雪《みゆき》が彼に問い返す。

今や親友と言っても良いリーナの発言を、深雪《みゆき》はきれいにスルーした。

「署名式は特にトラブルも無く終わったよ」

達也《たつや》も深雪《みゆき》にならう。つまり、リーナのある意味もっともな指摘を無視した。

「…………」

二人の会話に、リーナは口を出さなかった。

ここで「無視しないで」とか騒ぎ出さないのはリーナもきちんと成長している証拠か。……

もしかしたら、単にいじけてしまっているだけかもしれないが。

「不埒《ふらち》な真似《まね》をする者はおりませんでしたか？　イギリス海軍にもソサエティの設立を快く思わぬ者がいるはずですが」

イギリス政府は立会人を派遣する関係から、秘密裏に進行していたメイジアン・ソサエティの詳細について知らされていた。「魔法師」の範囲を拡大して「メイジアン」を活動の対象とすること、メイジアンの人権保護を設立の目的とすることを知っていたのは、政府レベルではイギリスとIPU、そして再独立するスリランカだけだ。実は日本政府も知らなかった。

会場となった空母のクルーは魔法師ではない者の方が多い。軍は他と比べて魔法師の比率が高い組織だが、それでも魔法師は絶対数が少ないのだからクルーのほとんどが魔法師以外になるのは当然だ。

そしてクルーは航海の目的を知っている。艦長や他の幹部から正式に知らされていなくても、航海の目的に興味を懐《いだ》かない船乗りはいない。また、船は閉ざされた世界だ。場合によってはクルーの命に関わる航海の目的を、完全に伏せておけるものでもない。

空母の乗組員数は自動化が進んだ今でも多い。中には魔法師に対して嫌悪感や反感を心に秘めている者がいたはずだった。

またソサエティの目的は魔法師を含めた魔法資質保有者の人権擁護。権利の中には当然に「職業選択の自由」が含まれるから、ソサエティの活動の広がりは魔法師に軍人以外の道を拓《ひら》き、ひいては軍の弱体化にもつながる。このことに警戒感を懐《いだ》いている軍人もいたに違いない。深雪《みゆき》はそう思ったのだ。

「いや、そういう素振りは全く無かった」

だが達也《たつや》は、そんな深雪《みゆき》の懸念《けねん》を明確に否定した。

「ほら、ワタシの言ったとおりでしょ」

リーナが達也《たつや》の回答を横から補強するように口を挿《はさ》む。

「でも、心配だったの。杞憂《きゆう》だったとは思わないわ」

今回はリーナの言葉を無視せずに、深雪《みゆき》は論理的とは言えない反論を返した。

「いいえ、心配しすぎ。ブリテンは政治的な思惑があってデューク・オブ・エディンバラをインド洋まで派遣したんだから。タツヤに失礼があって恥をかくのはブリテン政府、いえ、ブリテン国王なの。ロイヤルネイビーに限って国王の顔に泥を塗るような真似《まね》はしないわよ」

「……何だかアメリカ軍よりイギリス海軍の方が信頼できるみたいな言い方ね？」

深雪《みゆき》の指摘に、リーナが「痛いところを突かれた」という感じに顔を顰《しか》める。

「……プライドと使命感では負けていないけど、忠誠心という点ではネイビーが大統領に向けるものよりロイヤルネイビーが国王に向けるそれの方が正直、上でしょうね。ステイツ軍人の忠誠は、ホワイトハウスに対してではなくステイツに対して向けられるものだから……」

「民主国家の軍隊としては正しい在り方だと思うけれど？」

「……そうかしら」

「ええ」

リーナは深雪《みゆき》の心に影を落としている懸念《けねん》を取り除こうとして弁を振るったのだが、深雪《みゆき》から逆に励まされてしまっている。ただ、リーナはそれを不快に感じていなかった。

「とにかく、ソサエティの方は順調だ」

達也《たつや》が妙な方向にずれていた空気を修正する為《ため》か、話題を元に戻す。

「次はカンパニーですね、達也《たつや》様」

深雪《みゆき》のセリフは、達也《たつや》の意図を汲《く》んで話題を別方向へ発展させるものだ。

「設立は月曜日だっけ？」

リーナもその話題に乗る。ただこれは質問ではなく、相槌《あいづち》の一種だった。

「そうだ」

確かめるまでもない日程だが、達也《たつや》は声に出して肯定の答えを返した。

◇　◇　◇

空港から巳焼島《みやきしま》の別宅に戻ると、達也《たつや》は自分の部屋でしばらく待つように頼まれた。この段階で何が待っているのか、大体の見当はついていた。

十分と少し経《た》って、深雪《みゆき》が達也《たつや》を内線でダイニングに呼ぶ。そこに用意されていたのは、蠟《ろう》燭《そく》を立てたホールケーキ。そして今日は、四月二十四日。これは言うまでもなく、達也《たつや》の為《ため》のバースデーケーキだ。

「達也《たつや》様、お誕生日おめでとうございます」

「ハッピーバースデー、タツヤ！」

達也《たつや》が待っている間に改めてドレスに着替えた深雪《みゆき》とリーナがお祝いを述べる。膝下丈の、肩を大きく露出した、大人っぽい色違いのドレスだ。二人の笑顔は煌《きら》びやかなドレスよりも華やかで、身に着けたネックレスや指輪の宝石よりも光り輝いていた。

「ありがとう、二人とも」

深雪《みゆき》がお祝いの準備をしていたであろうことは達也《たつや》も予想していた。いや、深雪《みゆき》を知る者ならば誰にでも予想できたというくらい、確定的な展開だ。そこにサプライズは、欠片《かけら》も無い。達也《たつや》が落ち着いた反応だったのは、決して誕生日を祝われるのが嫌だったわけでも白けていたわけでもない。

当たり前に、和やかに、パーティーという名の夕食が進む。テーブルを囲んでいるのは三人だけ。これも、いつものことだ。

実を言えば先週、雫《しずく》から「バースデーパーティーを開きたい」というオファーはあった。だがメイジアン・ソサエティの署名式は、もう半年以上前から日程が決まっていたので、やむなく断ったのだった。

「ミユキの『達也様《たつや》』もすっかり定着したわね」

ケーキを切り分けている深雪《みゆき》に目を向けて、リーナがそんなことを口にした。

「どうしたの、いきなり」

深雪《みゆき》はケーキを切る手許《てもと》から目を逸《そ》らさず、訝《いぶか》しげな声で反問する。

「どうって……何となく？」

「何それ？　達也《たつや》様のことをお名前で呼んでいるのは昨日今日のことじゃないわよ」

「そうだけど何となく、ミユキはタツヤを『お兄様』と呼んでいるイメージが強くて」

リーナのこの意見には、もしかしたら同調する者が多いかもしれない。

「婚約者なのだもの。何時《いつ》までも『お兄様』とは呼べないわ。外野に難癖を付けられたくないし……。普段から心掛けておかないと、うっかり口が滑ってしまうかもしれないでしょう？」

深雪《みゆき》本人も無意識に口から出てしまいそうになるくらい「お兄様」という呼び方が自然だと認める。ナイフを置いてケーキサーバーを手に取った深雪《みゆき》は、軽く顰《ひそ》めた眉に微《かす》かな憂いを漂わせた。

「ワタシと違って、ミユキはうっかりなんてしそうにないけど」

だがリーナのセリフに深雪《みゆき》の表情に落ちた翳《かげ》りは晴れ、呆《あき》れ顔《がお》に変わった。

「自分でそれを言う……？」

「……いえ、そこは否定して欲しいのだけど」

リーナは冗談のつもりだったのだろう。彼女は不服そうに唇を尖《とが》らせた。

テーブルにはケーキだけでなく、シャンパンも用意されていた。グラスは全員分の三脚。

先月誕生日を迎えて深雪《みゆき》も二十歳になっている。晴れて、祝杯を上げる仲間入りができたということだ。実を言えばメイジアン・ソサエティの設立準備は半年前の段階でほぼ終わっていたのだが、正式な門出を深雪《みゆき》が成人するまで待っていたという事情があった。

「それでは、達也《たつや》様のお誕生日と」

まず深雪《みゆき》が乾杯の口上の口火を切る。

「タツヤのメイジアン・ソサエティ副代表就任を祝って」

そしてリーナがそれに続き、

「おめでとうございます！」「オメデトウ！」

深雪《みゆき》とリーナが声を合わせてグラスを高く掲げた。

二十歳になった二人は瑞々《みずみず》しさを保ったまま、絶世の美少女から絶世の美女へと変貌を遂げていた。いや、クラスアップを果たしていたと表現する方が適切かもしれない。

その二人から満面の笑みで祝福を受けているこのシチュエーション、普通の男性ならまともに口も利《き》けなくなるところだろう。

「ありがとう」

だが達也《たつや》は落ち着いた笑みを浮かべて、普段どおりの口調で二人のお祝いに応えた。

注がれていたシャンパンを一気に飲み干し、達也《たつや》がテーブルにグラスを置く。それに合わせたのか、深雪《みゆき》とリーナもシャンパングラスを卓上に戻した。

乾杯前、達也《たつや》のフルート型グラスは五分の三、深雪《みゆき》とリーナのグラスは三分の一程シャンパンで満たされていた。

そして乾杯後の今、達也《たつや》のグラスは空。深雪《みゆき》のグラスも空。リーナのグラスはシャンパンが四分の一程残っている。

三脚のグラスを見て、リーナが眉間に皺《しわ》を寄せる。彼女はテーブルに置いたばかりのシャンパングラスを口元に運び、一息で空にした。

「ゴホッ、ケホッ」

咳《せ》き込《こ》むリーナ。

「リーナ、大丈夫？」

深雪《みゆき》が隣の席からその背中を慌てて摩《さす》る。

「何もこんなところで負けん気を発揮しなくても良いだろうに……」

小声で独り言を漏らした達也《たつや》に、リーナは鋭い眼差《まなざ》しを向けた。

「ちょっと咽《む》せただけよ。別に張り合ったわけじゃないわ！」

深雪《みゆき》とリーナは常に行動を共にする親友同士だが、自他共に認めるライバルでもある。そして二人とも、意外に気が強い。リーナは否定しているが、自分より遅く成人を迎えた——と言ってもたかだか二ヶ月の違いだ——深雪《みゆき》がシャンパンを一気飲みして平気な顔をしているのを見て「自分も」と無意味な対抗心を起こしたのは、傍目《はため》には明らかだった。

「達也《たつや》様、お注ぎします」

しかしそれを態々《わざわざ》指摘するのは避けて、深雪《みゆき》は達也《たつや》のグラスにシャンパンの瓶を傾けた。

「深雪《みゆき》もどうだ」

達也《たつや》も深雪《みゆき》にならって、彼女が置いた瓶に手を伸ばす。

「いえ、わたしはもう……」

深雪《みゆき》は申し訳なさそうに首を横に振った。実はこれが深雪《みゆき》にとって初めての飲酒だ。自分の限界が全く分かっていない。自重するのは淑女として当然だった。

「ワタシはいただくわ」

一方リーナは、強気な口調でお代わりをリクエストする。

達也《たつや》は何も言わず、彼女のグラスにシャンパンを注いだ。

「……リーナ。眠いのだったら無理をせず、お部屋に戻ったら？」

トロンとした目付きで今にも船を漕《こ》ぎ出《だ》しそうなリーナに深雪《みゆき》が就寝を勧める。

「大丈夫よ。大丈夫」

答えるリーナの口調は、意外にしっかりしていた。だがしっかりしているのは声だけだ。瞼《まぶた》は半分落ちかかっている。

「お祝いなんだから」

リーナは「お祝いなんだから先に席を立つのは失礼だ」と言いたかったのだろうか？　あるいは「せっかくのお祝いなんだからもっと楽しまなければもったいない」なのか。どちらもありそうだ。もしかしたら両方かもしれないし、本人にも分かっていない可能性もある。

「……無理をしなくても良いんだぞ」

達也《たつや》の声は深雪《みゆき》以上に心配そうだ。リーナの求めるままにお代わりをお酌していた責任を感じているのかもしれない。

「だから大丈夫だって」

良好な滑舌で、首を左右に振るのではなく頭をゆっくり左右に揺らしながら答えるリーナ。その仕草は某文化圏のジェスチャーを真似《まね》ていると、解釈できなくはない。だが率直に言って「大丈夫」には見えなかった。

「それより、署名式のことを聞かせてよ。どんな感じだったの？」

「感じと言われてもな……」

達也《たつや》の顔に当惑が浮かぶ。

「全て予定どおりだが」

署名式は所詮、セレモニーだ。合意内容は細部に至るまで、事前に決めてあった。第三者が内容に介入していたなら話は別かもしれないが、決めたのは達也《たつや》とチャンドラセカールの当事者二人だ。署名式の段階で揉《も》める要因は無かった。

「取り決めの内容じゃなくて。雰囲気は？　ジョン＝ブルからの嫌がらせは無かった？」

「何を言っているんだ」

達也《たつや》が呆《あき》れ顔《がお》になる。

「さっき『ロイヤルネイビーに限って国王の顔に泥を塗るような真似《まね》はしない』と言ったのは君じゃないか」

「そりゃ、嫌がらせとかあからさまに顔を顰《しか》めるとか表立った行動には出ないと思うけど。表情に出さなくても、歓迎されていない雰囲気って分かるじゃない？」

「ああ、そういう意味か」

しかし説明されれば、それ程おかしな質問ではなかった。

「確かにこれといった素振りは見せなくても、歓迎されてない空気はあったな。敵意ではなく、敬遠されている感じだったが」

達也《たつや》の答えに深雪《みゆき》が眉を曇らせる。

「反感……でしょうか」

「どちらかと言えば無関心に近いと思う。自分たちは何故《なぜ》こんな仕事に駆り出されているんだ……という不満が垣間見《かいまみ》えた」

「そうですか……」

深雪《みゆき》が微《かす》かなため息を漏らす。

「魔法師、いえ、メイジアンの権利に対する世の中の関心は、やはり低いのですね……」

深雪《みゆき》は早速『メイジアン』という新しい名称を使った。この言葉は魔法師よりも広い概念だ。そしてこれから達也《たつや》がチャンドラセカールと協力して世界に広めて行こうとしている名称。達《たつ》也《や》が普及させようとしている言葉であれば率先して使おうと深雪《みゆき》は考えたのだった。――なお狭い意味の『魔法師』に対応する言葉は『メイジスト』という。

「それは仕方が無い。メイジアンは絶対的少数派な上に、実戦レベルの能力が有るか無いかに拘《かか》わらず強者だと誤解されているからな。社会的弱者と見做されることに成功しているグループは世論の同情を集めやすいが、強い力を持っているとか政治的に優遇されているとか一度思い込まれてしまったら、権利を侵害されている現実があったとしても人々はその事実を認めようとはしない。自力で何とかするしかない」

「様々な権利を制限されているわたしたちメイジアンは、決して社会的な強者ではないと思うのですが……」

達也《たつや》の皮肉な物言いに対して、深雪《みゆき》は否定するのではなくただ控えめに反論した。

「メイジアンが置かれている境遇を知らない人々が大多数なのだろう。自分に直接関係が無いことに関心を持ってもらうのは難しい。俺だって分裂状態のアフリカの人々の困窮を思い出すのは大きなニュースが流れてきた時だけだ。それを思えば無関心を責められない」

「確かにワタシたちはアフリカの貧困問題に積極的ではないかもしれないけど、少なくとも意図して悪化させようとはしていないわ。でも魔法師は意図的に権利を制限されているじゃない」

そこにリーナの憤慨した声が割り込んだ。

「マジョリティにとってはメイジアンの現実よりも、その一部でしかないレベルが高いメイジストが自分たちを害し得る力を持っているという可能性の方が重いのだろう」

達也《たつや》が熱量を感じられない声でそれに応じる。──ここで使っている『マジョリティ』は「魔法資質を持たない者」の意味で、メイジアンが少数派であるという認識の上に立っている。外部向け文書や公式文書には今のところ「メイジアン以外の多数派諸国民」と記載されることになっている。

ただ常に「メイジアン以外の諸国民」では長くて不便だ。今後仲間内では『マジョリティ』という呼称が使われることになるだろう。

「マジ、むかつく！」

突然リーナが、掌《てのひら》でテーブルを叩《たた》いた。彼女の憤慨は収まらない。

「ワタシたちが何をしたっていうのよ。勝手に怖がってんじゃないわよ！」

達也《たつや》と深雪《みゆき》が目を見合わせる。

（酔ってるな）

（酔っていますね）

アイコンタクトで二人の意見は一致を見た。

（どうします？）

目で深雪《みゆき》が訊《たず》ね、

（このまま酔い潰してしまおう）

目で達也《たつや》が答える。これが正確に通じているのだ。テレパシーも顔負けである。

「お代わりを持ってきますね」

深雪《みゆき》が立ち上がり、キッチンから三本目のシャンパンを取ってくる。

「俺が開けよう」

達也《たつや》がその瓶を受け取り、コルク栓を飛ばさぬように開けた。

そしてリーナに瓶の口を向ける。

「……そうだな、俺たちは何もしていない」

達也《たつや》は真面目くさった顔でそう言いながら、リーナのグラスになみなみとシャンパンを注いだ。

「アリガトー。タツヤも飲みなさいよ」

リーナが達也《たつや》からシャンパンボトルを奪い取り、達也《たつや》のグラスをあふれさせた。

「あっ、ゴメンナサーイ」

「いや、気にするな」

達也《たつや》は笑って首を横に振り、リーナに見せつけるようにして縁まで注がれたシャンパンを一気に飲み干す。

「ムッ。その挑戦、受けて立つわ！」

リーナもまた、一度でグラスを空にした。

達也《たつや》は笑いながら自分のグラスを再び満たし、リーナにお代わりを振る舞う。

三本目のボトルが空になったところで、リーナはダイニングテーブルに突っ伏した。

◇◇◇

四月二十五日、日曜日の夜。

達也《たつや》、深雪《みゆき》、リーナの三人は東京都心の名門ホテルにいた。

宿泊の為《ため》ではなく、ホテルの有名レストランが目当てでもない。——ディナーは目的に含まれていると、言えるかもしれないが。

達也《たつや》はタキシード、深雪《みゆき》とリーナはカクテルドレス姿。彼らはこのホテルで開催される百人規模の立食パーティーに招かれているのだった。

注目を浴びながらホテルの廊下を進み会場へ。予定されている招待客の人数を考えると一回り小さな部屋でも構わないはずだが、手配されていたのは大規模なレセプションホールだ。

受付の女性は全員が達也《たつや》の顔見知りだった。恒星炉プラント事業で何度か顔を合わせている北山潮《きたやまうしお》の秘書団のメンバー。パーティーの主催者は北山潮《きたやまうしお》が社長を務める投資会社だ。

この会社は単独企業としては巳焼島《みやきしま》恒星炉プラントの最大出資者。今夜のパーティーは恒星炉プラント事業が次の段階へ進むことを祝うものであり、達也《たつや》はパーティーの招待客でありながら実質的には主催者側の人間だった。

深雪《みゆき》とリーナがレセプションホールの扉をくぐると、その美貌に会場のあちらこちらから感嘆が漏れた。開会までまだ十分以上あるが、レセプションホールは良《い》い感じに埋まっている。招待客は既にほとんど到着しているようだ。白人や黒人の姿も結構目立つ。

「達也《たつや》さん！」

注目を集めたのは深雪《みゆき》とリーナだが、最初に声を掛けられたのは達也《たつや》だった。

ほのかが高いヒールをものともせず駆け寄ってくる。その背後には、普通の歩調で歩いてくる雫《しずく》の姿があった。

「一日遅れですけど、お誕生日おめでとうございます！」

二十歳になっても、ほのかは相変わらず元気だ。

「ありがとう、ほのか」

ほのかと雫《しずく》は達也《たつや》と同じ魔法大学の三年生だ。だがキャンパスで会うことは滅多に無い。達《たつ》也《や》が大学を休みがちだからだ。また履修科目が専門分野によって細かく分かれる今年度からは、同じ講義を取ることも難しくなっている。ほのかとしては無理をしてでも達也《たつや》と同じ学科に進みたかったのだが、仕事の都合上、そうもいかなかったのだ。

ほのかは大学入学と同時に、雫《しずく》のボディガードとして北山家《きたやまけ》に雇われた。これは「お世話になってばかりでは心苦しい」と、ほのかと彼女の両親が言い出したことだった。それでも最初はアルバイト扱いでほのかは高校時代と変わらず一人暮らしだったが、二十歳を迎えて正式に雇われ、今では北山家《きたやまけ》に住み込みで働いている。今ここにいるのも、実はパーティーに出席する雫《しずく》のボディガードとしてだ。

ほのかが大学で専攻しているのは『護身法学《ごしんほうがく》』。護身術としての魔法技術から護身の為《ため》の魔法行使に関わる法令まで教える実践的かつ横断的な学科だ。ボディガードだけで無く、ガードされる側も学ぶことの多い分野で、雫《しずく》もこれを専攻している。一方、達也《たつや》の専攻は魔法そのものの原理を研究する『魔法原理論《まほうげんりろん》』。大学内では教室どころか講義棟が別々に分かれていた。

雫《しずく》は平凡な学生として魔法大学では過ごしているが、大学の外では早くも父親の仕事を手伝っている。主に恒星炉プラント関係の仕事で、最大手スポンサーである父親（の会社）の代理人として、あるいはアシスタントとして各種の会合やパーティーに出席していた。

恒星炉プラント関係の仕事は、ほのかにとって大学での接点が乏しい達也《たつや》に会えるチャンスだ。雫《しずく》がこの仕事を任せられているのは、実を言えばこの点で親友をサポートしようという雫《しずく》の思惑が反映したものだった。

「このパーティーの後で少しお時間を頂戴できませんか？　お渡ししたいものがあるんです」

ほのかが以前と違うのは、こういうセリフを躊躇《ためら》いなく言えるようになったところだろうか。

「――ほのか、こんばんは」

「こんばんは、深雪《みゆき》。それにリーナも」

深雪《みゆき》を向こうに回して萎縮することも――完全にではないが――無くなっている。

「ところで、ほのか。パーティーの後、何ですって？」

「あっ、気にしないで。達也《たつや》さんは今夜の内にご満足いただいた上でお帰りになられると思うから」

「えっ⁉　ホノカ、それってもしかして……」

ほのかの思わせぶりなセリフに、リーナが目を見張り顔を赤らめる。

「……ごめんなさい、ほのか。意味が良く分からなかったわ」

一方深雪《みゆき》は目を細め、極寒の微笑を浮かべた。

深雪《みゆき》とほのかの間で緊張が高まる。

「大丈夫。ほのかも口先だけで、そんな経験無いから」

しかしほのかの背後から挿《はさ》まれた抑揚のない声に、女の戦いは未発に終わった。

「そ、そんなことないもん！」

「似合わないよ、ほのか」

いきなり子供っぽい雰囲気になったほのかに、雫《しずく》は背伸びしたがる年の離れた妹を見守るような生温かい眼差《まなざ》しを向けている。

「こんばんは、雫《しずく》。お招き、ありがとう」

そこへ達也《たつや》が割り込む。

「達也《たつや》さん、こんばんは。深雪《みゆき》とリーナも、ご出席ありがとうございます」

深雪《みゆき》、リーナ、ほのかが膝下丈のドレスを着ているのに対して、雫《しずく》のドレスはロング丈だ。袖付きなのでカクテルドレスには違いないのだろうが、デザインはかなりイブニングドレス寄り、限りなくフォーマルに近い準フォーマルな装《よそお》いといったところだろうか。

法人名義の主催ではあるが実質的なホストは雫《しずく》の父親。彼女も主催者としての心掛けでこの場に臨んでいるのだろう。

「達也《たつや》さん、開会前に簡単な打合せをさせてもらいたいんだけど」

雫《しずく》の申し出を、達也《たつや》も予期していたのだろう。

「良《い》いぞ」

達也《たつや》は「何の？」と問い返すことなく、雫《しずく》に承諾を返す。

「深雪《みゆき》とリーナも来てくれる？」

「ええ、良《い》いわよ」

深雪《みゆき》が答え、リーナが頷《うなず》く。

「じゃあ、こっち」

歩き出した雫《しずく》の隣にほのかが並び、雫《しずく》の背後に達也《たつや》が、その隣に深雪《みゆき》が、深雪《みゆき》の後ろにリーナが続いた。

◇◇◇

パーティーが始まり、乾杯の音頭《おんど》を取ったのは雫《しずく》の父、北山潮《きたやまうしお》。そのまま潮《うしお》は恒星炉プラント事業が早くも黒字に転換したことと、新たな段階へ進むことを発表した。

「——恒星炉プラントはこれまで複数の企業の共同事業体《コンソーシアム》として運営されてきました。しかし事業の更なる発展を目指して、中核となる恒星炉を統一された経営意思の下で建設・運営する事業体を新たに設立することになりました」

会場の奥に臨時で設置された舞台背後の壁に、大きく英語のロゴが表示される。

シンプルな3D字体で描かれた文字列は『STELLAR GENERATOR』。

「新会社の名称は、株式会社ステラジェネレーターです！」

外連味《けれんみ》を効かせたその一言と同時に、アルファベットのロゴが『ステラジェネレーター』に書き換えられた。

パーティー会場の全域から、お座なりではない拍手が湧き起こる。

驚きの声は無かった。

招待客の全員が新会社設立を知っていたわけではないが、関係者は皆、恒星炉事業の発展の為《ため》には一時的な共同事業体《コンソーシアム》ではなく恒久的な運営体がそろそろ必要という認識を共有していた。新会社設立は、その期待に応えるものだ。

「新会社は五月一日の設立に向けて全ての準備を完了しています。ステラジェネレーターの社長には、この方に就任していただく予定です。皆様には改めてご紹介する必要も無いでしょう」

北山潮《きたやまうしお》が舞台の袖に手を差し伸べる。

「恒星炉の開発者、司波達也《しばたつや》さんです！」

その声に招かれて、達也《たつや》が登壇した。

今度は会場各所から散発的な驚きの声が漏れる。恒星炉プラントは良く耳にするベンチャー企業の立ち上げとは事情が異なる。既に多額の資金が投入され、多数の企業が関与し、今後大きな利益が確実視されている事業だ。主導権を狙っている利害関係者は多い。弱冠二十歳を過ぎたばかりでまだ大学生の達也《たつや》にその舵取《かじと》りが務まるのかという疑問と不安を懐《いだ》くのは、ある意味常識的な反応だった。

「司波《しば》さんはまだ二十一歳の若さではありますが、恒星炉技術の開発者であるだけでなく、事業スキームの考案者でもあります」

今度は意外感を表す声が散発的に上がった。

達也《たつや》が恒星炉――常駐型重力制御魔法式熱核融合炉――技術の開発者であることは皆が知っている。だが恒星炉プラントの事業スキーム発案者であることについては信じている者もいれば疑っている者もいる状態だ。関係者の間でも、人数はおおよそ半々といったところだろうか。

恒星炉が生み出すエネルギーの利用方法は経営コンサルタントなどの専門家がゴーストライターになって考案した物に違いない。ここに集う事業関係者でも――いや、事業に詳しいから余計になのかもしれないが、約半数の人々がそう認識していた。

だがその思い込みは今、大実業家の北山潮《きたやまうしお》によって否定された。それは二つの方向に意外感をもたらした。

一つは、達也《たつや》が技術一辺倒の若者ではなかったというもの。理論や技術そのものに長《た》けているだけでなく、現実にすりあわせる経済的な感覚の持ち主だったか、という驚き。

もう一つは、司波達也《しばたつや》を北山潮《きたやまうしお》はそこまで全面的にバックアップしているのか、という驚き。

達也《たつや》が経営スキームを描いたという作り話を補強してまで、彼のカリスマ性を演出しようとしていると考える者もいたのだ。

そのどちらであっても、達也《たつや》が社長に就任することに対する不安感を払拭《ふっしょく》するには十分だった。彼がまともな経営感覚を持っているならせっかくの有望事業を潰してしまう愚行はやらかさないだろうし、北山潮《きたやましお》の全面的支援があるならなおのこと、心配は無用だ。

参会者は好意的な視線で登壇した達也《たつや》を迎えた。

「ご紹介に与《あずか》りました司波達也《しばたつや》です。恒星炉事業へのお力添えに改めて御礼申し上げます」

達也《たつや》が丁寧に頭を下げる。その堂々とした態度に感心したような気配が数カ所で生じた。これまで達也《たつや》を直《じか》に見る機会が少なかった者の反応だろうか。

「新会社、ステラジェネレーターの社長として刻苦精励致します所存ですので、今後もご助力を賜りますようよろしくお願い致します」

礼儀正しい拍手が起こる。熱狂には程遠いが、空々しくもなかった。

一礼した達也《たつや》が顔を上げる。

演壇を見上げている人々の予想に反して、達也《たつや》の話はそれで終わりではなかった。

「またこの場をお借りしまして二点、ご報告させていただきたく存じます」

非難する眼差《まなざ》し、迷惑そうな視線は無かった。

むしろ強い興味を示している者が多かった。

「昨日、インド・ペルシア連邦《IPU》のアーシャ・チャンドラセカール博士を代表とする国際民間組織、メイジアン・ソサエティが発足しました。メイジアンとは従来の魔法師の概念を拡大し、公式・非公式を問わず人としての権利の制限を受けている魔法資質の持ち主を指します。メイジアン・ソサエティはそうした魔法資質の持ち主の人権を守る為《ため》に活動する組織です。既存の魔法協会が主に軍事的な魔法技能の所有者を対象としているのに対して、メイジアン・ソサエティは軍事レベルに達していない民生業務に携わっている、あるいは魔法を用いた業務に就いていない魔法資質の持ち主の権利も活動の対象とします」

小さなざわめきが生じた。実戦レベルにない魔法師までも保護対象にするという理想主義的なスタンスも思い掛けないものだったが、それ以上に国際魔法協会以外の国際組織をIPUと手を組んで立ち上げたというのが意外すぎた。

「誤解が無いよう申し上げますが、メイジアン・ソサエティはIPUを含め如何《いか》なる国家からも独立した国際NGOです」

その戸惑いを見透かしたように、達也《たつや》が付け加える。

「設立に当たり様々な援助を受けていることは否定できませんが、IPUはメイジアン・ソサエティの運営に干渉しないと公文書で確約を得ています」

またしてもざわめきが起きる。

「当該文書が正当な効力を有することは、中立の第三者として立ち会ったイギリス政府の代理人が確認済みです」

ざわめきがどよめきに変わった。

「ソサエティの本部はスリランカ島ゴールです。皆様ご存じのことと思いますが、スリランカは今月二十三日付けでIPUから分離独立して中立の共和国になっています」

隣同士で囁《ささや》き交わす声がレセプションルーム一杯に広がる。ちょっと収拾が付かない状態だ。

達也《たつや》は無理に話を続けるのではなく、会場の雰囲気が落ち着くのを壇上で待った。

「一つ質問をお許しいただけますか」

囁《ささや》き合う無秩序な話し声が収まり掛けたタイミングで、達也《たつや》に質問を望む声が上がる。

「はい、何でしょうか」

達也《たつや》は儀礼的な笑みを浮かべて続きを促した。

「スリランカの独立は、IPUによるメイジアン・ソサエティ支援の一環でしょうか」

「IPUがメイジアンの権利保護に本気で取り組もうとしている証《あかし》だと、私は理解しています」

再び、どよめきが広がる。

「日本政府はスリランカ分離独立の内実を知っているのでしょうか？」

「私には分かりません。少なくとも私の方から、個人的な推測を政府に申し上げることはしておりません」

まだまだ達也《たつや》を問い詰めたそうにしている者はいたが、TPOを弁《わきま》えて自重した様子だった。

室内の空気が表面上落ち着きを取り戻したのを見計らって、達也《たつや》が話を続ける。

「メイジアン・ソサエティは政府および社会から有形無形の制限を受けてきたメイジアンの人権保護を実現する為《ため》の互助組織です。私たちはこの目的の実現に向けたより具体的な活動を行う組織を日本に設立します」

そこで今度は達也《たつや》が舞台袖に手を差し伸べる。

そのジェスチャーに招かれて、深雪《みゆき》が舞台に上がった。

「新団体の名は一般社団法人メイジアン・カンパニー。ここにいる司波深雪《しばみゆき》が理事長に就任し、私、司波《しば》達也《たつや》も専務理事として代表権を持ちます。設立は明日、四月二十六日の予定です」

深雪《みゆき》が丁寧に、達也《たつや》がキビキビと頭を下げる。

会場の拍手には、少なくない割合で戸惑いが混じっていた。

［2］メイジアン・カンパニー

四月二十六日、月曜日。

この日の午後、関東州旧東京都町田市《まちだし》の法務局にある法人の設立登記申請が行われた。

その法人の名は、一般社団法人メイジアンメイジアン・カンパニー。

社員三名の小規模法人だ。メイジアンという言葉はまだ一般的ではなく、申請を受け付けた法務局員の間では特に注目されなかった。

昨日、某ホテルのパーティー会場で行われた発表は、まだそれ程広く報じられていなかった。

◇　◇　◇

メイジアン・カンパニー設立に対する世間の反応は薄かったが、十師族を初めとする日本魔法界では大きな波紋が広がっていた。

二十六日午前十一時、四葉《よつば》本家。

「奥様、三矢《みつや》様よりお電話ですが」

葉山《はやま》執事がサンルームで寛《くつろ》いでいる真夜《まや》の許《もと》へ、保留にした受話器——音声専用端末——を恭《うやうや》しく銀のトレーに載せて持ってきた。

「またですか。どうせカンパニーの件でしょう……？」

真夜《まや》がうんざりしているのは、他の十師族当主からの電話が今朝からこれで三件目だからだ。魔法協会からの電話を合わせれば四件目になる。

なおこの時点ではまだ、法務局にメイジアン・カンパニーの設立申請は提出されていない。

「同じ質問なら一度に済ませて欲しいものね」

「いっそのこと、師族会議を招集されますか？」

「嫌ですよ、面倒臭い。私が何故《なぜ》その様な手間を掛けねばならないのです」

「ではお断りしますか？」

葉山《はやま》が「断るか」と訊《たず》ねているのは三矢元《みつやげん》から掛かってきた電話のことだ。

「いいえ」

真夜《まや》は短くそう答えて、葉山《はやま》が持つトレーから受話器を受け取った。

「はい、お電話替わりました。……やはりその件ですか。……いえ、先程一条《いちじょう》殿と二木《ふたつぎ》殿からもお問い合わせを受けたものですから。……ええ、存じておりましたよ。……何故《なぜ》、とは？ ……魔法師の権利保護は私たち十師族本来の目的ではなくて？ ……ええ、もちろん国益に背くような同じ目的を掲げていますが。……ソサエティもカンパニーも同じ目的を掲げています。反対する理由はございませんが。……ええ、もちろん国益に背くようなことはさせません。……それは外務省のお仕事ですわ。私どもが気に掛けることではないかと。……はい、それでは」

電話を終えた真夜《まや》が受話器を葉山《はやま》に差し出す。

「達也《たつや》さんも深雪《みゆき》さんも成人しているのだから、訊《き》きたいことがあれば直接電話すれば良いと思うのだけど」

同時に、真夜《まや》の口から愚痴が零《こぼ》れた。

「皆様、ソサエティとカンパニーの設立に当家がどの程度関与しているのか、ご興味がおありなのでしょう」

「三矢《みつや》殿はそれだけではないようでしたけどね」

「と、仰《おつしや》いますと？」

「達也《たつや》さんがＩＰＵと随分親しくしているでしょう？」

「ＩＰＵと親しくと言うより、チャンドラセカール博士と昵懇《じつこん》にされているのではないかと」

「外から見ている人は、ＩＰＵと博士を分けて考えないのでしょう」

「つまり達也《たつや》様には、ＩＰＵに与《くみ》するのではないかという疑いが掛けられているのでしょうか」

葉山《はやま》の不快げな問い掛けに、真夜《まや》は苦々しい笑みで頷《うなず》いた。

「ええ、当家ぐるみで」

「それはまた……。僭越《せんえつ》ながら、随分と礼を失しているように思われます」

「私もそう思っているから僭越《せんえつ》ではないわ」

真夜《まや》が忌々《いまいま》しげなため息を漏らす。

葉山《はやま》は対照的に、表情から不快感を引っ込めた。自分まで感情的になっていては、収拾が付かなくなると考えたのだろうか。

「スリランカの独立を事前に知っていたなら何故《なぜ》その情報を政府に提供しなかったのか、だそうよ？」

「確かにそれは外務省の仕事ですな。失礼かとは存じますが、三矢様《みつや》こそが政府との距離感を過《あやま》たれているのでは？」

「そうですね……」

葉山《はやま》のセリフに引っ掛かりを覚えたのか、真夜《まや》が虚空《こくう》を見詰めながら考えに耽《ふけ》り始めた。

「葉山《はやま》さん、三矢家《みつやけ》の身辺を探らせなさい。特に官僚との金銭的な授受について」

「政治家ではないので？」

「政治家との癒着なんて今更調査するまでもないでしょう？」

「かしこまりました。では早速」

「お願いしますね」

一礼して葉山《はやま》がサンルームを後にする。

一人になった真夜《まや》は、椅子の背もたれを倒して寛《くつろ》いだ姿勢を取った。

◇◇◇

七草家当主《さえぐさけ》、七草弘一《さえぐさこういち》はメイジアン・ソサエティ、メイジアン・カンパニーの設立を知っても、慌てて四葉家《よつばけ》に問い合わせたりはしなかった。ただ彼は全ての予定をキャンセルし、昼食もとらずに夕方まで一人書斎にこもっていた。

彼が書斎から出てきたのは夜七時、夕食の時間である。

特に指定が無い限り、七草家《さえぐさけ》の夕食はこの時間だ。今日は偶々《たまたま》、就職したばかりの真由美《まゆみ》も魔法大学二年生の香澄《かすみ》と泉美《いずみ》も家に帰っている。弘一《こういち》も娘たちも望んでのことではないが、今夜は久々に親子四人が揃《そろ》った夕餉《ゆうげ》の食卓となった。

とはいえそこに親子の団欒《だんらん》は存在しなかった。ただでさえ三姉妹は親離れの激しいお年頃。それに加えて親子仲は、世間の平均よりも冷めている。

「……ごちそうさま」

一切の会話が無いまま、真由美《まゆみ》が席を立とうとする。

「少し待ちなさい」

しかしテーブルに着いて以来、飲食以外で初めて口を開いた弘一《こういち》が待ったを掛けた。

「真由美《まゆみ》、スリランカで設立されたメイジアン・ソサエティのことを知っているか？」

「……存じております」

真由美《まゆみ》の返事からは、警戒感が滲《にじ》み出《で》ていた。ソサエティ設立に達也《たつや》が関与していることを知っているからだ。彼女は父親がまた自分と達也《たつや》の、先輩後輩の関係を利用しようと企《たくら》んでいると疑っていた。

いや、この段階で既に確信していた。

「では、お前の後輩の司波《しば》達也《たつや》君が今日付けで法人を設立した件を知っているか？」

「それも存じております。メイジアン・カンパニーですね。職場で話題になっていました」

「あの、お父様」

こういう時、会話にいつの間にか参加しているのは大抵《たいてい》泉美《いずみ》だ。だがこの時そう言って割り込んだのは、泉美《いずみ》ではなく香澄《かすみ》だった。

「メイジアン・ソサエティとは？　メイジアン・カンパニーとは何なのですか？」

「そもそもメイジアンというのはどのような意味なのでしょうか？」

そして泉美《いずみ》が香澄《かすみ》の質問に問い掛けを重ねる。

「メイジアン・ソサエティはインド・ペルシア連邦《IPU》のチャンドラセカール博士が代表となってスリランカ南端の都市ゴールに設立した国際民間組織だ。その設立に先立ち、IPUはスリランカの分離独立を認めている」

「分離独立……」

香澄《かすみ》は驚くというより呆気《あつけ》に取《と》られた顔だ。確かに、スリランカの独立は先月まで全く話題になっていなかった、寝耳に水の出来事だ。

「メイジアンというのは従来魔法師と認められていなかった実践レベル未満の魔法資質所有者を含めた、広義の魔法因子保有者を指す新しい概念としてチャンドラセカール博士が提唱した言葉らしい」

「具体的には、魔法科高校を退学した人たちや入学できなかった人たちも含むということですか？　何故《なぜ》そんな区分を作ったのでしょう」

「それはね、香澄《かすみ》ちゃん」

香澄《かすみ》の疑問に答えたのは、横から口を挿《はさ》んだ真由美《まゆみ》だった。

「魔法師でなくても、魔法を職業にしている人じゃなくても、魔法因子を保有しているだけで出国制限や国際結婚の事実上の禁止なんかの、公式・非公式の様々な制限を受けているからよ。これは日本だけのことじゃないの」

「……もしかして司波《しば》先輩は、その制限を解決したいとお考えなのでしょうか？」

泉美《いずみ》が真由美《まゆみ》に向かって質問する。

「ええ、おそらく。私が高三の時、確か論文コンペの二週間か三週間前だったと思うけど、彼から聞いた覚えがあるわ。経済的に必要とされる存在になることで、魔法師の地位を向上させる。それが彼の目標だって。その為《ため》に重力制御魔法式熱核融合炉を実現するのだと打ち明けてくれた」

ここで真由美《まゆみ》が、記憶を探るような仕草を見せた。

「いえ……、あの時は確か、リンちゃん——市原鈴音《いちはらすずね》さんの夢が重力制御魔法式熱核融合炉の実現による経済的必要性で魔法師の地位を向上させることだ、という話をして、彼の目標も同じだったのかと驚いたんだった。結局、彼の方が先に重力制御魔法式熱核融合炉——恒星炉を実現してしまったけど」

「あいつが鈴音《すずね》さんのアイデアを盗んだってこと!?」

香澄《かすみ》が義憤の声を上げる。

真由美《まゆみ》は慌てることなく、落ち着いた仕草で首を横に振った。

「いいえ、彼と市原《いちはら》さんのアプローチは全くの別物だった。それは誰よりも市原《いちはら》さん自身が認めている」

その言葉、というよりその声には、それ以上の疑義を差し挟めない説得力があった。

「彼はきっと、恒星炉の実現から更なる一歩を踏み出そうとしているのでしょう。具体的に何をするつもりなのかは知らないけれど。——お父様は何かご存じですか?」

真由美《まゆみ》が弘一《こういち》に目を向ける。

「いや、私も知らない。メイジアン・ソサエティの設立は、当日まで何の情報も無い不意打ちだったからな。カンパニーの方も、昨日のパーティーまで同じ状態だった」

「十師族にも秘密にしていたということですね……」

「司波《しば》先輩は十師族体制から離脱するおつもりなのでしょうか？」

真由美《まゆみ》の言葉を受けて、泉美《いずみ》が姉と父親に意見を求めた。

「四葉家《よつばけ》が十師族から抜けるつもりだということ⁉」

その可能性を考えていなかった香澄《かすみ》が、驚きを露《あら》わにする。

「それは無いだろう。少なくとも、四葉家《よつばけ》が代替わりするまでは」

弘一《こういち》が泉美《いずみ》の推測を否定する。

「もしかしたら四葉家《よつばけ》ではなく彼が、十師族という枠組みから飛び出そうとしているのかもしれません。あるいは、四葉家《よつばけ》からさえも」

真由美《まゆみ》は弘一《こういち》の意見に一部同意し、それ以上の可能性を指摘した。

「……それは、真由美《まゆみ》の考えすぎではないか？　今日設立されたメイジアン・カンパニーの理事長は司波深雪《しばみゆき》嬢だ。彼女は四葉家《よつばけ》次期当主。四葉家《よつばけ》から離れるつもりなら、彼女を代表者には据えまい」

弘一《こういち》のセリフに、真由美《まゆみ》は同意しなかった。

「お父様。深雪《みゆき》さんは彼が四葉家《よつばけ》から離れると言えば、何の躊躇《ためら》いも無く次期当主の地位を捨てるでしょう。……いえ、お父様も仰《おっしゃ》ったではありませんか。代替わりしない限り、四葉家《よつばけ》は十師族に留まると。彼が決断すれば、明日にでも四葉家《よつばけ》は代替わりするかもしれませんよ。幾ら四葉家《よつばけ》でも、彼と深雪《みゆき》さんの二人に抗《あらが》えるとは思えません」

「……真由美《まゆみ》。司波達也《しばたつや》君が何をしようとしているか、興味はあるかい？」

弘一《こういち》は真由美《まゆみ》に反論せず、その可能性を否定もせず話題を変えた。

「……ええ、あります」

真由美《まゆみ》は慎重な態度で、その問い掛けに頷《うなず》く。

「では、メイジアン・カンパニーに転職する気は無いか？」

「……メイジアン・カンパニーに潜入しろと？」

「スパイをしろと命じているつもりはない。司波達也《しばたつや》君が本当は何を意図しているのか、外からでは見えない部分もあるだろうと考えただけだ」

「七草家《さえぐさけ》の私がメイジアン・カンパニーに入職するなどということが可能なのですか？　いえ、そもそもあの社団は求職を受け付けているのですか？」

真由美《まゆみ》は今春魔法大学を卒業したばかりだが、就職したのは七草家《さえぐさけ》の傘下《さんか》にある投資会社だ。だから転職しても、何時《いつ》でも復帰再就職が可能。故に彼女が懸念《けねん》したのは今の職場を辞めることに対してではない。

彼女が気にしているのは、明らかに四葉家《よつばけ》の影響下にある法人に七草家《さえぐさけ》の自分が入り込めるか、という点だ。弘一《こういち》が突拍子もないことを言い出すのは（真由美《まゆみ》にとっては）いつものことだが、今回のこれは過去の横車と比べても突き抜けていた。

「そこは私が何とかする」

根拠を示さず請け負う弘一《こういち》。

幾ら七草家《さえぐさけ》の当主であっても難しいのではないかと真由美《まゆみ》は思ったが、その一方で安堵《あんど》もしていた。自分と達也《たつや》の縁で何とかしろ、と命じられる可能性も真由美《まゆみ》は想定していたのだ。最悪、色仕掛《いろじか》けなどという暴挙を強いられることも。

それは考えられる限り、本物の「最悪」だ。そうならずに済んで、真由美《まゆみ》はホッとせずにはいられなかった。

と言っても、真由美《まゆみ》は達也《たつや》が嫌いというわけではない。本当の意味での色仕掛《いろじか》けならともかく、デートするくらいなら特に抵抗は無い。――深雪《みゆき》という婚約者がいなければ、の話だが。

真由美《まゆみ》は今年でもう二十三歳。彼女はまだ男性と最後の一線を越えたことはないが、それ以外なら年相応に経験を積んできた。余り自慢にはならないが、大学時代にお見合いを重ねてもいる。一線を越えずに男性を喜ばせる芸当も、それなりに身に着けていた。

だが達也《たつや》を相手にそういう不誠実な真似《まね》をするのは、何となく抵抗があった。

それに自分がモーションを掛けても達也《たつや》は絶対になびかない。それが真由美《まゆみ》には分かっている。たとえ本気でなくても、女として敵《かな》わないと態々《わざわざ》思い知らされるなんて最悪だ。自分から屈辱を味わいに行くような被虐趣味を、真由美《まゆみ》は持ち合わせていなかった。

そんな真似《まね》を強制されなくて良いのであれば、勤め先を変えるくらい――。

「お父様がそう仰《おっしゃ》るのであれば」

真由美《まゆみ》が安請け合いしてしまったのは、そんな心理状態の産物だった。

あるいはこれもまた弘一《こういち》の術中で、真由美《まゆみ》はまんまと乗せられたのかもしれなかった。

◇◇◇

メイジアン・ソサエティに続くメイジアン・カンパニー設立の波紋は、日本国内に留まらなかった。

USNA旧カナダ領バンクーバー。そこには『FEHR《フェール》』という団体の本部がある。市政府に認められた、合法的な魔法師の結社だ。

その一室の扉を黒髪黒目の、東アジア系の外見を持つ若い男性がノックした。

「ミレディ、お呼びですか」

ミレディ、というと大デュマの小説『三銃士（ダルタニャン物語）』に登場する悪の貴婦人『ミレディー・ド・ウィンター』を連想しがちだが、ここでは女性に対する古風な敬称としての用法だ。意味は「貴婦人」。語源は「My Lady」の短縮形であるとされている。

女性に対する敬称は「Ma'am《マム》」が代表的で、特に軍隊では一般的であるが、FEHR《フェール》ではリーダーを務める女性に対する敬称として「ミレディ」が使われている。そこには軍事色を無くすという意味合い以外に、リーダーが大変年若い外見であるという理由もある。――「Ma'am《マム》」には「おばさん」というニュアンスもあるので。

「入ってください」

「失礼します」

室内からの声に従い、青年が扉を開けて中に入る。今時自動ドアではない、木製の内開き扉だ。

「良く来てくれました、遼介《りょうすけ》。どうぞ、掛けてください」

奥のデスクに座っていたリーダーが立ち上がって青年を迎える。

透き通るような明るい栗色《くりいろ》のミディアムストレートヘア、琥珀色《こはくいろ》の瞳の、白人にしては小柄な美しい女性だ。いや、リーダーの『レナ・フェール』は「美女」と言うより「美少女」という表現の方が相応《ふさわ》しい外見だった。

「失礼します」

リーダーが座るのに合わせてその向かい側に腰を下ろした青年は、『遼介《りょうすけ》』という名前から推測されるとおりの日本人だ。フルネームは『遠上遼介《とおかみりょうすけ》』。彼は四年前に大学の留学生として渡米し、そのままUSNA旧カナダ領に留まっていた。

「遼介《りょうすけ》、お茶で良《い》いですか？　それよりもコーヒーの方が？」

「ではミレディと同じ物で」

「……遼介《りようすけ》は何時《いつ》もそれですね」

「ミレディと同じ物を飲み、同じ物を食べ、同じ苦労を分かち合い、同じ未来を見たいのですよ。俺だけじゃなく、FEHR《フェール》の同志たちは皆、同じように考えていると思います」

「もう……。いつも大袈裟《おおげさ》なんですよ、遼介《りようすけ》は」

レナが困惑気味の表情を浮かべる。ただ、決して嫌そうではなかった。むしろ照れているのを隠しているような雰囲気だ。

「――バトラー、シナモンティーを二つ」

『かしこまりました』

レナが飲み物を命じた相手は男性型ヒューマノイドロボットだ。3H（Humanoid Home Helper）の上位機種で、フレームの耐久性と燃料電池の容量を強化したタイプ。

元々3Hはホームオートメーションの人型インターフェースに過ぎない。実際に作業をするのは様々な自動機と非ヒューマノイド型ロボットだ。だがこの上位機種は単独で家事と事務作業を補助できるように設計されている。

一般的な名称はVariable Use, Tough and Long Operate Robotの頭文字を取って『VUTLOR《ヴァトラー》』だが、レナは自分のロボットに『BUTLER《バトラー》』という愛称を付けていた。

バトラーの手によって、シナモンティーのカップがレナと遼介《りようすけ》の前に並んだ。

「まずは、どうぞ」

「いただきます」

レナの言葉に、遼介《りようすけ》がティーカップに手を伸ばす。

それを見て、レナもカップを唇に近付けた。

二人は同時に、カップをテーブルに戻す。

「ミレディ、そろそろ御用件を教えていただけませんか」

頃合いと見たのか、遼介《りようすけ》が本題へ入るよう促した。

「遼介《りようすけ》、貴方《あなた》の祖国でメイジアン・カンパニーという組織が結成されたのをご存じですか?」

「メイジアン・カンパニー? メイジアン・ソサエティではなく?」

「密接な関係があるとは思いますが、別組織です。あの司波達也《しばたつや》氏が昨日発表し、今日付けで設立した日本の法人です」

現在バンクーバーは四月二十六日午後二時。日本時間では二十七日午前六時だ。

「……彼はメイジアン・ソサエティの設立にも関与していましたよね?」

遼介《りようすけ》の言葉にレナが頷《うなず》く。

「メイジアン・ソサエティのウェブサイトでは、副代表ということになっています」

そして、こう付け加えた。

「メイジアン・ソサエティの目的は確か、魔法師の人権保護でしたか」

「魔法師《マギクラフター》ではなくメイジアンの権利を目的としている、と書いてありました」

「ミレディご自身で確認されたんですね……。それで、メイジアンとは？」

遼介《りょうすけ》が「メイジアン」という耳慣れない単語について解説を求める。彼自身がソサエティのウェブサイトに目を通せば済むことだったのだが、レナは嫌な顔一つせずその質問に答えた。

「魔法師《マギクラフター》だけでなくそのレベルに達していない先天的な魔法資質の持ち主を含む、魔法使いという種族一般を指す広い概念と説明されていました」

「なる程。確かに魔法師ライセンスを持っていなくても、魔法因子を保有しているだけで様々な制限が課せられていますからね……」

「ええ。立派な志だと思います。正直に言えば、戦略級魔法の開発者で魔法師をまさしく兵器にしてきたチャンドラセカール博士がそのような考えを秘めていたのは意外ですけど」

レナが中心になって組織したFEHR《フエール》の目的も魔法因子保有者の保護。FEHR《フエール》という名称は『Fighters for the Evolution of Human Race』（人類の進化を守る為《ため》に戦う者たち）の略だ。

魔法を人類が進化によって獲得した因子と考え、人類の進化種である魔法因子保有者《マジック・オーナー》を差別や弾圧から保護する為《ため》の結社がFEHR《フエール》だ。今のところ合法的な組織だが、メンバーは目的の為《ため》には非合法の暴力的手段も厭《いと》わないつもりでいる。『聖女』の異名を取るリーダーの印象とは裏腹に、FEHR《フエール》はそのような過激思想の持ち主の集まりだった。

そうしたレナたちFEHR《フエール》のメンバーからすれば、自ら矢面に立つことなく戦略級魔法というシステムの中に魔法師を組み込んで兵器に仕立て上げるチャンドラセカールのような軍事魔法学者は、たとえ本人が魔法因子を保有していようと仲間を道具に変える敵にしか見えない。いや、軍事魔法学者が魔法因子保有者であれば彼らにとって裏切り者と言える。

「博士の過去の所業はさておいて、正しい思想と正しい概念は尊重すべきでしょう。私たちの結社でも、今後は魔法因子保有者のことをメイジアンと呼ぶことにしたいと考えています」

「良《い》いのではないでしょうか。シンプルですし、新しいカテゴリーには新しい名称が相応《ふさわ》しいと思いますよ」

レナの考えに、遼介《りょうすけ》はすぐさま支持を表明した。彼に限らずFEHR《フェール》でレナがこうしたいと言い出したことは、大抵そのまま採用される。「カリスマ」と「独裁者」は外面的にほぼ同義、その特徴を書き出せば多くの項目で一致する。

違いがあるとすれば、独裁者ではないカリスマは本人が無条件の肯定に違和感を覚える点だろうか。自分の提案にわずかばかりも考え込む素振りを見せなかった遼介《りょうすけ》の反応に、レナは居心地悪そうな咳払《せきばら》いで戸惑いを隠した。

「メイジアン・ソサエティが公表されているとおりの組織なら、私たちFEHR《フェール》と利害が衝突することはないでしょう。如何《いか》なる国家の影響も排するというのが建前で背後にIPUがいたとしても、組織が実質のある影響力を手に入れるまでには相応の時間が必要です」

それは彼女自身の、FEHR《フェール》の実体験から来た言葉だ。FEHR《フェール》は二〇九五年十二月、過激化した人間主義に対抗して魔法師が自らの権利を守る為《ため》の互助組織として誕生した。結成五年目になるが丸三年が経過した去年、ようやくＵＳＮＡ北部で一定の合法的な発言力を手に入れた。ただそれもまだ市政府レベルのものであり、連邦政府どころか州政府を動かすこともできていない。

「それより問題はメイジアン・カンパニーの方です。司波《しば》達也《たつや》氏は世界を動かし得る実質的な力を有していますから」

レナにとって達也《たつや》は、両極端に評価が分かれる人物だ。

己が身を以《もつ》て魔法師が強大な戦力、強力な兵器となり得ることを示し、国家の所有欲、魔法師を道具として所有する欲望を刺激した負の側面。

恒星炉技術の開発により、魔法師が兵士として政府に養われるだけのものでなく経済的に国家から自立した存在となり得る基盤をもたらした正の側面。

どちらの実績も余りに巨大で、達也《たつや》がこれから何をしようとしているのか、結果としてどんな未来をもたらすのか。自分たちに有益か有害か。レナはそれを判断するどころか、推測することもできずにいた。

「彼が一体何をしようとしているのか……。遼介《りょうすけ》、調べてきてもらえませんか？」

レナの依頼に、遼介《りょうすけ》は軽く首を傾《かし》げた。

「俺がですか？　ミレディのご命令とあれば否《いな》やはありませんが、俺の力は調査に向いていませんよ？」

遼介《りょうすけ》のセリフは謙遜ではなく、単なる事実だ。彼はある特定の魔法を除いて、余り魔法が得意ではない。そしてその得意魔法は、直接戦闘以外に使い道が無いものだった。それも敵軍の中に単身突撃するような戦い方に向いている魔法で、索敵とか狙撃とかトラップ解除とかの諜報《ちょうほう》にも応用可能な戦闘技能ではない。

「ええ、遼介《りょうすけ》の得意分野は理解しています」

レナはいったん遼介《りょうすけ》の主張を認めて、すぐに言葉を続けた。

「遼介《りょうすけ》にはメイジアン・カンパニーの従業員になって欲しいのです」

「……潜入調査ですか？」

意外感を隠せない遼介《りょうすけ》の問い掛けに、レナがコクリと頷《うなず》く。外見だけでなく仕草まで、本当に少女のようだ。もしかしたら彼女自身意識せず外見に仕草を合わせているのかもしれない。

「遼介《りょうすけ》は日本人ですから、アメリカ人の私たちより就職しやすいはずです」

レナは生まれも育ちも旧カナダ人、旧カナダ領だが、自分のことを「アメリカ人」という括《くく》りで認識している。それは他の旧カナダ人、旧メキシコ人も同じだった。

「メイジアン・カンパニーって、従業員を募集しているんですかね……？」

遼介《りょうすけ》が命令の根本的な不確実性を指摘する。

「それは分かりません」

レナはプランの欠陥をあっさり認めた。

「とにかく日本に飛んで、試してみてくれませんか」

その上で特に悪びれた風もなく、無茶ぶりとも思える指示を出した。

「分かりました。ベストを尽くします」

そして遼介《りょうすけ》は、そうするのが当然とばかり頷《うなず》いた。

◇　◇　◇

進展しているのは謀略だけではない。組織の建設的な充実も、着々と進んでいた。

メイジアン・カンパニーの本部は町田《まちだ》にあるＦＬＴ開発第三課の隣のビルだが、二十七日現在ではまだ一般的な情報機器を設置しただけだ。常駐スタッフの人数が決まっていないから、デスクも二つしか搬入されていない。今週中には体裁が整う予定だが、今のところカンパニーの事務処理は巳焼島《みやきしま》で行っている。（株）ステラジェネレーターの社長室用に確保してある個室が事実上のメイジアン・カンパニー暫定本部だ。

平日にも拘《かか》わらず、達也《たつや》は大学ではなくこの暫定本部にいた。時刻は十四時。もうすぐカンパニーの従業員第一号が四葉《よつば》本家から派遣されてくる予定になっている。

（そろそろか）

達也《たつや》がそう考えた直後、デスク上のコンソールに来客のサインが点《とも》った。このビルに受付はいない。いや、今時受付がいるビルなどほとんど無い。その代わり、来訪者が自分で範囲を定めて開示した個人情報が訪問先の端末に表示される。

デスクの端末に表示された氏名は、達也《たつや》が待っていた人物のものに相違なかった。彼はそれを確認してコンソールを操作し、入室の許可を与える。

同時に館内カメラの映像が、壁面のモニターに映し出された。モニターの中で、レディーススーツを纏《まと》った人影が開放されたゲートを通り抜けて、床に表示された矢印のとおりに進む。

彼女は去年三十歳になったはずだが、颯爽《さっそう》とした姿は初めて会った時から変わらない。監視する必要はない人物だったが何となくそのままモニターを眺めている内に、彼女はこの部屋の前に立った。

ノックの代わりに呼び鈴が鳴らされる。

達也《たつや》はドアのロックを解除して立ち上がった。

扉が開き、彼女が入室する。

「こんにちは」

「こんにちは、藤林《ふじばやし》さん」

来客――従業員第一号は元独立魔装大隊の藤林《ふじばやし》響子《きょうこ》だった。

「私は達也《たつや》くん、いえ司波《しば》さんのことを司波《しば》専務とお呼びすればよろしいでしょうか？　それとも司波《しば》社長とお呼びすべきかしら？」

この質問は達也《たつや》がメイジアン・カンパニーの専務理事であり、ステラジェネレーターの社長就任予定であることから来ているものだ。

「藤林《ふじばやし》さんに入社していただくのはメイジアン・カンパニーの方ですので、公式の場では専務理事でお願いします」

「分かりました、司波《しば》専務。本日よりお世話になります。よろしくお願い致します」

「歓迎します。藤林《ふじばやし》さんが来てくれて大変心強く感じています。それから、さすがにもう『達也《たつや》くん』はご遠慮願いますが、人前でなければざっくばらんな口調で構いませんよ」

「分かりました。そうさせてもらうね、専務」

「ええ、それで結構です」

藤林《ふじばやし》が親しげな笑みを浮かべ、達也《たつや》がそれに穏やかな表情で応える。

達也《たつや》が藤林《ふじばやし》に手振りでソファを勧める。

達也《たつや》と藤林《ふじばやし》はローテーブルを挟んだソファに腰を下ろし、向かい合った。

自走式ワゴンにロボットアームを取り付けた形の非ヒューマノイドロボットが二人分の飲み物を持ってきてテーブルに並べる。

二人は同時にカップを持ち上げ、わずかな時間差でそれをテーブルに戻した。

「……それにしても叔母上が藤林《ふじばやし》さんを手放すとは思いませんでした。フリズスキャルヴの再現はまだ終わっていないのでしょう？」

フリズスキャルヴというのは四葉家《よつばけ》当主・四葉真夜《よつばまや》が偶然に入手し利用していた超高性能なハッキングツールのことだ。ほぼあらゆるオンラインデータにアクセスする性能を備えていた。

今では達也《たつや》が三年前の夏に葬《ほうむ》ったエドワード・クラークによって、監視対象の許《もと》へ偶然を装《よそお》い送り付けられた物であることが分かっている。当《とう》のフリズスキャルヴはエドワード・クラークの死と共に機能を停止していた。

「あのプロジェクトは中止になったの。エシェロンⅢのバックドアが塞がれてしまったから」

達也《たつや》の問い掛けに、藤林《ふじばやし》は苦笑しながら回答した。

「藤林《ふじばやし》さんならエシェロンⅢをハッキングすることも可能だと思いますが」

「できるわよ。でもご当主様が求めているのは私がハッキングすることじゃないでしょう？」

「確かにそうですね」

「誰でも自由に世界中のデータにアクセスできるようにするにはどうしても、エシェロンⅢぐらいの大規模システムが必要よ。でもそんな物を作るのは費用が掛かりすぎる。割に合わないわ」

軽く肩をすくめる藤林《ふじばやし》。

達也《たつや》は深い納得を込めて頷《うなず》いた。

四葉家《よつばけ》には世界を支配しようなどという野望は無い。必要な時に必要な情報だけ集められれば良いのであって、世界中の情報にアクセスする能力は不要だ。全く予兆の無い脅威なんてものは滅多にあるものではない。

「本業の方はどうです？」

「あら、その為《ため》の時間は専務が作ってくださるのでしょう？」

「……ええ、そうですね」

態《わざ》と慇懃《いんぎん》な喋《しゃべ》り方で問い返した藤林《ふじばやし》に、今度は達也《たつや》が苦笑いを浮かべた。

藤林《ふじばやし》の「本業」とは、真夜《まや》から与えられた研究課題である「情報ネットワークの本質解明」。電子的情報ネットワークではなく、情報そのもののネットワークの性質を解き明かすことだ。

魔法は事象が持つ本来の情報を、偽りの情報で書き換える技術。そこには当然、情報を伝達するプロセスがある。魔法師は意識せず、万物の情報ネットワークに干渉しているのだ。

情報ネットワークの本質解明は、魔法の本質を解明する為《ため》の足掛かりになる。少なくとも真《ま》夜《や》はそう考えて藤林《ふじばやし》に研究を命じた。達也《たつや》も真夜《まや》のその意見には賛成だ。メイジアン・カンパニーの業務に直接の関係は無いが、研究への協力はやぶさかではなかった。

「必要なハードウェアも可能な限り揃《そろ》えますので、遠慮無くリクエストしてください。多分、第一〇一旅団時代よりも資金は潤沢ですので」

達也《たつや》は藤林《ふじばやし》の問い掛けに対する回答に、頷《うなず》くだけでなくこう付け加えた。

「ありがとう。当てにさせてもらうわね」

藤林《ふじばやし》がニッコリ笑う。

恒星炉プラント事業には多くの大企業が参加している。それだけでなく、名義を隠したUSNAからの資金提供もある。準戦時下とはいえ限られた予算を分け合って、いや、取り合っている国防軍の部隊よりも、直接戦闘に関係が無い装備に関して、潤沢な予算が期待できるのは藤林《ふじばやし》にも想像に難《かた》くなかった。

「では、藤林《ふじばやし》さんの勤務条件ですが」

達也《たつや》が口調を変え、藤林《ふじばやし》が姿勢を正す。

「こちらに書面を用意しました」

達也《たつや》が電子媒体ではなく、紙の書類をローテーブルに置いた。

藤林《ふじばやし》はそれを手に取り、じっくりと目を通した。

「……報酬は十分です」

セリフどおり不満は欠片《かけら》も無い表情で頷《うなず》いた藤林《ふじばやし》が、軽く首を傾《かし》げる。

「勤務地は巳焼島《ここ》ですか？」

「ええ。社宅はこちらで用意します。町田《まちだ》の本部から毎日定時に小型ＶＴＯＬを飛ばしますので通勤も可能ですが……、通いは体力的に少々きついかもしれません」

達也《たつや》の答えに、藤林《ふじばやし》が思案顔になる。

「……そのＶＴＯＬは一日に何往復の予定なのですか？」

「往復ではなく町田《まちだ》発と巳焼島《みやきしま》発を同時に飛ばします。八時発、十一時発、十五時発、十七時発の四便を予定しています」

「休日は如何《いかが》でしょう」

「休日も同じです」

藤林《ふじばやし》が瞼《まぶた》を閉じて微《かす》かに頷《うなず》く。それは達也《たつや》に対してと言うより、心の中の自問に対して自答した仕草のようだった。

「……社宅を貸していただくことにします」

「ではその条件で。社宅は今日すぐにでも入居できますが、部屋を御覧になりますか？」

「ええ、是非」

達也《たつや》が頷《うなず》き、立ち上がった。

彼は立ったままデスクのコンソールを操作した。

『はい、達也《たつや》様』

卓上スピーカーから若い男性の声が返る。藤林《ふじばやし》はその声から、自分と同年代くらいか？　と推測した。

「兵庫《ひょうご》さん、藤林《ふじばやし》さんを社宅にご案内してください」

達也《たつや》が口にした名前で、藤林《ふじばやし》はインカムの相手が誰だか分かった。

彼女は三年前の秋に国防軍を退役後、四葉《よつば》本家で研究者として働いていた。四葉《よつば》家《け》の主立った使用人たちとも一通り交流があるし、本家に常駐していない使用人の内、重要度が高い者の名前も知っている。

兵庫《ひょうご》というのは本家の私兵集団を統括している花菱《はなびし》執事の息子、花菱兵庫《はなびしひょうご》のことだろう。

藤林《ふじばやし》はそう考えた。

『かしこまりました。すぐに参ります』

名前は知っていても会ったことは無い。どんな人物だろうと、彼女は特に深い意味も無く考えた。

◇　◇　◇

藤林《ふじばやし》の社宅として用意された部屋はプラントがある東部沿岸地域ではなく、四葉家《よつばけ》の施設が集まっている西岸のビル群にあった。達也《たつや》の別宅も入っている四葉《よつば》一族用のマンションビルではなく、その隣のスタッフ用ビルの一室だ。

スタッフ用だからといって造りや内装が安っぽいということはない。紹介された部屋は藤《ふじ》林《ばやし》のセンスで判断しても、十分に暮らしやすそうだった。

「藤林様《ふじばやし》、如何《いかが》でしょうか」

背後から掛けられた声に藤林《ふじばやし》が振り返る。

彼女の邪魔にならないよう少し距離を置いて控えている兵庫《ひょうご》は、口調も態度も申し分なく丁寧だ。だが藤林《ふじばやし》は兵庫《ひょうご》に対して「見掛けどおりの優男《やさおとこ》ではない」という直感を覚えていた。

「――不満は全くありません。むしろこんなに良《い》いお部屋を貸していただけるなんて恐縮です」

無論藤林《ふじばやし》も、それを態度に出すほど初心《うぶ》ではない。元軍人らしい実直な表情を作って兵庫《ひょうご》の問い掛けに答えた。

「それと『様』は止めてくださいますか。私と貴方《あなた》は、司波《しば》専務の部下という点で同格です。様付けで呼ばれるのは違和感があります」

「同格、ですか。そうですね」

兵庫《ひょうご》は一度だけ意味ありげに頷《うなず》き、すぐに控えめで誠実そうな職業スマイルを浮かべた。

「達也《たつや》様の御力になれるよう、お互いに努めましょう」

そのままの笑顔で兵庫《ひょうご》が藤林《ふじばやし》に、表面上激励と解釈される言葉を返す。

「え、ええ」

藤林《ふじばやし》の背筋を、正体が良く分からない悪寒《おかん》が走った。

◇　◇　◇

藤林《ふじばやし》が社宅の下見から臨時社長室に戻った時には、午後三時を過ぎていた。

入室許可のサインが点《とも》った扉を藤林《ふじばやし》が開けると、達也《たつや》がデスクの奥から「藤林《ふじばやし》さん、ちょうど良かった」と彼女に声を掛けた。

当然それだけの情報では、何のことだか分からない。藤林《ふじばやし》は思わず部屋に一歩入ったところで立ち止まってしまう。

「どうぞ、掛けてください」

「はい……」

状況を理解できぬまま、藤林《ふじばやし》は達也《たつや》の言葉に従い先程と同じソファに腰を下ろす。

「ちょうど通信中だったんですよ。あいつも藤林《ふじばやし》さんと話したいでしょうから」

そう言いながら達也《たつや》はデスクのコンソールを操作した。

壁面ディスプレイに一人の青年のウエストショット（腰あたりから頭の先まで入った映像）が映し出される。

「光宣《みのる》くん！」

それが誰だか認識して、藤林《ふじばやし》は思わず叫んでしまった。

九島光宣《くどうみのる》。元十師族・九島《くどう》家の末子《まつし》で藤林《ふじばやし》の従弟。一人の少女を救う為に自ら妖魔・パラサイトとなり、達也《たつや》によって退治されたと言われていた少年。

『響子《きょうこ》姉さん、お久し振りです。ご無沙汰しています』

藤林《ふじばやし》は光宣《みのる》から見て従姉だが、光宣《みのる》は以前から藤林《ふじばやし》のことを「響子《きょうこ》姉さん」と呼んでいた。

「生きていたのね……、良かった」

藤林《ふじばやし》の口から嗚咽《おえつ》が漏れそうになる。

『良かったと言ってくれるんですね……。ありがとうございます』

光宣《みのる》の両目が潤んでいるように見えるのは多分、気の所為《せい》ではなかった。

「今何処《どこ》にいるの？」

藤林《ふじばやし》がこの質問を口にしたのは、自然な流れと言えるだろう。

光宣《みのる》の処遇を知る者は四葉《よつば》家《け》でもほんの一握りだ。藤林《ふじばやし》は四葉《よつば》家《け》で真夜《まや》直属の部下だったが、この「一握り」には含まれていなかった。

『それはですね……』

光宣《みのる》が口ごもったのは、自分の立場を弁《わきま》えているからだ。

「光宣《みのる》は今、宇宙にいます」

答えを躊躇《ためら》う光宣《みのる》に代わって、達也《たつや》が藤林《ふじばやし》の問い掛けに答える。

「宇宙？」

いつの間にか向かい側に座っていた達也《たつや》に、藤林《ふじばやし》は説明を求める眼差《まなざ》しを向けた。

「光宣《みのる》は高度約六千四百キロの回帰軌道を周回している宇宙ステーションに住んでいます」

「宇宙ステーション⁉　有人宇宙ステーションは半世紀以上運用されていないはずよ？」

「世界中、それどころではありませんでしたからね」

達也《たつや》が言うとおり、世界の寒冷化が本格化した時点で当時の超大国も有人宇宙ステーションを運用する余裕を失った。

元々有人宇宙ステーションは科学的な実験目的の意味合いが強かった。無重量空間における実験プラントとしての用途や、火星や金星、外惑星に探査船を送り込む為《ため》のプラットフォームの試作機としての運用だ。

実用的には無人の人工衛星で事足りたし、軍事目的であっても有人である必要は無かった。一ヶ月以上の長期滞在を目的とする人工衛星は――言うまでもなく宇宙ステーションは人工衛星の一種だ――二〇四〇年代にＵＳＡ、現在のＵＳＮＡが打ち上げて結局失敗に終わった対地攻撃ミサイルプラットフォームを最後に、半世紀以上存在が途絶えていたのである。

言い方を変えれば、光宣《みのる》が住んでいる『高千穂《たかちほ》』は約半世紀ぶりに衛星軌道へ送り込まれた宇宙ステーションであり、現在では唯一実際に運用されている「宇宙での長期滞在が可能な人工物」だった。

「何故《なぜ》……いえ、そうだったわね」

藤林《ふじばやし》は「何故《なぜ》そんな所に光宣《みのる》がいるのか」と訊《たず》ねようとして、その質問を呑《の》み込《こ》んだ。この国に光宣《みのる》の居場所が無いことは、藤林《ふじばやし》にも良く分かっていたからだ。

「それにしても専務。居住が可能な宇宙ステーションなんて能《よ》く打ち上げられましたね」

また藤林《ふじばやし》は「宇宙ステーションを打ち上げたのは達也《たつや》なのか」とも訊《き》かなかった。そんな物を造って実際に運用するのは達也《たつや》以外にいないと、彼女は無意識に結論付けていた。

「打ち上げたのではありませんよ」

「えっ？　それはどういう……」

「それはまた後で。一度に交信が可能な時間は限られていますので、今は光宣《みのる》と話をした方が良《い》いのではありませんか？」

藤林《ふじばやし》はハッとした表情で壁面ディスプレイへと振り向いた。

そこでは放っておかれた光宣《みのる》が苦笑いを浮かべていた。

「ご、ごめんなさい、光宣《みのる》くん。その……元気？」

『ええ。御蔭様《おかげさま》で……というのは少し変ですが、以前のように体調を崩すことはありません』

「そう……」

藤林《ふじばやし》の心境は複雑だった。彼女は伏せりがちな光宣《みのる》の体質に深く同情していたし、ベッドの上で寂しそうにしている姿を見ていると我がことのように辛《つら》かった。こうして健康になった光宣《みのる》を前にすると、人を捨てパラサイトになった愚行を一概に否定できないという気分になる。

だがその愚行が「祖父殺し」という悲劇を招いた。その所為《せい》で光宣《みのる》自身が深く傷付いたに違いないし、彼は追われる身となり日本に居場所が無くなった。

「その……、住み心地はどう？」

『快適ですよ。水も空気も電気もたっぷりありますし、人造レリックで一Gの重力を発生させていますから。時々、自分が宇宙にいるのか地上にいるのか分からなくなる程です』

「でも宇宙ステーションの中なんでしょう。狭くない？」

『いえ、部屋数も十分ですし、二人では使い切れないくらいです』

どうやら不自由は無いようだと一安心したところで、藤林《ふじばやし》は一つの違和感に気付いた。

「……二人？」

藤林《ふじばやし》の訝《いぶか》しげな呟《つぶや》きに、光宣《みのる》は照れ臭そうにはにかんだ。

『実は、カノジョと暮らしているんです』

「彼女⁉」『かのじょ』って、カノジョ⁉」

音だけだと「かのじょ」の羅列で何が何だか分からなくなりそうな藤林《ふじばやし》のセリフを、光宣《みのる》は正確に理解した。

『ええ、まあ』

「相手は誰なの⁉ 私の知っている子⁉」

『ええ、響子《きょうこ》姉さんはご記憶だと思います。——水波《みなみ》さん』

画面の中の光宣《みのる》が横を向いて手招きする。

光宣《みのる》以上に恥ずかしそうな顔をした少女が、カメラのフレームに収まる。

彼女は何故《なぜ》か濃紺のワンピースに白いエプロン、分《わ》かり易《やす》く言えばメイド服を着ていた。

『彼女が僕の、その、パートナー、です』

パートナー、のところで光宣《みのる》が初々《ういうい》しく顔を赤らめた。

彼女は桜井水波《さくらいみなみ》。元四葉《よつば》家の、というより深雪《みゆき》のメイドでガーディアン候補。光宣《みのる》が人を捨ててまで救おうとした少女。そして今は、光宣《みのる》と同じパラサイト。

画面の中の水波《みなみ》の顔は光宣《みのる》以上に真っ赤だ。

『桜井水波《さくらいみなみ》です。ご無沙汰しております……』

そう言ってお辞儀するのが精一杯というのがディスプレイ越しでも見て取れた。

「え、ええ。お久し振り」

藤林《ふじばやし》は動揺しているのか、水波《みなみ》に対してそれだけしか返せない。

「……同棲《どうせい》しているの？」

そして多分、表現を選んでいる余裕が無かっただろう。藤林《ふじばやし》は光宣《みのる》に、ストレートすぎる問い掛けを投げた。

『同棲《どうせい》なんてそんなっ！』

『…………』

慌てふためく光宣《みのる》と、何も言えず俯く《うつむ》水波《みなみ》。今年で二十歳とは思えぬ初心《うぶ》さだが、二人は三年間眠っていて容姿も当時と変わっていない。十七歳の反応と考えれば、それほどおかしなものではないかもしれない。初心《うぶ》であることに変わりはないが。

『同居です、同居！　まだ寝室も別々なんですから！』

「まだ……？」

三十歳独身、恋人無しの藤林《ふじばやし》がジトッとした目を光宣《みのる》に向ける。

『えっ、いや、その……』

光宣《みのる》は可哀想《かわいそう》に今にも冷や汗、どころか脂汗でも滲《にじ》ませそうな感じになっていた。

「もう水波《みなみ》と結婚式を挙げたらどうだ」

そこに達也《たつや》から援護射撃が放たれる。いや、光宣《みのる》にとっては追撃だったかもしれない。

少なくとも水波《みなみ》にとっては止《と》めだったようで、俯《うつむ》いたままピクリとも動かなくなっていた。

『……け、結婚は達也《たつや》さんが先なのでは』

光宣《みのる》にしてみれば精一杯の反撃だったのだろう。

「深雪《みゆき》が大学を卒業したら式を挙げることになっている」

しかし達也《たつや》には、ノーダメージだ。

「光宣《みのる》には時期を待つ理由など無いはずだが。式の手配ならこちらで引き受けるぞ」

『……勘弁してください』

少々脆《もろ》すぎる気もするが、光宣《みのる》は白旗を揚げた。

藤林《ふじばやし》が引っ越しの準備の為《ため》に退室した後、達也《たつや》と光宣《みのる》は再び画面越しに向かい合った。

「光宣《みのる》、先程の続きだが」

『はい。結論から言えば、高千穂《たかちほ》の高度を変えるのは難しそうですね。いったん高度を下げてしまうと、元の軌道に復帰するのは困難です』

「不可能ではないんだな?」

『僕一人では無理ですね。水波《みなみ》さんと力を合わせても及ばないでしょう。少なくとも深雪《みゆき》さんに匹敵する魔法力の持ち主が、後《あと》二人は必要になると思います』

達也《たつや》と光宣《みのる》が話しているのは、高千穂《たかちほ》を宇宙ステーションとしてではなく、真の宇宙船として運用できるかどうかについてだった。あらかじめ定められた軌道を周回するだけでなく、地球上空を自由に飛び回ることが可能かどうかだ。

高千穂《たかちほ》にはエアカーと同じ地球の重力を利用した移動システムが組み込まれている。原理的には地球の重力が作用している衛星軌道内なら静止も加速も方向転換も思いのままになるはずだった。しかし実際には「衛星は推力無しには母星以外の天体の重力が作用しない限り同一軌道を周回するものである」という情報の定義力が強すぎて、これまでのところ誤差の範囲と認識される程度の軌道変更しかできていなかった。

「そうか……。では同一高度上の移動はどうだ」

光宣《みのる》は態々《わざわざ》「高度を変えるのは難しい」と言った。水平移動——同一高度の座標間移動は否定していない。

達也《たつや》の問い掛けに、光宣《みのる》は「気付きましたか」と言わんばかりの人が悪い笑みを浮かべた。

『一時的な軌道変更ならば可能です』

「元の軌道に復帰する条件を付ければ行けるということだな」

『はい。ざっと計算してみましたが、南北方向に各三十度以内なら移動可能だと思います』

「高千穂《たかちほ》の軌道傾斜角が三十度。赤道までは何時《いつ》でも移動可能か……。北極と南極以外は常にカバーできるな」

『ええ、おそらくは』

数秒、考え込む仕草を見せた後、達也《たつや》が小さく頷《うなず》く。

「分かった。その方向で起動式を組んでみよう。少し時間は掛かるかもしれないが、完成したら試してみてくれ」

『はい、お任せください』

光宣《みのる》は自信ありげに請け負った後、笑顔で期待感を露《あら》わにした。

『上手《うま》く行けば、世界中何処《どこ》へでも密入国し放題ですね』

現代魔法の発動には術式補助演算機《CAD》を用いるのが一般的だが、補助手段はＣＡＤだけではない。魔法式を幾何学模様化して感応性合金に刻み、そこに想子《サイオン》を流し込むことで魔法を発動する刻印型術式補助、またの名を刻印魔法陣と呼ばれる物もある。情報量が膨大で幾何学模様の作成に多大な労力を要するのに対して、一つの刻印魔法陣で一種類の魔法しか発動できないという欠点はある。だが、想子《サイオン》を流すだけで魔法式が出力されるというのは大きなメリットだ。

そこが評価されて、今でも建造物の構造強化などにはこの刻印魔法陣が使われている。

巳焼島《みやきじま》南西部には直径二百メートルという大規模な刻印魔法陣が、地下三十センチに隠される形で設けられている。刻まれている魔法式は疑似瞬間移動。

規模は小さいが、疑似瞬間移動の刻印魔法陣は高千穂《たかちほ》の内殻にも刻まれている。

高千穂《たかちほ》と巳焼島《みやきじま》はそれぞれに設けられている刻印魔法陣を使った疑似瞬間移動『仮想衛星エレベーター』によって結ばれていた。巳焼島《みやきじま》から見えている時という制限はあるものの、この仮想衛星エレベーターによって高千穂《たかちほ》は物資の補給を幾らでも受けられるのである。

仮想衛星エレベーターは、人間程度の質量なら地上側に刻印魔法陣が無くても高千穂《たかちほ》の刻印魔法陣だけで往復可能だ。高千穂《たかちほ》が目的地の直上にある必要も無い。視線が通っていれば良い。

もし高千穂《たかちほ》の水平移動実験が成功すれば、光宣《みのる》が言ったように高千穂《たかちほ》を経由することで世界中何処《どこ》へでも跳べる計算だ。疑似瞬間移動で壁抜けはできないので、移動できるのは高千穂《たかちほ》の船内ではなくそのすぐ外側。真空に対する備えは必要となるが、疑似瞬間移動の魔法には元々移動対象を空気の繭《まゆ》で包み込む工程が含まれているので、それを自分の周りに魔法で固定すればこの問題は解決する。

世界中の、何処《どこ》へでも移動できる。——それは同時に、地下や建物の中に閉じ込められているのでなければ、世界中の何処《どこ》からでも脱出できるということだった。

[3] キャンパスライフ

達也《たつや》は魔法大学の学生である。本業は学生である、とは最早《もはや》言い切れなくなっているが、NGOの副代表になり一般社団法人の専務理事に就任し新設会社の社長に抜擢《ばってき》されても、達也《たつや》本人に中途退学の意思は無い。

メイジアン・カンパニー設立の翌々日、達也《たつや》は約一週間ぶりの登校を果たした。不義理をしていた教授に頭を下げ、課題のレポートの中で学外からのオンライン提出を認めていないものを纏《まと》めて提出し、新たな課題をダウンロードするなどして、午前中で何とか一週間分の遅れを取り戻した。

時刻は正午過ぎ。キャンパス内は大勢の学生で賑《にぎ》わっていた。在籍している学生は約三千人。人混みで溢《あふ》れかえるという程ではないが、人影の無い場所を探すのが難しい程度には混雑している。その中を達也《たつや》は深雪《みゆき》たちとの待ち合わせ場所へ向かった。

途中、女子学生の比率が高い集団に遭遇する。その中心にいたのは一条将輝《いちじょうまさき》だ。達也《たつや》と違い、将輝《まさき》は大学生活を大いにエンジョイしているようだ。――もっとも、深雪《みゆき》という非の打ち所がないフィアンセがいる達也《たつや》と大勢の異性に囲まれている代わりに特定の恋人を作らない将《まさ》輝《き》とで、どちらのリアルが充実しているかは意見が分かれるところだろう。当事者二人の意見なら多分「達也《たつや》の方が充実している」で一致するに違いないが。

将輝《まさき》の方でも達也《たつや》に気が付いた。だが二人はお互いに声を掛けなかった。ただ軽く手を上げて相手を無視していないというサインを送り合っただけですれ違う。将輝《まさき》はおそらく、達也《たつや》が深雪《みゆき》と合流しようとしていることに気付いていた。だが一人だけグループから抜け出すような、空気を読まない真似《まね》ができる将輝《まさき》ではなかった。

しかし誰もが空気を読んで、それに盲従しているわけではない。

「あら、達也《たつや》さん」

少なくとも彼女は違った。

十字路を通り過ぎたところで、達也《たつや》は横合いから聞き覚えのある声を掛けられる。

「亜夜子《あやこ》」

黒羽《くろば》亜夜子《あやこ》。彼女も双子の弟である文弥《ふみや》と共に、魔法大学に入学していた。

「何だかお久し振りですね。ご近所ですのに」

亜夜子《あやこ》と文弥《ふみや》は達也《たつや》と深雪《みゆき》、リーナが住んでいる四葉《よつば》東京本部ビルとワンブロック離れた中層マンションに住んでいる。実はこのマンションも四葉家《よつばけ》の持ち物。東京本部ビルが何らかの理由で使えなくなった時に備えた副本部として買い取られ、改造された物だ。

すぐ近くだから「何か」があった際の移動に便利だ。だがリスク分散の観点から言えばもっと離れた所にあって然《しか》るべきだろう。リスクよりも利便性を優先しているのは四葉家《よつばけ》の過信とも見える自信の表れかもしれない。

亜夜子《あやこ》の「ご近所」というセリフに、背後の集団でざわめきが起こる。彼女は将輝《まさき》とは対照的に、大勢の男子学生を引き連れていた。

「そうだな。近くに住んでいるのに、案外顔を合わせる機会は無いものだ」

達也《たつや》は会う機会が少ないという事実をさり気なく強調した。亜夜子《あやこ》が従える男子集団の嫉妬を和らげる目的だ。彼女は同学年を中心メンバーとするグループに「姫」として君臨している。

達也《たつや》の一学年下には香澄《かすみ》と泉美《いずみ》もいるのだが、この二人はどちらかと言えば同性に可愛《かわい》がられている。異性の人気は亜夜子《あやこ》が「七草家《さえぐさけ》の双子」を一歩リードしていた。

香澄《かすみ》と泉美《いずみ》は正直に言って高校時代と余り印象が変わっていない。二人の変化は手を抜かずに化粧をするようになったことと髪を纏《まと》めるのにリボンを止めたくらいか。

それに対して、長かった髪をミディアムレイヤーにしてメイクと衣装も大人っぽく変えた亜《あ》夜子《やこ》は小悪魔の印象がますます強くなっている。どちらがお洒落《しゃれ》かと問われれば、客観的にも亜夜子《あやこ》に軍配が上がると言わざるを得ない。

「達也《たつや》さん、これからランチでしょう？　ご一緒しても良いですか？」

亜夜子《あやこ》が達也《たつや》のすぐ側《そば》に寄って科《しな》を作る。

もっとも、その程度で動揺する達也《たつや》ではない。亜夜子《あやこ》もそれは分かっていて、達也《たつや》を、ではなく取り巻きの男子をからかって遊んでいるのだ。まさしく小悪魔、まさしく悪女である。

「俺は構わないが……」

そう言って達也《たつや》は、亜夜子《あやこ》が連れている男子たちに目を向ける。
亜夜子《あやこ》は「ああ！」と態《わざ》とらしく頷《うなず》き、彼らへと振り返ってちょっと気取った仕草で一礼した。

「皆さん、済みません。今日の昼食は従兄と摂《と》りますので」

達也《たつや》と亜夜子《あやこ》の関係は再従兄妹《はとこ》だが、亜夜子《あやこ》は面倒なのかどうなのか達也《たつや》のことを従兄と紹介するケースが多い。達也《たつや》が亜夜子《あやこ》や文弥《ふみや》を紹介する場合は、きちんと再従妹《はとこ》（再従弟《はとこ》）と表現するのだが。

これは達也《たつや》たちが勝手にやっていることではない。文弥《ふみや》と亜夜子《あやこ》が大学生になったのを機に、四葉家《よつばけ》は二人が一族の魔法師だと隠さなくなっていた。もしかしたら、大勢の男子学生が取り巻きになっているのは単に亜夜子《あやこ》が美人だからという理由だけでなく、彼らには四葉家《よつばけ》とコネを作りたいという打算もあるのかもしれない。

亜夜子《あやこ》の取り巻きたちから不満の声が上がった。だが正面から文句を言う者はなく、達也《たつや》に突っ掛かる男も皆無だったのは、四葉家《よつばけ》との良好な関係を彼らが望んでいるのだと考えれば不思議ではなかった。

まあ、そんな下心が無くても達也《たつや》に刃向かう度胸の持ち主はいなかったに違いない。達也《たつや》は高校時代からの知り合いを除いて、同じ魔法大学の学生から敬遠されていた。三年前の夏、世界に挑戦状を叩《たた》き付《つ》けたあの一件はまだ、魔法に関わる人々の記憶に新しい。

——二〇九七年八月四日。伊豆諸島《いずしょとう》の最も新しい島、巳焼島《みやきしま》がUSNAの叛乱部隊と新ソ連軍の攻撃を受けたあの日。

『私は魔法師とも、そうでない者とも平和的な共存を望んでいる。だが自衛の為《ため》に武力行使が必要な時は、決して躊躇《ためら》わない』

両軍の侵攻を四葉家《よつばけ》の精鋭と共に退けた達也《たつや》は、衛星グローバルネット回線で世界に向けてこうメッセージを発信した。それを可能にする実力と共に——。

「達也《たつや》さん、行きましょう？」

亜夜子《あやこ》が達也《たつや》の左腕に、するりと自分の右腕を絡《から》める。取り巻きたちから押し殺した悲鳴と口惜《くや》しげな呻《うめ》き声が上がった。だが亜夜子《あやこ》は振り返りもしない。彼女は大勢のボーイフレンドをいないものとする態度で達也《たつや》に移動を促した。

待ち合わせのフードコートでは三人の女子学生が達也《たつや》を待っていた。いや、テーブルを囲んでいたのは三人だが、達也《たつや》を待っているのは厳密に言えばその内の二人だ。

待ち合わせをしていたのは言うまでもなく深雪《みゆき》とリーナ。彼女たちの姿を認めるのと同時に、亜夜子《あやこ》が達也《たつや》と組んでいた腕を解く。

テーブルに着いているもう一人の女子学生は泉美《いずみ》だった。香澄《かすみ》はいない。高校時代とは違い、泉美《いずみ》と香澄《かすみ》は別々に行動することが多くなっている。特に今年度に入って受講科目が分かれてからは、ほぼ別行動だ。

「あら、七草《さえぐさ》さん」

「まあ、黒羽《くろば》さん」

亜夜子《あやこ》と泉美《いずみ》が予定外の登場人物に驚いてみせる。この二人は一昨年の九校戦で激突して以来ずっと、互いをライバル視していた。

なお対戦した競技はミラージ・バットで、勝ったのは亜夜子《あやこ》だ。

泉美《いずみ》は単に、敗北に対して。

亜夜子《あやこ》は自分が絶対的に有利な競技で、あと一歩のところまで食い下がられたことに対して。

二人はお互いを意識せずにはいられなかったのである。

「七草《さえぐさ》さんがいらっしゃるとは思いませんでした」

「私《わたくし》の方こそ、黒羽《くろば》さんがお見えになるなんて予想外でした」

深雪《みゆき》たちが囲んでいるテーブルは四人掛け。空いている椅子は一つ。

「黒羽《くろば》さん。司波《しば》先輩をお連れくださりありがとうございました」

「いえいえ。七草《さえぐさ》さんこそ、深雪《みゆき》さんのお相手をしていただき感謝しております」

亜夜子《あやこ》と泉美《いずみ》のセリフの後には、同じ一文が省略されている。即《すなわ》ち、――もう用は済みましたので消えて良いですよ――と。

席を立とうとしない泉美《いずみ》と、彼女を冷たく見下ろす亜夜子《あやこ》。

深雪《みゆき》とリーナは、そんな二人から顔を背けている。あからさまに「関わりたくない」という態度だ。あるいは「勝手にやって」なのかもしれない。

そんな二人の冷たい態度を、亜夜子《あやこ》ばかりか泉美《いずみ》も気にした様子が無い。今は二人とも、ライバルのことしか目に入っていないのだろう。

「……黒羽《くろば》さん、あいにくと椅子はあと一人分しか空いておりませんよ？」

分かり切った事実を馬鹿丁寧に告げる泉美《いずみ》。

「ええ、そのようですね……。七草《さえぐさ》さんは達也《たつや》さんとのお食事をお望みなのですか？」

それに対する亜夜子《あやこ》の言葉は揶揄《やゆ》する口調と冷やかす目付きを伴っていた。

「なっ……！」

先に冷静な外面《そとづら》を崩されたのは泉美《いずみ》だった。

「そ、そういう黒羽《くろば》さんはどうなんですか」

「私《わたくし》ですか？　もちろん、達也《たつや》さんとはご一緒できればと存じましてよ」

亜夜子《あやこ》は余裕の笑みで泉美《いずみ》に応じる。

「……でしたら、司波《しば》先輩とお二人で席をお取りになっては如何《いかが》ですか？」

一呼吸置くことで体勢を立て直した泉美《いずみ》が、冷やかしの口調で反撃した。

「そんな、畏れ多い。四葉家《よつばけ》次期当主の深雪《みゆき》様を差し置いて達也《たつや》さんと二人きりでお食事なんて……」

　亜夜子《あやこ》が態《わざ》とらしく頬に片手を当てる。

「同じ四葉《よつば》一族に連なる身としては深雪様《みゆき》と達也《たつや》さんのお二人に同席させていただくのは本当に栄誉なことです。ですが、七草《さえぐさ》さんがどうしても達也さんと、い、い、ご一緒したいと仰《おつしや》るなら、お譲り致しますわよ？」

「…………！」

　泉美《いずみ》の顔が薄らと紅潮する。良く見ると握り締めた手がブルブル震えている。

　勝負あった、ということだろう。

「──深雪《みゆき》先輩。失礼させていただきます！」

　泉美《いずみ》が席を立ち、呼び止める間も無く早足で去って行く。

　深雪《みゆき》が浮かせ掛けた腰を椅子に戻し、軽い非難の視線を亜夜子《あやこ》に向けた。

「……亜夜子《あやこ》は本当に、泉美《いずみ》と反りが合わないんだな」

　達也《たつや》は視線だけでなく、呆《あき》れ声で遠回しに亜夜子《あやこ》をたしなめた。

「私《わたくし》、七草《さえぐさ》さんを嫌ってはおりません。彼女のことはライバルと思っておりますので」

　言い訳めいた口調でそう言って、亜夜子《あやこ》は深雪《みゆき》に深すぎない角度で頭を下げる。

「お騒がせして申し訳ございませんでした。不必要に空気を悪くしてしまいましたので、今日のところは私もご遠慮させていただきますね」

　亜夜子《あやこ》もやり過ぎたと反省しているようだ。

「……分かりました。亜夜子《あやこ》さん、また今度ご一緒しましょう」

深雪《みゆき》は亜夜子《あやこ》を引き止めなかった。このまま同席しても、亜夜子《あやこ》が泉美《いずみ》に対して引け目、あるいは罪悪感を募らせるだけだと深雪《みゆき》にも分かっていた。

「ええ、是非に」

亜夜子《あやこ》はニッコリ笑ってお辞儀をし、達也《たつや》たちの前から立ち去った。

◇◇◇

昼食後、達也《たつや》はゼミに出席した。深雪《みゆき》とリーナも同じゼミである。

大学生以外にもやることが多い達也《たつや》は、他の学生ほど真面目に出席できないことが分かっていた。だからゼミは色々と融通が利《き》くところを選んでいる。具体的には四葉《よつば》分家の一つ、津久《つく》葉家《ばけ》の次期当主である津久葉夕歌《つくばゆうか》が去年まで所属していた研究室だ。

教授の東山知時《ひがしやまかずとき》は四葉《よつば》一門でこそないが、血縁関係はある。達也《たつや》と深雪《みゆき》の高祖父（祖父の祖父）の孫に当たる人物だ。年齢はちょうど六十歳。戦略級魔法の開発などの派手な成果は無いが、地道に研究実績を積み上げ魔法学の世界では国際的に高く評価されている。

出席状況が芳《かんば》しくない達也《たつや》がゼミに在籍していられるのは、はっきり言ってコネの御蔭《おかげ》だ。

東山《ひがしやま》教授は四葉家《よつばけ》のスポンサーであり達也《たつや》個人の後ろ盾でもある東道青波《とうどうあおば》から研究資金の援

助を受けているのだった。——念の為《ため》に付け加えておくと、夕歌《ゆうか》は東道《とうどう》から口を利《き》いてもらっていない。東道《とうどう》が便宜を図ったのは四葉家《よつばけ》だからではなく、達也《たつや》だからだ。

欠席が多いからと言って、きちんとレポートを提出し自分の研究の助けにもなる達也《たつや》は、教授から見て悪い学生ではない。今日も東山《ひがしやま》は他の学生を置き去りにして一時間以上達也《たつや》と問答を重ねている。他の学生が苦笑しながら二人の議論に耳を傾けるのが、この東山《ひがしやま》研究室の名物になっていた。

◇◇◇

この様に大学では一応大学生として過ごしている達也《たつや》だが、自宅に戻れば学生以外の比重が増す。帰宅した達也《たつや》を待っていたのは兵庫《ひょうご》と藤林《ふじばやし》からの、同じ内容を異なる側面から報告するメールだった。

一読して、達也《たつや》は思わず顔を顰《しか》める。

「達也《たつや》様、如何《いかが》なさいましたか？　何か良くない報《しら》せでも……？」

訊《たず》ねる深雪《みゆき》が眉を顰《ひそ》めたほど、達也《たつや》の表情は苦々しいものだった。

「七草家《さえぐさけ》のご長女がカンパニーに就職を希望されているそうだ」

「えっ！　七草《さえぐさ》先輩がですか⁉」

達也《たつや》の回答に深雪《みゆき》は目を見張り、勢い良く自分の口に手を当てた。

［4］新人面接

（余り変わってないな）

　四月二十九日。五年ぶりに帰国した遠上遼介《とおかみりょうすけ》が空港を出て最初に懐《いだ》いた感想はこれだった。

　別に悪い意味ではない。東京は五年前と変わらず平和に見えた。

　国全体としてみればこの五年で何度か侵攻の危機に曝《さら》されてきたはずだ。彼が渡米する直前にも東京のすぐ近く、横浜が武装ゲリラの攻撃を受けている。その後も北からの侵攻を受けたというニュースを遼介《りょうすけ》は目にしていた。

　彼が五年間暮らしたUSNAでは外国からの侵攻こそ受けていないが、各地で暴動が発生し旧メキシコ領では内戦の一歩手前にまで至った。暴動の原因は人種、いや、種族対立だ。

　魔法を使えないマジョリティと、魔法を使えるメイジアンの対立。この時点ではまだ『マジョリティ』は「魔法を使えない多数派人類」の意味ではなく、『メイジアン』の呼称は一般的ではないが、意味は同じだ。メイジアンに対するマジョリティの攻撃。メイジアンによる反撃もこれまでの合法的・非暴力によるものばかりではなく、暴力による対抗もちらほらと見られ始めている。

　遼介《りょうすけ》が五年ぶりに見た東京の町並みには、侵攻の爪痕も暴動の痕跡も無かった。そしてこの平和が何時《いつ》までも続くものとは、彼には思えなかった。

◇◇◇

深雪《みゆき》とリーナは魔法大学で同じ講義を履修している。実習も同じ時間割だ。

毎週木曜日の正午前は二人とも空き時間。彼女たちはカフェテリアで、少し早めのランチタイムに入っていた。

ここのメニューは、男子学生には量的に物足りない。だが今日、達也《たつや》は大学を休んでいる。

達也《たつや》がいない日はカフェテリアを利用するのが深雪《みゆき》とリーナの定番だった。

深雪《みゆき》がテーブルを確保し、リーナが二人分のトレーを取りに行く。この役目は固定ではなく交代制だ。今日は深雪《みゆき》がテーブルで待っている順番だった。

「深雪《みゆき》先輩！」

一人になった深雪《みゆき》に、嬉《うれ》しそうな声が掛けられる。

「泉美《いずみ》ちゃん」

声の主は昨日無念の撤退に追い込まれた泉美《いずみ》だった。——なお、亜夜子《あやこ》のことを「亜夜子《あやこ》さん」と呼んでいるのに泉美のことは「泉美ちゃん」なのは本人からの強い要望によるものだ。

深雪《みゆき》は大学で泉美《いずみ》に再会した時「泉美《いずみ》さん」と呼び方を変えようとしたのだが、泉美《いずみ》から高校時代と同じように呼んで欲しいと懇願されたのだった。

今のところ深雪《みゆき》が「ちゃん」付けで呼ぶ大学生は泉美《いずみ》だけである。ある意味で深雪《みゆき》の「特別」になったわけだ。もしかしたらそれが泉美《いずみ》の狙いだったのかもしれない。

「あの、本日はご一緒してもよろしいですか」

遠慮がちな口調は、昨日のことを引きずっているからに違いない。

「ええ、良《い》いわよ。今日は達也《たつや》様もお休みだから」

深雪《みゆき》が笑顔で頷《うなず》くと、泉美《いずみ》の表情がぱぁっと明るくなった。

「はい、失礼します」

語尾に音符が付いているような弾む声で泉美《いずみ》は一礼し、空いている席に鞄《かばん》を置く。

「深雪《みゆき》先輩。ご注文を取って参りましょうか？」

「大丈夫よ、リーナにお願いしているから」

「分かりました。では自分の分を取りに行ってきます」

泉美《いずみ》はわずかな時間ももったいないとばかりに、早足で注文カウンターに向かった。

深雪《みゆき》とリーナが同じテーブルを囲むのは毎日のことだ。しかし、彼女たちは二人だけで食事をすると決めているわけではない。達也《たつや》が欠席の日は、他の女子学生と相席してお喋《しゃべ》りをしながらランチタイムを過ごすのも珍しくはない。むしろ、二人きりの日の方が少ない。

そこに泉美《いずみ》が合流するのも、実を言えば珍しくはなかった。にも拘《かか》わらず、泉美《いずみ》は宝くじにでも当たったかのような喜びを露《あら》わにして頻《しき》りに深雪《みゆき》へ話し掛けていた。無論、リーナに話を振り耳を傾けるのも忘れない。

ひっきりなしに話をしていて話題が尽きたのだろうか。ランチの終盤、泉美《いずみ》は達也《たつや》を話題に出した。

「司波《しば》先輩は本日、お仕事ですか？」

「達也《たつや》様は入職希望者の面接で町田《まちだ》の本部にいらっしゃるわ」

「町田《まちだ》というと、メイジアン・カンパニーの方ですね」

泉美《いずみ》は達也《たつや》の——いや、深雪のフィアンセの情報をしっかりチェックしていた。

「今日、面接に来られるのはどんな方なんですか？」

泉美《いずみ》の質問に、深雪《みゆき》とリーナから訝《いぶか》しげな視線が返される。

「な、何でしょうか？」

「イズミ、貴女《あなた》知らないの？」

そう言われても、泉美《いずみ》には何の心当たりも無い。

リーナが深雪《みゆき》と顔を見合わせる。深雪《みゆき》がリーナに目で頷《うなず》いた。

「今日、カンパニーの面接に来るのはマユミよ」

「お姉様がですか⁉」

泉美《いずみ》の驚きようは、演技をしているようには見えなかった。

「……本当に知らなかったの？」

「そういえば父が姉とそんな話をしていましたけど……。でも、まだ三日前のことですよ。幾ら父でもこんなに早く……」

泉美《いずみ》は「お姉様」を「姉」と言い直して答えた。

「さすがに七草家《さえぐさけ》のご当主様はお仕事が早いわね」

深雪《みゆき》は淡々とした口調で独り言のようにそう零《こぼ》した。

「……あの、お怒りではありませんか？」

泉美《いずみ》が恐る恐る深雪《みゆき》に訊《たず》ねる。

「泉美《いずみ》ちゃんに怒ったりしないわ」

深雪《みゆき》は曇りの無い笑顔で答えた。

その笑みに雲一つないのが、かえって泉美《いずみ》の不安をかき立てた。

「イズミ。アナタのお父様は、そのお話しをされた時に理由を仰《おつしや》っていなかったかしら」

「理由ですか？」

泉美《いずみ》の意識は深雪《みゆき》の真意に引っ張られたままだったが、訊《たず》ねられれば無視するわけにはいかない。

「そう。マユミをカンパニーに送り込む目的よ」

「……司波《しば》先輩が何をしようとしているのか知りたいとは言っていましたけど」

泉美《いずみ》の答えを聞いて、リーナは首を傾《かし》げた。

「そんなの、本人に直接訊《き》けば良いでしょうに。それにカンパニーの目的なら、すぐに達也《たつや》の方から公表するわ。そうじゃなきゃ法人を設立した意味が無い。秘密の目的があるなら、組織も秘密にしておく方が良《い》い。表向きの顔が必要なら、達也《たつや》は既に持っている。七草家《さえぐさけ》当主は、その程度のことが分からない人じゃないでしょう？」

リーナの指摘は、改めて考えるともっともなものばかりだった。泉美《いずみ》もそう感じた。

「……マユミは知っているのかしら」

「父の意図を、ですか？」

泉美《いずみ》の反射的な反問に、リーナは無言で頷《うなず》く。

「姉は何も知らないと思いますけど……」

泉美《いずみ》の口調は自信無さげだ。七草家《さえぐさけ》の親子仲は冷え切っている。弘一《こういち》が最も可愛《かわい》がっているのは他ならぬ泉美《いずみ》だが、その泉美《いずみ》でさえ父親との間に壁を感じている。姉が父の密《ひそ》かな企《たくら》みに協力するとは、泉美《いずみ》には思えなかった。

しかしその一方で、逆の可能性を否定できずにいた。自分たちは——泉美《いずみ》と香澄《かすみ》は、七草家《さえぐさけ》の利益とか十師族の責務とかに余り関心がない。自分から恵まれた境遇を捨てようという気にはならないが、逆にデメリットがメリットを上回れば自分たちは「七草家《さえぐさけ》の娘」という立場を簡単に放棄してしまえるだろう。

だが姉は違う。兄弟姉妹の仲で「十師族の責務」に最も強く囚われているのは長兄の智一《ともかず》ではなく姉の真由美《まゆみ》だと泉美《いずみ》は見ている。父親の為《ため》に働く気は無くても、十師族の務めを持ち出されたなら姉は従ってしまうかもしれない。その可能性を、泉美《いずみ》は否定できなかった。

「気になるわね……。ミユキ、そう思わない？」

「そうね。七草《さえぐさ》先輩を疑うわけではないけれど……」

リーナも深雪《みゆき》も、真由美《まゆみ》が妨害工作を企《たくら》んでいるとまでは考えていない。ただ目的が読めない分、安心しきれないところがあった。

「——ミユキ、行ってみる？」

「えっ、何処《どこ》へ？」

「町田《まちだ》のカンパニー本部。面接は二時からだから、まだ余裕で間に合うわ。ミユキは理事長なんだしワタシも名前だけとはいえ理事になっているから、同席してもおかしくはない」

「午後の講義はどうするの？」

「一回くらい休んだって評価には関係無いわよ。他の人たちだって仕事で講義を休んでいるんだから」

リーナの言うとおり魔法大学の学生、特に数字付き《ナンバーズ》の子女は家の仕事の手伝いに駆り出されて講義を欠席することが間々《まま》ある。それは大学側も理解していて、余程頻繁でない限りうるさいことは言わない。——なお達也《たつや》は欠席が頻繁すぎて目を付けられている。

「でも今日の午後は実験だってあるのよ？」

「レポートが気になるんだったらタツヤに協力してもらえば良いじゃない」

「達也《たつや》様にそんなお手間を取らせるなんて……」

「学生のレポートなんてタツヤにとっては片手間でさえないでしょ。時間の無駄にすらならないと思うわ」

「……そんなこと言って。まさかとは思うけど貴女《あなた》、自分が楽をしたいだけではないでしょうね？」

「そんなわけないじゃない」

リーナは答えを返すに当たって、噛《か》んだり詰まったりしなかった。

だが彼女の顔が一瞬だけ引《ひ》き攣《つ》ったのを、深雪《みゆき》だけでなく泉美《いずみ》も見逃さなかった。

もっとも、深雪《みゆき》はその点を追及しなかった。

「――確かにこのままだと、気になって授業どころではないかもしれないわね」

本音を言えば、深雪《みゆき》はリーナ以上に気になっていたのだ。

「あの、深雪《みゆき》先輩。次は大教室の講義ですよね？　私は次の時間、空いていますのでノートでしたらお任せください」

すかさず泉美《いずみ》が手助けを申し出る。魔法大学の講義は履修を届け出ていなくても、締め出されたりはしない。どれだけ出席しても単位に結び付かないだけだ。

「えっ、大変でしょう？　泉美《いずみ》ちゃんにそんなことまでさせられないわ」

ただ魔法大学の授業レベルは、それ程お手軽ではない。二年生の泉美《いずみ》が三年生の講義に付いていけるかどうかは疑問だ。

「いえ、大丈夫です。どうせ空き時間ですから」

「そう……？　無理しなくても良いのよ」

「はいっ」

深雪《みゆき》はそれ以上遠慮しなかった。泉美《いずみ》の心情を彼女も理解していた。――それを受《う》け容《い》れるかどうかは別にして。

◇◇◇

メイジアン・カンパニーに関する公開情報を調べるのに、遼介《りょうすけ》は苦労しなかった。東京は五年前と変わっていないというのが彼の第一印象だったが、情報インフラは少し、だが確実に進歩していた。

（でも求人は出ていないな……）

懸念《けねん》していたとおり、メイジアン・カンパニーは従業員を募集していなかった。設立が公表されている法人とはいえ、あの司波達也、あの四葉家が設立に関わっている団体だ。運営に関わる人間は身内から調達するだろうと、遼介《りょうすけ》は帰国前から予想していた。

（取《と》り敢《あ》えず行ってみるか……。当たって砕けろだ！）

遼介《りょうすけ》は心の中で自分に発破を掛け、法務局に登録されている町田《まちだ》のカンパニー本部へのルート検索を携帯端末のナビゲーションＡＩに命じた。


個型電車《キャビネット》の最寄り駅から無人タクシーに乗り換えて、遼介《りょうすけ》がメイジアン・カンパニー本部前に到着したのは午後一時五十分過ぎだった。

無人タクシーを降りた遼介《りょうすけ》は、ナビが示すビルの前で立ち往生してしまう。ビルには何の看板も出ていなかった。この七階建てビルの、どの階がメイジアン・カンパニーの事務所なのか、それとも一棟丸ごとメイジアン・カンパニーの物なのか、全く分からない。

元々面会予約も何も無いのだ。遼介《りょうすけ》はカンパニーの事務所に、飛び込みで押し掛けるつもりだった。だがこれでは、何処《どこ》に押し掛ければ良いのかさえ分からない。最上階から総当たりしようにも、そもそもビルの中に入れるかどうかも分からない。

これが百戦錬磨の営業マンなら、臆すること無くエントランスに足を踏み入れただろう。警察沙汰さえ、会社の人間と――営利を目的としないメイジアン・カンパニーは厳密に言えば会社ではないが――コンタクトを取るチャンスと考えたかもしれない。しかし遼介《りょうすけ》は、百戦錬磨でもなければ営業マンですらなかった。

遼介《りようすけ》は、荒事ならばそれなりに覚えがある。だが留学先の大学も中退し、FEHR《フェール》の活動以外には清掃員とか警備員とかのアルバイト経験しかない遼介《りようすけ》は、こんな場合にどうすれば良いのかノウハウを持ち合わせていなかった。

（ええい、考えていても仕方が無い）

とにかくビルの中に入ろう。そう心を決めて遼介《りようすけ》はビルの内外を仕切っている自動扉の前に進もうとした。

まさにその時、遼介《りようすけ》の左側を追い抜いて若い女性が扉の前に立った。

自動扉が左右に開く。

光学センサーの下でその女性は立ち止まり、遼介《りようすけ》へ振り返った。

年の頃は遼介《りようすけ》と同じくらい。小柄だが女性らしいプロポーションを備えた美女だ。そしてその顔に遼介《りようすけ》は見覚えがあった。

（……間違いない。十師族の七草真由美《さえぐさまゆみ》）

訳あって実戦レベルの魔法技能を持ちながら魔法科高校に進学しなかった高校時代の遼介《りようすけ》にとっては、同年代——具体的には一学年下——の彼女は単に憧れの対象では済まない複雑な想《おも》いを懐《いだ》かずにいられなかった相手だ。

（何故《なぜ》七草家《さえぐさけ》の彼女が四葉家《よつばけ》の関係会社に？）

そんなことを考えていた遼介《りようすけ》は、

「入らないんですか？」

真由美《まゆみ》に掛けられた言葉の意味を、すぐには理解できなかった。

真由美《まゆみ》は黙ったまま自分を見詰めている遼介《りようすけ》に小首を傾《かし》げ、それ以上関わり合う気を無くした態度で彼に背を向けた。

そこでようやく、遼介《りようすけ》は我に返った。

「あっ、いえ、入ります！」

真由美《まゆみ》の背中に慌てて声を投げ、彼は速歩《はやあし》で真由美《まゆみ》の横に並んだ。

「あの、七草真由美《さえぐさまゆみ》さんですよね」

そして今度は遼介《りようすけ》の方から話し掛ける。

「……ええ。そうですけど」

真由美《まゆみ》の警戒は当然のものだ。遼介《りようすけ》もそれを自覚していた。

「私は遠上遼介《とおかみりようすけ》と言います。七草《さえぐさ》さんの一学年上で、魔法科高校に進学できなかった魔法師の出来損ないです」

「遠上《とおかみ》さん、ですか？」

真由美《まゆみ》は「だからどうした」という表情で遼介《りようすけ》の自己紹介を聞いていた。だが、遼介《りようすけ》の苗字《みようじ》を呟《つぶや》いた直後、ハッと何事かに気付いた顔に変わる。

真由美《まゆみ》の表情から、遼介《りようすけ》は彼女が何に気付いたのか正確に読み取った。

「お察しのとおり、私の親は元『十神《とおがみ》』の数字落ち《エクストラ》です」

数字落ち《エクストラ》とは十師族を生み出した国立の研究機関『魔法師開発研究所』で開発されながら、所期の性能を満たせずに追放された魔法師のことだ。

第一から第十まであった魔法師開発研究所はその作品に自らが冠する数字を含む姓を与えた。第一研なら一条《いちじょう》や一色《いっしき》、第二研なら二木《ふたつぎ》や二瓶《にへい》、第三研なら三矢《みつや》や三日月《みかづき》といった具合に。

不良品と判定され追放された魔法師が数字落ち《エクストラ》と呼ばれるのは、いったん与えられた数字付《ナンバーズ》きの姓を追放に際して剝奪されたことに由来する。姓に数字を含む魔法師集団から脱落した魔法師だから『数字落ち』。魔法師のエリートグループから除外されたから『エクストラ』。不良品のレッテルを貼られた魔法師は、元の姓に読みが似ている苗字《みょうじ》を与えられるのが通例だった。そう、例えば遼介《りょうすけ》の、『十神《とおがみ》』から落ちた『遠上《とおかみ》』の様に。

数字落ち《エクストラ》は日本の魔法師にとってある種のタブーだ。彼らは魔法師開発研究所の非人道性の生きた証拠であり、日本魔法界に君臨する十師族にとっては同族を見捨てた罪の証《あかし》。どうしようも無く罪悪感を催す存在であるが故に、差別と忌避の対象とされ、その歴史がまた罪悪感を増幅するという悪循環をもたらす血統だった。

現代では数字落ち《エクストラ》に対する差別意識は薄れており、罪悪感も普段は意識の奥深くに埋没している。

だが罪の意識は、隠れているだけで消えてはいない。

意識の奥に深く根を張り、ふとした弾みに頭をもたげる。

「……遠上《とおかみ》さんは何故《なぜ》こちらへ？」

真由美《まゆみ》が遼介《りょうすけ》を無視できなかったのは、この罪悪感の故だ。真由美《まゆみ》には他の十師族魔法師に比べて数字落ち《エクストラ》問題をより強く意識する背景がある。高校時代の同級生で一高生徒会において真由美《まゆみ》の参謀役を務めた市原鈴音《いちはらすずね》も、数字落ち《エクストラ》の出身だった。

前述したように、数字落ち《エクストラ》に対する差別意識は薄れている。それでも完全には解消されていない。研究所からの追放は遠い先祖の話ではなく、真由美《まゆみ》たちの親の世代の、近い過去の出来事なのだ。

落とされた彼らは少数であるが故に、徒党を組んで実力行使で権利を回復するという対抗手段を持てない。ただ自分が数字落ち《エクストラ》であるとバレないように、世間の片隅で息を潜めているしか選択肢が無かった。

鈴音《すずね》が余り自己主張をせず万事において一歩引いているようなスタンスだったのは、生来の性格もあっただろうがそれ以上に数字落ち《エクストラ》だった親の影響が強いのではないかと真由美《まゆみ》は考えている。

そんな交友関係もあり、真由美《まゆみ》は数字落ち《エクストラ》に対して無関心ではいられなかった。

「七草《さえぐさ》さんは、メイジアン・カンパニーのご関係者ですか？」

カンパニーに入り込む足掛かりがなく途方に暮れていた遼介《りょうすけ》としては、藁《わら》にも縋《すが》る思いだった。七草家《さえぐさけ》が四葉家《よつばけ》と対立関係にあるという噂《うわさ》は、日本の魔法師ライセンスを持たない遼《りょう》介《すけ》でも耳にしたことがあるくらいよく知られている話だ。その七草家《さえぐさけ》の娘が明らかに四葉家《よつばけ》の関連団体であるメイジアン・カンパニーの関係者である可能性は、彼の考えでは低かった。

「いえ、まだ関係者ではないと申しますか……」

「まだ？」

「実は、これから面接を受けるんです」

遼介《りょうすけ》の予測は当たっていた。真由美《まゆみ》は今のところ、カンパニーの関係者ではない。だが彼が欲《ほっ》していた突破口ではあった。

「私も一緒に面接を受けられませんでしょうか！」

「ええっ⁉」

「お願いします！　私はここで働きたいんです！」

「そんなことを言われても……。私は面接をされる側ですし……」

自分が無理を言っているという自覚が遼介《りょうすけ》にはある。しかしカンパニー潜入は、最初から無茶な計画なのだ。それでも彼らの「聖女」が必要だと言うのなら、万難を排して成し遂げる必要がある。それがFEHR《フェール》構成員の義務だ。

「そこを何とかお願いします！」

困惑する真由美《まゆみ》。彼女としては何とかしてやりたいのは山々だったが、カンパニーに関して真由美《まゆみ》には何の権限も無い。無理なものは無理だった。

しかしこの時、ツキは遼介《りょうすけ》にあった。

「どうかなさいましたか？」

ビルの入り口から掛けられた声。遼介《りょうすけ》と真由美《まゆみ》が振り向いた先には、黒髪と金髪の二人の美女の姿があった。

異次元の美貌に遼介《りょうすけ》が息を呑《の》む。「聖女」レナ・フェールという忠誠の対象がなければ、自分は意識どころか魂まで虜《とりこ》になっていたかもしれない。——二人とも遼介《りょうすけ》にそう思わせる美貌の持ち主だった。これは最早《もはや》、「美」の暴力と言っても過言ではない。

二人の美貌は、真由美《まゆみ》にはダメージを与えなかった。同性だからという要素もあるが、それ以上に彼女たちが真由美《まゆみ》の知人だったからだ。それでも、意外感に襲われてしまうのは避けられなかった。

「深雪《みゆき》さんに、シールズさん？　何故《なぜ》ここに……？」

呆然《ぼうぜん》と問い掛ける真由美《まゆみ》に、深雪《みゆき》は淑女のお手本のような笑みを向けた。——見た目は非の打ち所なく親しげだが、腹の底は読ませない笑顔だ。

「お久し振りです、七草《さえぐさ》先輩。わたしがここに来てはおかしいですか？」

「えっ、いえ」

笑みを深める深雪《みゆき》に何とも形容し難《がた》い圧力を感じて、真由美《まゆみ》はまともな応えを返せない。

「ミユキ、その訊《き》き方は意地が悪いわ」

リーナが隣から深雪《みゆき》をたしなめる。

「あら。言われてみればそうかもしれないわね」

深雪《みゆき》が二度三度と瞬《またた》きする。その直後、真由美《まゆみ》を絡《から》め取《と》っていたプレッシャーが消えた。

真由美《まゆみ》が、こっそり一息《ひといき》吐《つ》く。深雪《みゆき》から発せられていたのは敵意でも悪意でもなかったが、緊張をせずにはいられないものだったのだ。

「七草《さえぐさ》先輩、そちらの方は？」

「遠上遼介《とおかみりょうすけ》と申します！」

深雪《みゆき》の問い掛けは真由美《まゆみ》に向けられていたが、遼介《りょうすけ》が横から答えを奪い取る。彼はこの直前にようやく深雪《みゆき》の素性に思い至っていた。

「どうしてもメイジアン・カンパニーで働きたいと思い、カナダから戻ってきました！」

このセリフにリーナが眉を顰《ひそ》める。今の「アメリカ人」は旧カナダ領、旧メキシコ領を「カナダ」「メキシコ」とは言わない。その名称はＵＳＮＡの分断を意味するものとして忌避されていた。

だがリーナは、この場で文句を口にはしなかった。ＵＳＮＡに滞在する外国人が、旧国名をうっかり口にしてしまうのは比較的良くあることだった。ましてやここは日本。ＵＳＮＡ国内ではないのだから、目くじらを立てることではないと自重したのである。

「……取《と》り敢《あ》えず、お話は中でうかがいます。ついてきてください。七草《さえぐさ》先輩もどうぞ」

深雪《みゆき》が受付――もちろん無人だ――を素通りして奥のエレベーターに進む。彼女の後ろにはリーナ、その次に真由美《まゆみ》。

遼介《りょうすけ》は最後尾で彼女たちに続き、ひとまずカンパニーへの侵入を果たした。


七階建てのこのビルの内、メイジアン・カンパニーの事業所は六階と七階だけだった。ただ他の階を使っているのも四葉家《よつばけ》の関連企業で、例えば五階は巳焼島《みやきしま》を名義上所有している不動産会社の事務所だ。

深雪《みゆき》たちを乗せたエレベーターは六階で止まった。

乗り込んだ時とは逆の順番で四人が降りる。

真由美《まゆみ》と遼介《りょうすけ》の前を通って再び深雪《みゆき》が先頭に立ち、リーナがその隣に付き従う。

真由美《まゆみ》と並んで歩きながら、遼介《りょうすけ》はリーナの正体について頭の中であれこれ考えていた。

(隙が無い……)

深雪《みゆき》も驚くほど隙が無かったが、リーナの――この時点ではまだ、遼介《りょうすけ》は彼女の名を知らない――後ろ姿には付け入る余地がまるで見当たらなかった。少なくとも、遼介《りょうすけ》では手が出ない。

(元軍人か？　まるでスターズのようだ)

彼にスターズとやり合った経験はない。だが、旧メキシコ領の暴動鎮圧に出動したスターズの姿を間近に見た経験はあった。旧メキシコ領・北メキシコ州モンテレイで二〇九七年四月に発生した暴動は反魔法師団体が引き起こしたもので遼介《りょうすけ》たちFEHR《フェール》は当事者ではなかった。だが同胞が暴徒の標的にされる恐れがあったので、もしもの際には実力で介入するつもりで現地に乗り込んでいたのだ。

この金髪美女の後ろ姿は、あの時に目撃した赤髪・仮面の女性士官を思い出させるものだった。FEHR《フェール》本部へ帰還後、赤髪・仮面の女性士官があのシリウスだと遼介《りょうすけ》は知った……。

(……この女、まさか、アンジー・シリウスに匹敵する遣い手だというのか?)

自分より二、三歳下に見えるが、それで侮《あなど》る気持ちは起きなかった。見たところこの女性は、司波深雪《しばみゆき》の護衛なのだろう。幾ら次期当主という重要人物を守る為《ため》とはいえ、スターズのシリウスに匹敵するかもしれない魔法師を個人の護衛に使うなど目眩《めまい》を覚えるような贅沢《ぜいたく》だ。

(これが「アンタッチャブル」四葉家《よつばけ》の実力か……)

戦慄に身震いしないよう、遼介《りょうすけ》は強く意識しなければならなかった。

深雪《みゆき》が真由美《まゆみ》と遼介《りょうすけ》を案内したのは、六階の一番奥の部屋だった。

「達也《たつや》様、失礼致します」

自分で鍵を解錠して、開いた扉の前で深雪《みゆき》が丁寧に一礼する。

「入りなさい。お二人もどうぞ」

達也《たつや》は入り口のすぐ近くに立っていた。四人の姿を監視カメラで見ていたのか、深雪《みゆき》の気配を扉越しに察知したのか。どちらもありそうだ。

達也《たつや》の執務室は個室だった。奥に大きなデスクとハイバック肘掛け付きの椅子。デスクの前には応接セット。広さはそれ程でもない。支社長室とか支店長室といったイメージだ。

「お久し振りですね、七草《さえぐさ》さん」

達也《たつや》は「七草先輩《さえぐさ》」ではなく「七草《さえぐさ》さん」と呼んだ。多分、社団法人の専務理事と入職希望者という立場を考慮してのことだろう。

「ところで、深雪《みゆき》。こちらの方は?」

遼介《りょうすけ》に対しては直接話し掛けるのではなく、深雪《みゆき》に素性を訊《たず》ねる。彼をオフィスに連れてきたのは深雪《みゆき》だから、当然だろう。深雪《みゆき》もすぐに、達也《たつや》の問いに応じた。

「お名前は遠上遼介《とおかみりょうすけ》さんです。メイジアン・カンパニーへの入職を強く望んでおいででしたので、お話だけでもうかがおうとお連れしました」

達也《たつや》が一瞬だけ訝《いぶか》しげに眉を顰《ひそ》める。

しかしすぐに眉間の皺《しわ》を消して、遼介《りょうすけ》にポーカーフェイスを向けた。

「そうですか。先に七草《さえぐさ》さんの面接を行いますので、遠上《とおかみ》さんは別室でお待ちいただけますか」

「はい」

頷《うなず》く以外の選択肢が無い遼介《りょうすけ》は、殊勝な表情で達也《たつや》の指示を受《う》け容《い》れる。

「リーナ。済まないが、遠上《とおかみ》さんを談話室にお連れしてくれないか」

「分かったわ」

リーナは嫌な顔一つせず、達也《たつや》の言葉に頷《うなず》いた。

「ついてきて」

そして遼介《りょうすけ》に向かって、ややぶっきらぼうな口調でそう告げた。

◇　◇　◇

「そちらへどうぞ」

リーナと遼介《りょうすけ》が去った執務室で、達也《たつや》は真由美《まゆみ》に応接セットのソファを勧めた。

「失礼します……」

遠慮がちに真由美《まゆみ》が腰を下ろすのを見ながら、達也《たつや》は彼女の向かい側に同時に座った。

一拍遅れて、深雪《みゆき》が達也《たつや》の隣に腰掛ける。ただし密着はしていない。横並びに置いた一人掛けのソファ二脚にそれぞれ腰掛けているだけだ。二人の間にはサイドテーブルも置かれている。

この辺りも高校時代から変化している点だ。

「改めて、お久し振りですね。七草《さえぐさ》さんが大学を卒業される直前のパーティー以来ですから、二ヶ月ぶりくらいですか」

「ええ、そうなりますね」

真由美《まゆみ》が微《かす》かに戸惑いを見せているのは達也《たつや》から「七草《さえぐさ》先輩」ではなく「七草《さえぐさ》さん」と呼ばれるのに慣れていないからだろうか。

「卒業後は投資会社に就職するご予定だったと記憶していますが？」

「仰《おつしや》るとおりです」

真由美《まゆみ》の口調が歯切れの悪いものになっているのは、無理からぬことだろう。大学を卒業してまだ一ヶ月。転職を希望するには早すぎる時期だ。

「何故《なぜ》、当社団へ転職しようとお考えになったのですか？」

それを分かっていてこう訊《たず》ねるのは、定番の質問とはいえ意地が悪いかもしれない。

「御社の業務に興味があったからです」

「興味？」

「ええ。魔法協会とは別に国際的な魔法師、いえ、メイジアンの結社を立ち上げられた司波《しば》さんがこの日本で何をしようとされているのか。私はそれを傍観するのではなく、当事者として見てみたいと思いました」

「なる程」

達也《たつや》が大きく頷《うなず》く。だが、本当に納得しているようには見えなかった。

「七草《さえぐさ》先輩」

ここで深雪《みゆき》が口を挿《はさ》む。高校時代からの呼び方を使って。

「昔のように率直にお話ししませんか？　先輩がここに来られたのは、お父様、七草《さえぐさ》殿のご指示によるものですね？」

深雪《みゆき》が「七草《さえぐさ》殿」という呼称を使ったのは、師族会議の慣例にならったものである。十師族の間では、他家の当主を苗字《みようじ》に「殿」を付けて呼ぶ。

真由美《まゆみ》も腹の探り合いのような真似《まね》は嫌だったのだろう。

「ええ。深雪《みゆき》さんの言うとおりよ」

彼女は口調を昔の、学生時代のものに戻すことで率直な話し合いに応える意思を示した。

「私は父からメイジアン・カンパニーに潜入せよと命じられてきたの」

「何の為《ため》に？」

達也《たつや》が静かな口調で真由美《まゆみ》に問う。

「達也《たつや》くんが何を企《たくら》んでいるのか、突き止める為《ため》に」

真由美《まゆみ》の答えを聞いて、達也《たつや》がため息を漏らした。

「……七草《さえぐさ》さん」

彼の口調が咎《とが》め立《だ》てするものに変わる。

それを受けて、真由美《まゆみ》がビクッと身を震わせた。

「砕けた言葉遣いは構いませんが、『達也《たつや》くん』は止めてもらえますか。理由は言わなくてもお分かりですね？」

「すみません、気をつけます」

真由美《まゆみ》も「まずいかも？」と感じていたのだろうか。達也《たつや》に向かってすぐに謝罪した。

達也《たつや》は無言で頷《うなず》いて彼女の謝罪を受《う》け容《い》れ、そのまま話題を変えた。

「それと、何を企《たくら》んでいるのか、ですか？　まだ発表していないだけで秘密ではないので、今お答えできますよ」

「えっ？」

真由美《まゆみ》は意外感を漏らしただけで、「聞く」とも「聞かない」とも答えていない。しかし達《たつ》也《や》は構わず話を続けた。

「メイジアン・ソサエティが魔法資質保有者、メイジアンの人権自衛を目的とするのに対して」

達也《たつや》は「人権保護」ではなく敢《あ》えて「人権自衛」という耳慣れない表現を使った。それは、自分もまたメイジアンであり、外部から上から目線で保護するのではなく外部からの人権侵害と当事者として闘うという意識を反映している。それをこの一言で、真由美《まゆみ》は理解した。

「メイジアン・カンパニーは魔法資質を持つ人間が、今までの基準に達しない者であっても、社会で活躍できる道を拓《ひら》く為《ため》の非営利法人です。具体的には魔法師の非軍事的職業訓練事業、非軍事的職業紹介事業を手掛けます」

「職業訓練に、職業紹介？」

思い掛けず平凡な事業内容に、真由美《まゆみ》は思わず鸚鵡《おうむ》返《がえ》しに問い返してしまう。

（……たったそれだけ？）

魔法協会どころか日本政府まで無視してインド・ペルシア連邦《IPU》のＶＩＰと手を組み独立国を一つ作らせて国際結社を立ち上げた四葉家の人間が、態々《わざわざ》法人を新設してまで手掛ける仕事だろうか。

考えれば考える程、訳が分からなくなっていく。真由美《まゆみ》はすっかり混乱してしまった。

「職業紹介の方は幸い、ステラジェネレーターを就業先として斡旋《あっせん》できますので……」

だが続く達也《たつや》のセリフで、もつれていた糸が少し解けた様な気がした。

「まずはメイジアンに、技術者として身を立てていけるだけの実践的な知識とノウハウが学べる場所を提供したいと考えています」

「……学校を、創るのですか？」

「ええ」

真由美《まゆみ》の一言一言区切るような口調の問い掛けに、達也《たつや》はあっさり頷《うなず》く。

「魔法大学とは別に？」

今度は、隠された真意を探るような口調。

「そうです」

この問い掛けにも、達也《たつや》は即答で頷《うなず》いた。

「もっとも、魔法大学と競合するつもりはありません。入学資格は普通高校卒業程度の学力を想定していますが、魔法大学の学生を排除するつもりもありません。高卒生、学生を対象とした塾のような物とお考えください」

「そして、その学校の卒業生をステラジェネレーターに送り込むのですか？」

真由美《まゆみ》の確信がこもった問い掛けに、達也《たつや》は首を振った。――縦に、ではなく横に。

「ステラジェネレーターとの提携は考えていますが、進路を強制するつもりはありませんよ。職業選択の自由に反しますから」

そうは言っても魔法師として活躍するには力が及ばない魔法因子保有者にとっては、ステラジェネレーターは最も好条件な就業先に見えるだろう。技術的な教育を受けていれば尚更《なおさら》だ。メイジアン・カンパニーが運営する教育機関の設立はステラジェネレーターの人材確保に直結し、やがて彼らは達也《たつや》の同志、いや、忠実な配下に育っていく……。

真由美《まゆみ》は達也《たつや》の企《たくら》みに戦慄を覚えた。深謀遠慮と言うほど複雑な計画ではない。だが複雑な計画ほど不確定要素が多い。単純な計画ほど、不運に左右されない。この陰謀は極めて実現性が高いと、真由美《まゆみ》は思った。

　しかしそういう冷静な思考とは裏腹の、一つの熱意が真由美《まゆみ》の中に生まれた。

「司波《しば》さん、いいえ、司波《しば》専務。私に、その学校のお手伝いをさせていただけませんでしょうか」

「今のところ、ご説明した以外のプランはありませんよ？」

　だからカンパニーに潜入する必要など無いと言外に、訝《いぶか》しげな表情で達也《たつや》が告げる。

「それは疑っていません。父の思惑とは関係無く、魔法師になれなかった魔法因子保有者、いえ、メイジアンの為《ため》の学校の運営に参加したいのです」

　何故《なぜ》自分にその様な熱意が生じたのか、真由美《まゆみ》は自分でも理解していない。

「お願いします！」

　ただ彼女はその衝動に突き動かされるまま、達也《たつや》に勢い良く頭を下げた。

「……達也《たつや》様」

　戸惑いを隠せない達也《たつや》に、深雪《みゆき》が横から小声で話し掛けた。

「七草《さえぐさ》先輩――七草《さえぐさ》さんは本気のご様子です。高い能力をお持ちなのは分かっていますし、お手伝いしていただいてもよろしいのではないでしょうか」

　達也《たつや》が意外感を露《あら》わにする。だがその表情の変化は小さなもので、達也《たつや》との付き合いが浅い者であれば気付かない程度だ。そしてすぐに、達也《たつや》はいつものポーカーフェイスを取り戻した。

「メイジアン・カンパニーのトップは理事長の深雪《みゆき》だ。お前が採用しても良いと言うのであれば、俺はその判断を受《う》け容《い》れる」

「ありがとうございます」

深雪《みゆき》は達也《たつや》に小さな、だがお座なりではない一礼を返して、真由美《まゆみ》に視線を転じた。

「七草《さえぐさ》さん。メイジアン・カンパニーに貴女《あなた》のお力を貸していただけますか？」

深雪《みゆき》の言葉に真由美《まゆみ》が満開の笑みを浮かべ、すぐに神妙な表情を作り直す。

「微力を尽くします、司波《しば》理事長」

「……わたしのことは今までどおりで良《い》いですよ」

「分かりました、深雪《みゆき》さん。よろしくお願い致します」

節度を保った言葉遣いでありながら和気藹々《わきあいあい》とした雰囲気でお互いの近況を交換し始めた深《み》雪《ゆき》と真由美《まゆみ》を横目に、達也《たつや》は席を立ってデスクからリーナに遼介《りょうすけ》を連れてくるようメッセージを送った。

◇◇◇

遼介《りょうすけ》を連れて行った別室で、リーナは窓際《まどぎわ》に立って外を眺めていた。

椅子——ソファではなく一般従業員用のオフィスチェアだ——に座っている遼介《りょうすけ》と会話をする気がないというポーズだ。

遼介《りょうすけ》には、リーナの態度に気分を害した様子は無い。自分が疑わしく見えるのを遼介《りょうすけ》は自覚していたし、事実として彼はメイジアン・カンパニーをスパイしようとしている。疑いは濡《ぬ》れ衣《ぎぬ》ではない。

一方、リーナがそんな態度を取っているのは意地悪からではない。もちろん、人見知りでもない。

（この男がさっきワタシに向けていた目……。あれは、敵の戦力を推し量ろうとするものだった気がする）

リーナはこの部屋に来るまでの間に、自分の戦闘力を値踏みする目を背中で感じ取っていた。敵意という程はっきりしたものではないが、友好的とも言い難い視線。間違っても、これから仲間になろうと押しかけた先の構成員に向ける類いのものではない。

（いえ……。仲間になりたいとは言ってなかったか）

リーナはエントランスで遼介《りょうすけ》が口にしたセリフを思い出す。この青年は「メイジアン・カンパニーで働きたい」としか言わなかった。「仲間になりたい」どころか「一緒に働きたい」とさえ言っていない。

（ある意味で嘘《うそ》が吐けない性格なのかしら……？　だからといって善人とは限らないけど）

性格はともかく、警戒すべき人物であることは確かだ。リーナは元軍人の視点で、こう考えていた。

特に戦闘力は侮《あなど》れない。

リーナ自身の魔法を使わない純粋な格闘戦能力は決して高くない。だが万が一魔法が使えない状況に追い込まれたケースに備えて、白兵戦技もスターズで厳しく訓練されている。

だから分かる。この男はかなりやる。

見たところ遼介《りょうすけ》は達也《たつや》よりわずかに背が低い。大体一八〇センチくらいだろう。服の上から観察する限り身長以外はごく普通の体格で、特に筋肉が発達しているようには思われない。だが、身のこなしが明らかに素人《しろうと》ではなかった。

(残念ながらワタシの実力じゃ、どのくらい強いのかは分からないけど)

リーナが自覚しているように、例えば遼介《りょうすけ》と達也《たつや》のどちらが強いのか、魔法抜きで戦えばどちらが勝つのかというレベルまでは見極められない。しかし魔法抜きなら、多分自分より強いだろう。それがリーナの結論だ。故にリーナは到底気を抜けなかったし、気を許す気にもなれなかった。

「あの」

不意に遼介《りょうすけ》に話し掛けられて、リーナは仕方無く振り向いた。元々目は離していない。外を見ていたのはポーズだ。本当はガラスの反射を利用して、ずっと見張っていた。だが声を掛けられて外を見ているポーズのままは不自然だ。それに、礼儀にも反する。

こういうところ、リーナの方こそ善人と評するべきだろう。

「なにかしら」

リーナの応えは、本人が意図した以上に素っ気ないものとなった。だが遼介《りょうすけ》は、それを気にした素振りを見せなかった。

「お名前をうかがっても良いですか？」

リーナは自分が名乗っていなかったことに、今更ながら気付く。彼女は心の中で「しまった……！」と思ったが、それを面《おもて》には出さなかった。

「アンジェリーナ・クドウ・シールズよ」

「ありがとうございます。シールズさんですね。私は——」

「ああ、結構よ。遠上遼介《とおかみりょうすけ》さんでしょう」

自分のぶっきらぼうな口調にリーナ本人が戸惑いを覚えていたが、この時点で彼女は修正を諦めた。多分相手に対して懐《いだ》いている警戒心が無自覚に反映してしまっているのだ。深雪《みゆき》の護衛として望ましいことではないが、気を遣う必要がある相手とは思えない。

リーナは自分をそう納得させた。

「そうです。あの、シールズさん」

「なに？」

「もう一つ質問しても良いですか？」

「質問するのは構わないけど、答えられないかもしれないわよ」

リーナが面倒臭そうに応える。

自分より年下に見える女性の横柄《おうへい》な態度が気に障《さわ》ったのか、遼介《りようすけ》の表情が微《かす》かに強張《こわば》る。

だがそれ以上、感情を露《あら》わにはしなかった。

「無理に答えてくれとは言いませんよ」

「じゃあ、どうぞ」

「シールズさん、貴女《あなた》は四葉家《よつばけ》の傭兵《ようへい》なんですか？」

「ハッ？」

リーナが思わず漏らした呆《あき》れ声は、演技ではなかった。

（なに言ってんの、コイツ……）

自分が単なる小娘ではなく、少なくとも四葉家《よつばけ》に雇われる傭兵《ようへい》レベル以上の戦闘力があると見抜いた観察力は評価できるかもしれない。だが、今日会ったばかりの相手がこんな立ち入った質問に答えると、本気で考えているのだろうか。

「答えはノーよ。ワタシはカンパニーの理事なの。代表権は無いけどね」

そんな義理は無かったが、リーナは正直に答えた。彼女が貸し出された先は四葉家《よつばけ》ではなく達也《たつや》個人だったから、四葉家の傭兵《ようへい》ではない。

「でも何故《なぜ》、そんなことを訊《き》くの？」

リーナはこの反問に力を持たせる為《ため》に、正直な回答を返したのか。

現に遼介《りょうすけ》は一瞬迷いを見せたが、自分だけ答えないのはアンフェアと感じたのか仕方無くといった感じで口を開く。

「私は以前、旧メキシコ領の暴動現場でスターズの指揮官をこの目で見ました」

(旧メキシコ領……あの時か！)

リーナが心の中で声を上げる。二〇九七年四月に旧メキシコ領で発生した叛乱鎮圧に出動した時のことをリーナは忘れていなかった。あの現場ではアンジー・シリウスの姿で陣頭に立って暴走する同胞を抑え込み事態を沈静化させた。

「シールズさんからあの時の指揮官に勝るとも劣らない実力を感じたものですから……」

(この男まさか、ワタシがシリウスだと気付いている!?)

リーナは辛《かろ》うじて皮膚の下に動揺を抑え込んだ。遼介《りょうすけ》の目には、訝《いぶか》しげな眼差《まなざ》しを返しているようにしか見えていない。

「一体何が目的で、スターズの指揮官に匹敵する外国人魔法師をあの四葉家《よつばけ》が雇い入れたのかと気になったんです」

(……正体がばれているわけではないみたいね)

続く遼介《りょうすけ》の言葉に、リーナは心の中で胸を撫《な》で下《お》ろした。「スターズに匹敵する」と遼介《りょうすけ》は表現した。それはつまり、リーナをスターズの隊員とは考えていないということだ。

「それも違うわ」

「ワタシは外国人じゃないわよ。もう日本に帰化しているから」

これは教える必要の無い情報だったが、安堵《あんど》した反動でリーナはついサービスしてしまったのだろう。

「何がですか……?」

「あっ、そうだったんですか。失礼しました」

結果的に「傭兵《ようへい》ではない」という答えの補強になったので、失策ではないだろう。

(それにしても……何故《なぜ》叛乱《はんらん》の現場になんていたのかしら?)

むしろこの会話で得られた情報は、リーナの方が多かったと言える。

遼介《りょうすけ》に対するリーナの疑惑は、ますます深まった。

達也《たつや》から呼び出しがあったのは、短い会話の後の沈黙が居心地の悪いものに変わる前だった。

「待たせたわね。行くわよ」

リーナは最早《もはや》、口調を取り繕おうとすらしない。一度だけ遼介《りょうすけ》の方へ振り向いて、さっさと部屋の出口に向かう。

遼介《りょうすけ》は遅れないように、その背中に続いた。

◇ ◇ ◇

改めて達也《たつや》と向かい合った遼介《りょうすけ》は、今更のように緊張を覚えていた。

（この男、確か俺よりも三歳年下だよな……）

面接に対する緊張ではない。ああは言ったが、遼介《りょうすけ》にはどうしてもメイジアン・カンパニーで働きたいという切羽詰まった願望は無かった。

戦略級魔法師を超える最強の魔法師、あるいは天才魔工技師トーラス・シルバーという肩書きに気圧《けお》されているのでもない。

（嘘《うそ》だろ。全く隙が無い……。あのデタラメ師匠どもより、こいつ、強いんじゃないか……？）

遼介《りょうすけ》が受け継ぐ『十神《とおがみ》』の魔法はいったん発動してしまえば無敵とも言える防御力を発揮するが、長時間展開したままにしておくには残念ながら向かない。不意を突かれれば身を守る役に立たないのは、他の魔法と同じ。それではせっかくの防御力が宝の持ち腐れだ。

遼介《りょうすけ》は不意打ちに対処する能力を身につけようと、高校生時代は魔法の修練よりも武術の修行に力を注いだ。それこそ、寝食を忘れて没頭するレベルで。

幸い遼介《りょうすけ》は北海道で幾人かの強い師——良き師ではない——に巡り会い若くして達人に迫

る実力を身につけた。

だがそんな遼介《りょうすけ》の目から見ても、達也《たつや》の武は底が見えなかった。

遼介《りょうすけ》は激しいショックを受けていた。彼は、戦略級魔法師だろうと白兵戦に持ち込めば勝てると密《ひそ》かに自負していたのだ。

彼が緊張し、衝撃を受けているのは、この自負が揺るがされたからだった。まだ打ち砕かれる段階には達していない。達也《たつや》を前にしても、白兵戦ならば何とかなると遼介《りょうすけ》は考えている。

ただそこに、確信が伴わなくなっていた。

「そう逸《はや》らなくても良いですよ。まずは話をして相互理解を試みましょう」

(——っ!)

達也《たつや》に気の高ぶりを指摘されて、遼介《りょうすけ》は狼狽《ろうばい》を覚えた。彼は自分が無意識のうちに達也《たつや》を相手にどう戦うか、頭の中でシミュレーションしていたことに気付いていなかった。

今はその段階ではない。いや、そもそもFEHR《フェール》は達也《たつや》を敵にすると決めてはいない。自分の独断で敵対関係に陥るのは許されない。

遼介《りょうすけ》は敬愛するレナの笑顔を思い出すことで、懸命に気持ちを静めた。

(あの笑顔を……俺の所為《せい》で曇らせるわけにはいかない)

何度か静かに、ゆっくりと深呼吸を繰り返す。その甲斐《かい》あって、遼介《りょうすけ》の心は落ち着きを取り戻した。

「遠上《とおかみ》さんは」

それを見計らったようなタイミングで達也《たつや》が遼介《りょうすけ》に話し掛ける。

（……呼吸を読まれたか）

偶然だとは、遼介《りょうすけ》は考えなかった。ここまで完全にペースを握られてしまっている。

「何故《なぜ》メイジアン・カンパニーに入職したいと思われたんですか？」

遼介《りょうすけ》は静かに息を吐《つ》いて動揺の残滓《ざんし》を吐《は》き出した。

心を落ち着かせた遼介《りょうすけ》は、あらかじめ考えておいた答えを記憶から引っ張り出す。

「魔法因子保有者に対する迫害の危機が高まりつつある中で、同胞の権利を守る為《ため》の活動に参加したいと思っているからです」

これはメイジアン・カンパニーに潜り込む為《ため》の嘘《うそ》ではない。彼が所属しているFEHR《フェール》も、根本の目的は同じだ。口にするのに、躊躇《ためら》いは無かった。

「遠上《とおかみ》さんはUSNA旧カナダ領から帰国されたとうかがいましたが、旧カナダ領のどちらに？」

この質問は予想していなかったが、誤魔化す必要は覚えなかった。

「バンクーバーです」

「バンクーバーには魔法師の権利保護を目的に掲げたFEHR《フェール》という政治団体があったはずですが、そちらに参加しようとは考えなかったんですか」

遼介《りょうすけ》は、一瞬息を詰まらせてしまう。それ以上の動揺が顔に出ないよう全力で気を引き締めなければならなかった。達也《たつや》がFEHR《フェール》のことを知っているなど、完全な想定外だった。

「USNAで活動するより、やはり祖国で働きたいと思いまして」

「なる程」

達也《たつや》は遼介《りょうすけ》の言葉を、特に疑っているようには見えない。しかし遼介《りょうすけ》は気を抜かなかった。達也《たつや》の本音がまるで読めず、遼介《りょうすけ》はまた焦《あせ》りを覚え始めていた。

「しかしながら、メイジアン・カンパニーは政治活動を目的とする団体ではありません。遠上《とおかみ》さんのご希望にはそぐわないかもしれませんよ」

これも遼介《りょうすけ》にとっては、予想外の奇襲だ。

「ではメイジアン・カンパニーの業務は何なんですか？」

だが今回はすぐに反問で切り抜ける。

求職面接に来ておいて、そんなことも調べていないのか——。

とは、達也《たつや》は言わなかった。

達也《たつや》は真由美《まゆみ》にしたのと同じ説明を繰り返した。なお真由美《まゆみ》はまだ、この部屋に残っている。壁際《かべぎわ》に出された予備のチェアで居心地悪そうにしているのは、傍《はた》で見ていて入職しようとしている社団の業務内容を調べもせずに面接を受けに来たことに対して、今更のように恥ずかしさを覚えているのだろうか。

「……その学校で教えるのは魔法工学だけなんですか？」

達也《たつや》の説明を聞いて、遼介《りょうすけ》はそう質問した。

「魔法工学ではなく、魔法を工業技術に利用する知識と方法です。関連して魔法工学や通常の化学、工学の講座も設ける予定で準備をしています」

「技術者に向かない魔法因子保有者もいるはずですが」

「それはそうでしょう。ですが最初から全てを網羅することはできませんし、メイジアン・カンパニー単体では、できることに限りがあります。将来は他の専門教育機関と提携していくことになるでしょう」

「例えば、民間軍事会社《PMSC》などとも？」

第三次世界大戦当時と終戦後しばらくの間、戦闘魔法師は国軍による囲い込みが世界の標準だった。だがある時期から、在野の戦闘魔法師の存在も許されるようになった。日本の十師族はその代表格だ。

それに伴い、魔法師で構成されるＰＭＳＣも少数ではあるが出現している。イギリスの『アンシーンアームズ』やスペインの『ソルダードミステリオ』などがその代表格だ。なお前者は、日本では国際警備会社『安心アームズ』として知られている。達也《たつや》の執事を務めている花菱《はなびし》兵庫《ひょうご》が所属していたＰＭＳＣもこのアンシーンアームズである。

これらのＰＭＳＣでは魔法師の戦闘訓練も受託している。傭兵《ようへい》や警備員の育成に手を伸ばす意思があれば、こういったPMSCとの提携を当然視野に入れているはずだ。

「それはありません」

だが達也《たつや》の答えは「ノー」だった。

「メイジアン・カンパニーが軍事面に手を出すことはありません。『カンパニー』はそういう意味ではありません。『人の集まり』という意味で使っています」

英語のカンパニー《company》には「歩兵中隊」という意味もある。達也《たつや》が「そういう意味」と言ったのはこれを指している。

遼介《りょうすけ》はこの言葉を疑わなかった。FEHR《フエール》内部で達也《たつや》は、極端な二面性の持ち主と認識されている。「灼熱《しゃくねつ》のハロウィン」を引き起こした「ハロウィンの魔王」の破壊的側面と、天才魔法工学技術者トーラス・シルバーの創造的側面。メイジアン・カンパニーはどうやら、司波《しば》達也《たつや》の創造的側面が反映された組織のようだ、と遼介《りょうすけ》はこの段階で結論付けた。

ただそれが口先だけではないという保証は無い。遼介《りょうすけ》でなくても、話を聞いただけで見極めを付けるのは不可能だろう。

「それが本当なら、俺を是非その学校で働かせてください！」

遼介《りょうすけ》が勢い良く頭を下げる。

彼はFEHR《フエール》のリーダー、レナに命じられた仕事を完遂する為《ため》に頭を下げたつもりだった。

だが遼介《りょうすけ》は、自分のことを「俺」と言ってしまったのに気付かなかった。

一人称を取り繕うのを忘れてしまうほど興奮している自分に気付いていなかった。

FEHR《フェール》の目的は魔法因子保有者の人権保護。だが人権を訴えるだけでは生きていけない。生活の為《ため》には職が要るのだ。

遼介《りょうすけ》も心の奥で、それに気付いているのだった。

彼の心に沸き起こった衝動は、真由美《まゆみ》が懐《いだ》いたものとほとんど同じだった。ただ彼は、真由《まゆ》美《み》以上にその正体を自覚していなかった。

「遠上《とおかみ》さん。貴方《あなた》を雇用するに当たり、一つ懸念《けねん》事項があります」

「何でしょう」

熱のこもった、今にも喰《く》らいつきそうな目を遼介《りょうすけ》が達也《たつや》へ向ける。

「貴方《あなた》は十の数字落ち《エクストラ》だ。ご年齢からして、追放されたのは親御さんの世代か、その一つ前の世代ですね？」

「……数字落ち《エクストラ》となったのは父です」

「そうですか。遠上《とおかみ》さん、もし旧第十研とその関係者に何らかの蟠《わだかま》りを懐《いだ》いているのだとしても、それを仕事に持ち込まないでいただきたい。カンパニーはメイジアン個人にどのような過去があっても、優遇も冷遇もしません。過去に被害者だったからという理由で特別扱いを要求されても、それに応えるつもりはありません。ご理解いただけますか？」

「理解できますし、当然だと思います」

遼介《りようすけ》は即答で頷《うなず》いた。そこには嘘《うそ》も誤魔化しも無い。元々遼介《りようすけ》は自分が数字落ち《エクストラ》の家系であることに、怨《うら》みも劣等感も持っていなかった。

「結構です」

この後に幾つかの問答を経て、達也《たつや》は彼をメイジアン・カンパニーで雇用することに決めた。

◇◇◇

午後十一時半。

四葉家《よつばけ》東京本部ビル最上階の自分の部屋に戻ったリーナは、暗号通信機のスイッチを入れた。

『ハロー、カノープスです。お久し振りですね、リーナ』

通信先はスターズ時代の部下、と言うより腹心、腹心の部下というより最も信頼の置ける元同僚のベンジャミン・カノープスだ。現在の階級は大佐。地位はスターズ基地総司令官から、新設されたスターズ総司令官に昇進し別組織だったスターダスト部隊も指揮下に収めている。

なお現在スターズは、総隊長「シリウス」が空席のままとなっていた。

「モーニン、ベン。お久し振りです。相変わらず朝が早いですね」

スターズ本部基地があるニューメキシコは現地時間午前八時半。まだ司令官室に出勤していなくてもおかしくない時間だった。

『そちらは真夜中でしょう？　何かトラブルでも？』

「トラブルという程ではないんですが……。ベン、力を貸して欲しいんです」

『遠慮無く仰《おつしや》ってください。参謀本部からも、リーナには最大限の便宜を図るように言われていますので』

　カノープスのこの言葉はでまかせでも社交辞令でも無い。四葉家《よつばけ》と司波達也《しばたつや》をペンタゴンは——ホワイトハウスではなく——日本軍以上に重要な同盟相手と認識していた。現在も当時に引き続き国防長官の地位にあるリアム・スペンサーは三年前の夏、達也《たつや》の許《もと》に腹心のジェフリー・ジェームズを派遣して、彼を通じ達也《たつや》との個人的なコネクションを築いている。

　またスペンサーは、今秋に予定されている大統領選の最有力候補でもあった。

　現代の国際政治にとって、達也《たつや》の存在は一種のジョーカーだ。世界中何処《どこ》へでも、ほとんど何の準備も必要とせず、忌々《いまいま》しい予算の制約に縛られることもなく、決定的な打撃を加えることができる。兵糧攻《ひようろうぜ》めは有効なので絶望をもたらす恐怖の大王というわけではないが、無視できる存在でもない。達也《たつや》との個人的なコネは、それが一般市民に公開されていなくても、政治家にとって強力な武器になる。

　リーナは国防長官スペンサーが達也《たつや》とのコネクションを維持する為《ため》の、言い方は悪いが道具だ。それも、達也《たつや》の懐《ふところ》に最も深く潜り込んでいる道具。リーナの便宜を図るよう参謀本部に命じるのは、スペンサーにとってライバルに対する優位性確保につながっているのだった。

「すみません、甘えさせてもらいます」

『良《い》いんですよ。私たちの仲じゃないですか……。それで、どんな御用件なんですか？』

「ある人物についての調査をお願いします」

『ほう、調査。スパイが潜入しましたか？』

「スパイかもしれません。それを調べて欲しいんです」

『分かりました。対象の氏名は分かっていますか？』

「名前はリョースケ・トオカミ。日本時間で今日、バンクーバーから帰国した二十三歳の日本人男性です」

順序が通常と前後しているが、メイジアン・カンパニーに採用を決めた直後にパスポートを確認した。リーナも社員——従業員ではなく、株式会社の株主に当たる社員——として、そのデータを閲覧している。

『バンクーバーですか。確か、魔法至上主義者の団体がありましたね』

「四年前、私たちが日本潜入に利用した交換留学生だったようです」

二〇九六年一月、USNAは「灼熱《しやくねつ》のハロウィン」を引き起こした戦略級魔法師の正体を探る為《ため》に多数の諜報員《ちようほういん》を日本に潜入させた。その際、普通は出入国が制限されている魔法師を送り込む為《ため》にUSNAは大量交換留学を日本に持ち掛け、承諾させたのだった。

『その男、帰国する前は学生だったんですか？』

「本人の申告では大学を中退して、帰国直前はショッピングモールの警備員をしていたことになっています」

『地下活動を誤魔化すのにありがちな職業ですね。分かりました。お任せください』

「調査資料としてパスポートのコピーを送ります」

リーナはそう言って暗号通信機にセットしておいた記憶媒体からパスポートの画像データを送信する。

『到着しました。早速調べさせましょう』

「お願いします」

『分かり次第ご連絡します』

「ありがとうございます。それでは、また」

カノープスとの通信を終えたリーナは、服を脱いでベッドに潜り込んだ。

［5］侵入者

　四月三十日、金曜日。

　町田《まちだ》のカンパニー本部に出勤した真由美《まゆみ》を出迎えたのは、藤林《ふじばやし》だった。

「えっ、響子《きょうこ》さん？」

　藤林《ふじばやし》は十師族の長老だった故・九島烈《くどうれつ》の孫だ。真由美《まゆみ》の父親である七草弘一《さえぐさこういち》は、子供の頃九《く》島烈《どうれつ》に師事していた。その縁で、二人は真由美《まゆみ》が高校に入学する前からの知り合いだった。

「おはよう、真由美《まゆみ》さん」

「……お二人はお知り合いなんですか？」

　先に出勤していた遼介《りょうすけ》が訝《いぶか》しげに訊《たず》ねる。なお藤林《ふじばやし》と遼介《りょうすけ》は、既に自己紹介を交わしていた。

「ええ。知り合ってもう十年になるかしら」

「初めてお会いしたのは九年前です、響子《きょうこ》さん」

「でも一緒にお仕事するのは初めてね」

　真由美《まゆみ》は今年大学を卒業したばかりだから勤務先が同じという意味なら改めて言うまでもなく当然だが、藤林《ふじばやし》はそういう意味で言ったのではない。軍人だった藤林《ふじばやし》と、大学卒業前から十師族の一員として活動していた真由美《まゆみ》。同じミッションに協働して当たるケースがあって良さそうなものだが、何故《なぜ》かそういう機会も無かったのだ。二〇九五年十月、横浜《よこはま》が大亜連合《だいあれんごう》軍の侵攻を受けた時も、結局同じ戦場で肩を並べて戦うことは無かった。

「一緒にって、響子《きょうこ》さんもメイジアン・カンパニーで働くんですか⁉」

「そんなに驚くようなことじゃないと思うけど。私が国防軍を辞めたのは知っていたでしょう？」

「ええ、知っていましたけど……」

既に述べたように、真由美《まゆみ》と藤林《ふじばやし》は家ぐるみの知り合いである。九島烈《くどうれつ》が故人となったのは藤林《ふじばやし》が退役する前だが、それで九島家《くどうけ》や九島烈《くどうれつ》の娘が嫁いだ藤林《ふじばやし》家と七草《さえぐさ》家の関係が切れたりはしなかった。藤林《ふじばやし》が軍を辞めた件について両家から個別に報《しら》せられはしなかったが、秘密にされていたわけでもない。七草家《さえぐさけ》の方で、その情報を見逃さなかった。

「当然、何処《どこ》かで仕事をしなければならないじゃない？」

「ご実家に戻られたとばかり思っていました……」

「嫌よ、そんなの。実家に戻ったりしたら、無理矢理結婚させられるに決まってるじゃない。私は真由美《まゆみ》さんと違って、もういい年なんだから」

藤林《ふじばやし》の自虐的なセリフを、真由美《まゆみ》は否定してやれなかった。早婚を求められるのは数字付き《ナンバーズ》の魔法師だけではない。藤林《ふじばやし》家は古式魔法師の家柄だが、歴史ある名門だからこそ、歴史の浅い名ばかり名門の十師族なぞよりも伝統の圧力としがらみは強い。「無理矢理結婚させられる」という言葉が冗談で済まないのは、真由美《まゆみ》にも容易に想像できた。

「幸い軍を辞めた後、四葉家《よつばけ》に拾ってもらって」

「……その縁でこの社団に？」

「そういうこと。ここができる前から、司波《しば》専務とは色々一緒に仕事をしていたしね」

藤林《ふじばやし》が言う「仕事」はＦＬＴ関係でも恒星炉関係でもない、大っぴらには口にできない類いのものだったが真由美《まゆみ》には、そこまでは分からなかった。

「世間話はこのくらいにしましょう。真由美《まゆみ》さん、遠上《とおかみ》さんも、すぐに出掛けられますか？　今日はお二人を建設中の魔工院に案内するよう専務から申し付けられていますので」

後半をビジネス口調に変えて、藤林《ふじばやし》が真由美《まゆみ》と遼介《りょうすけ》に訊《たず》ねる。

「はい、大丈夫です」

藤林《ふじばやし》の問い掛けに、遼介《りょうすけ》が先に反応した。

「私も大丈夫ですけど」

真由美《まゆみ》もすぐに続いたが、彼女は素直に頷《うなず》くだけではなかった。

「……『まこういん』？　それは何かの施設ですか？」

聞き覚えのない名称に、真由美《まゆみ》が思わず余計かもしれない質問を口にする。

「専務から聞いていないんですか？」

「はい……。うかがっていないと思います」

真由美《まゆみ》は自信無さそうに答えながら遼介《りょうすけ》に目を向けた。

「私もお聞きしていません」

真由美《まゆみ》の視線に応えて、遼介《りょうすけ》が彼女に同意する。

「メイジアン・カンパニーの事業内容については、説明を受けていますよね？」

今度は二人とも、藤林《ふじばやし》の問い掛けに頷《うなず》いた。

「魔法工業技術専門学院、略称魔工院は、魔法を利用した工業技術を学ぶ教育機関です。専修学校や各種学校ではなく無認可校ですが、設備、講師陣をはじめとする教育環境は大学にも劣らないものになります。運営資金については多くの企業から出資をいただいていますので、向こう十年は安泰でしょう。卒業しても学歴にはなりませんが、出資企業が卒業生を積極的に受《う》け容《い》れてくださる内約ができています」

「魔法大学とは別の、魔法工学の専門校なんですか？」

「いいえ」

真由美《まゆみ》の質問に、藤林《ふじばやし》は首を横に振った。

「教えるのは魔法工学ではなく、魔法を利用した工業技術です」

「……どう違うんですか？」

今度は遼介《りょうすけ》が、理解できないという顔で訊《たず》ねる。実は達也《たつや》から説明を受けた時も、遼介《りょうすけ》はこの違いが理解できていなかった。

「魔法工学は電子工学、材料工学的なアプローチから魔法を研究する学問です。魔工院でも魔法工学を授業で取り上げますが、メインは魔法を工業分野に応用する技術になります」

「あくまでも実践的な教育を目指すということですか？」

重ねて問う遼介《りょうすけ》に、藤林《ふじばやし》は人の悪い笑みを浮かべた。

「実践的と言いますか、実利的な教育ですね。カンパニーの目的はメイジアンの就業促進ですから」

「理解しました」

遼介《りょうすけ》が背筋を伸ばして一礼する。

その動作から兵士の臭いを嗅ぎ取った藤林《ふじばやし》が一瞬警戒の色を浮かべたが、顔を床に向けている状態の遼介《りょうすけ》はもちろん、真由美《まゆみ》もその表情に気付かなかった。

建設中の魔工院は伊豆《いず》半島《はんとう》の先端付近にあった。

藤林《ふじばやし》が運転する自走車から降りた真由美《まゆみ》と遼介《りょうすけ》は、予想以上に立派な施設に驚きを隠せない。

魔工院は海辺に建っていた。敷地《しきち》が港に隣接している。その港はタンカーや大型貨物船が接岸できるほどの規模はないが、岸壁はしっかり造られており水深も深そうだ。大型クレーンまである。明らかに海路でアクセスすることが想定されている立地だった。

建物は学校の校舎という感じではなかった。工場と、それに付属する五階建ての管理ビルといった印象だ。

「何時《いつ》開校予定なんですか？」

ほぼ完成しているように見える建物を見ながら真由美《まゆみ》が藤林《ふじばやし》にそう訊《たず》ねた。

「九月の予定です。そして真由美《まゆみ》さんと遠上《とおかみ》さんはここで働いてもらうことになっています」

「学校事務はやったことありませんが？」

警戒感をむき出しにした真由美《まゆみ》を宥《なだ》めるように、藤林《ふじばやし》が口調を和らげる。

「いきなり専門的な業務をお願いするつもりはありませんよ。最初は定型書類の作成と、内部データの処理をやってもらいます」

「オフラインデータ処理ですか」

遼介《りょうすけ》が漏らした独り言を、藤林《ふじばやし》は耳聡《みみざと》く拾った。

「不満でしょうか？」

「いえ、それならできそうです」

大学での遼介《りょうすけ》の専攻はロボット工学だったが、FEHR《フェール》を知りレナと出会って大学は中退してしまった。法人経営に役立つ、例えば会計の知識などないし、かといって大学入学時に専門分野だった工学の講師をしろと言われても自信が無い。その点、下《した》っ端《ぱ》に任せられる程度の情報機器操作くらいなら何とかなりそうだと遼介《りょうすけ》は考えたのだった。

「それならば結構です。中を案内しましょう」

藤林《ふじばやし》が二人を敷地《しきち》の中へ先導する。

真由美《まゆみ》、遼介《りょうすけ》の順番で、二人は藤林《ふじばやし》の背中に続いた。


工事が終わっていないのは実習用の施設だけで、事務室や事務用機器はすぐにでも仕事を始められる状態に調っていた。

「お二人の準備が完了次第こちらで開校の準備に着手して欲しいんですが、通勤はどうされますか？　ご希望でしたら社宅がありますよ」

「そうですね……。社宅をお願いできますか」

藤林《ふじばやし》の問い掛けに対する真由美《まゆみ》の決断は速かった。東京からここまで自走車で二時間半、個型電車《キャビネット》でも乗っている時間だけで一時間以上掛かる。この時代の通勤時間としてはかなり長い。真由美《まゆみ》は社宅を借りる方を選んだ。

彼女にはおそらく、家を出たいという動機もあったに違いない。真由美《まゆみ》はこれまで、親元を離れたことがない。大勢の使用人に囲まれた正真正銘のお嬢様だ。家事能力にはそれなりに自信がある彼女が「良《い》い機会だから一人暮らしをしてみたい」と考えたとしても、不思議ではなかった。

「……その社宅は自走車を駐められますか？」

遼介《りょうすけ》は間取りや立地よりも先に、駐車場の有無を知りたがった。

「屋根無しの共同駐車場で良ければありますよ。USNAから帰国したばかりとうかがいましたが、車を持っているんですか？」

「いえ、今は持っていませんが、すぐに買おうと思っています。ドライブが趣味でして」

「そうですか。ではそちらの手続きも一緒にしましょう。部屋の下見も必要でしょう？　案内します。ここから歩いて五分くらいですよ」

藤林《ふじばやし》の言葉に、真由美《まゆみ》は大きく、遼介《りょうすけ》は控えめに頷《うなず》いた。


二人がマンション形式の社宅を内見して魔工院の前に戻ってくると、港に飛行機が浮かんでいた。

「あれは水面効果翼船ですか？」

それを見て、遼介《りょうすけ》が藤林《ふじばやし》に訊《たず》ねる。

「良く知っていますね」

水面効果翼船。名称としては地面効果翼機の方が一般的だろう。飛行高度を極端に低く制限する代わりに、大重量搭載を可能にした航空機だ。

「この輸送機は恒星炉プラントがある巳焼島《みやきしま》との往復に使う物です。今のところ使い道は貨物輸送だけですが魔工院が開校した後は、巳焼島《みやきしま》で研修を受ける生徒の往来にも利用されます」

「しかし水面効果翼船は凪《な》いだ水面専用で、外洋では使えないのでは？」

「その問題は技術改良で解決しました」

「あの、研修というのは？」

置いてきぼりにされていた真由美《まゆみ》が、遼介《りょうすけ》と藤林《ふじばやし》の会話に口を挿《はさ》んだ。

「一定の成績を修めた生徒は、希望すれば恒星炉プラントで研修を受けられることになっているんです。魔工院のセールスポイントですね」

「それは……飛びつく人が多いでしょうね。入学資格は高校卒業程度の学力を持つメイジアンで年齢は不問、でしたっけ。恒星炉のノウハウを知りたい社会人が押し寄せてきそうな気もしますけど」

「なる程。では魔工院での教育を本当に必要としている若者が優先的に入学できる仕組みを、真由美《まゆみ》さんと遠上《とおかみ》さんで考えてみてください。それをお二人の最初の仕事にしましょう」

カンパニーにおける藤林《ふじばやし》の肩書きは事務長。真由美《まゆみ》たちの上司だ。

「えっ⁉」

いきなりの業務命令に真由美《まゆみ》が仰天の声を上げる。

「私たちの仕事はオフラインデータ処理だったのでは？」

遼介《りょうすけ》は控えめな表現で異議を申し立てた。

「企業に限らず、日本の組織では良くあることですよ」

しかし藤林《ふじばやし》は遼介《りょうすけ》の抗議を全く取り合わない。

それを見ながら「もしかしたらここはブラックな職場なのかもしれない……」と、真由美《まゆみ》は密《ひそ》かな恐れを懐《いだ》いていた。

◇　◇　◇

あの後、水面効果翼船——巳焼島《みやきしま》の関係者には「伊豆《いず》シャトル」と呼ばれている——に自走車ごと乗り込んで、藤林《ふじばやし》は真由美《まゆみ》と遼介《りょうすけ》を巳焼島《みやきしま》に連れてきていた。

「ここが恒星炉プラントです。真由美《まゆみ》さんは、初めてではありませんよね？」

「ええ、以前二十八家の皆様と見学させていただいたことがあります」

二十八家とは第一から第十まであった魔法師開発研究所出身で、番号を剝奪されずに残った二十八の血統のことだ。十師族はこの二十八家から選ばれる。

二〇九七年四月、十文字克人《じゅうもんじかつと》の呼び掛けで二十八家の若手を集めて反魔法主義対策を話し合う会議が持たれた。その会議自体は一回限りで終わったが、その時の若手同士の交流は続き研修会のようなものが度々開催されていた。恒星炉プラント見学も、この研修会の一つだった。

なおこの若手の集まりに、達也《たつや》と深雪《みゆき》は一度も招かれたことがない。二〇九七年四月の会議で、達也《たつや》が他の出席者と派手に対立した所為《せい》だと思われる。

まあこの辺りのエピソードは、今は関係無い。来たことがあるなら、一通りの説明は受けているはずだ。

「遠上《とおかみ》さん、何処《どこ》か重点的に見たいところはありますか？」

もし特に関心を持っている分野があれば、専門家を案内に呼ぶ必要がある。

「いえ、特には。一通り発電施設を拝見できますか？」

「分かりました」

藤林《ふじばやし》は少しホッとしながら、遼介《りょうすけ》のリクエストに頷《うなず》いた。


案内の途中、恒星炉本体の制御室には達也《たつや》がいた。

「専務、お疲れ様です」

「藤林《ふじばやし》さん、案内ご苦労様」

周りには制御室担当の技術者がいる。達也《たつや》と藤林《ふじばやし》は、外向きの仮面を被《かぶ》って言葉を交わした。

「何かトラブルですか？　今日は北西地区にいらっしゃるご予定だったと思いますが」

巳焼島《みやきしま》は現在、便宜上四つの地区に分けられている。

この恒星炉プラントが置かれている北東地区。

空港が置かれている南東地区。

四葉家《よつばけ》の施設が置かれている北西地区。

　そして秘密実験場――正体は光宣《みのる》と水波《みなみ》が暮らしている『高千穂《たかちほ》』と地上をつなぐ仮想衛星エレベーター――が設けられている南西地区。

　この内、北西地区と南西地区は四葉家《よつばけ》の関係者以外立ち入り禁止だ。といっても、境界線のフェンスは島の中央に建てられているのではない。北東・南東地区で島の面積の七十パーセント。三十パーセントの土地が立ち入りを禁じられていても、東側の住民に不自由はなかった。

　そしてスケジュール表の上では、今日の達也《たつや》は部外者が立ち入れない北西地区の研究室に一日こもっていることになっていた。

「トラブルではありませんが、明日に備えて私の目で確かめておいて欲しいという要望がありましたので」

「ああ、なる程」

　藤林《ふじばやし》だけでなく、真由美《まゆみ》も納得の表情を浮かべたが、遼介《りょうすけ》は事情が分からない様子だった。

　それに気付いた真由美《まゆみ》が、小声で遼介《りょうすけ》に話し掛ける。

「明日は株式会社ステラジェネレーター設立の日で、大勢のお客様をお招きするんですよ。立食パーティー以外に、プラントの見学も予定に組み込まれているんです」

　遼介《りょうすけ》の顔に理解の色が浮かぶ。

「そうだ、真由美《まゆみ》さん」

　その時、藤林《ふじばやし》が振り返った。

「明日のパーティーを手伝ってもらえませんか」

「……それも業務命令ですか？」

「いいえ、これはお願いよ。真由美《まゆみ》さん、パーティーとか慣れているでしょ」

「でも……」

「接待役が足りないのよ。深雪《みゆき》さんに良く分からないおじさんの相手をさせるわけにもいかないでしょう？　その点、真由美《まゆみ》さんは七草家《さえぐさけ》のパーティーで百戦錬磨だから」

「そこまですれてはいませんよ！」

「専務も何か仰《おつしや》ってください。深雪《みゆき》さんの負担を和らげる為《ため》ですよ」

中々首を縦に振らない真由美《まゆみ》に業を煮やしたのか、藤林《ふじばやし》が達也《たつや》に援軍を求めた。

「七草《さえぐさ》さん、お願いできませんか？」

深雪《みゆき》の為《ため》、というフレーズは、達也《たつや》に対して効果抜群だ。

「明日は魔法協会関係者もいらっしゃるんですが、私は彼らと余り上手《うま》く行っていませんので」

実のところ、などと言うまでもなく、真由美《まゆみ》は面倒見の良《い》い性格だ。

それに達也《たつや》が日本魔法協会から理不尽な敵視を受けている話も、内輪の噂話《うわさばなし》として知っている。

「……父に相談させてください」

とはいえ真由美《まゆみ》にも、七草家《さえぐさけ》長女の立場がある。自分だけで決められないのも当然だった。

プラントの見学が終わったのは夕方だったが、真由美《まゆみ》はパーティーの件を父親に相談する為《ため》、自宅に帰った。

遼介《りょうすけ》は帰国したばかりでアパートを借りてもいなかったので、宿泊しているホテルの部屋はそのままにして今夜は巳焼島《みやきしま》の職員用宿舎を借りることにした。

◇　◇　◇

夕食後、株式会社ステラジェネレーターの設立パーティーで接待役を務める件を真由美《まゆみ》に相談された弘一《こういち》は、二つ返事で許可を出した。

「良《い》い機会だ。ついでに財界の方々にも顔を覚えていただきなさい」

明日のパーティーには恒星炉プラントに出資している企業の社長や重役も出席する予定だ。七草家《さえぐさけ》もかなりの資産家だが、本当の意味での一流企業との付き合いは残念ながら多くない。これを機に娘を使って財界とのつながりを強化しようと考えるのは、一家の当主としてむしろ当然かもしれなかった。

「真由美《まゆみ》、パーティーに着ていくドレスやアクセサリーは持っているもので大丈夫か？　必要ならば買ってきなさい」

余程の重要性を見出《みいだ》しているのか、それとも「捕らぬ狸《たぬき》の皮算用」なのか、弘一《こういち》は随分と気前の良《い》いことを言っている。

「こんな時間からですか？　嫌ですよ。持っている物で十分です」

時刻は午後八時前。一般客向けの店はそろそろ閉まる時間だが、デパートの外商はまだ営業しているし、路面店もお得意様向けの窓口は開いている。今からでもドレスから靴、宝石まで一通り揃《そろ》えることが可能だ。

だが真由美《まゆみ》は物欲よりも休みたいという欲求の方が勝っている状態だった。

「そうか。ならば、明日に備えて今夜は早く休みなさい」

「ええ、そうさせていただきます」

真由美《まゆみ》は父親のセリフに素っ気なく応えて、席を立ち父の書斎を後にした。

◇◇◇

遼介《りょうすけ》が借りた職員用宿舎は恒星炉プラントの目と鼻の先に建っていた。プラントで異常事態が発生した際は、真っ先に駆けつけられる位置関係だ。——ちなみにマスコミなど外部の来訪客用ホテルは、空港の近くに配置されている。

真夜中、そろそろベッドに入ろうと考えていた遼介《りょうすけ》は、ふと奇妙な魔法の気配をプラントの方から感じた。

彼はレンタルのパジャマをもう一度普段着に着替え直し、部屋を出た。宿舎はデイリーで利用可能な三階建てのサービスアパートメントでロビーやフロントは無い。出入りは自由だ。監視カメラ以外の防犯機器も無い。

恒星炉プラントを囲む塀やフェンスは無かった。この島そのものが私有地だからだ。逆に空港一帯をグルリと取り囲む形でフェンスが設けられている。もっとも、それも有刺鉄線付きとか高圧電流が流れているとかではないので乗り越えるのは簡単だ。許可なく超えれば、私有地に対する不法侵入だが。現代の国内法では建物が無ければ不法侵入罪にはならないなどという欠陥は解消されている。

このような状況だから、プラントの敷地《しきち》に入るのは簡単だ。だが建物内に入らなくても、こんな時間にうろついているのを見付かれば怪しまれるのは間違いない。

遼介《りょうすけ》はＦＥＨＲ《フェール》のリーダー、レナの意を受けてメイジアン・カンパニーに潜入している。その立場を考えれば、疑われるような真似《まね》は避けるべきだ。だが今は何故《なぜ》か、この魔法の気配を放置できなかった。

遼介《りょうすけ》は魔法の感知が余り得意ではない。だが気配の察知には長《た》けている。これは魔法の技能と言うより、武術の修行で身に着けた技だ。彼はその気配をたどっていった。

気配の主はプラントの中心、恒星炉を格納する建物である恒星炉棟の中にいた。棟内には昼間、遼介《りようすけ》が達也《たつや》に会った制御室もある。

恒星炉棟の扉は、何故《なぜ》か開いていた。

鍵が掛けられていないというレベルではない。人が出入りする為《ため》の通用口が開け放たれていた。

(何故《なぜ》警報が鳴らないんだ……？　もしかして、巡回の警備員が閉め忘れたのか？)

正規の手段で鍵を開けて中に入ったのであれば、当たり前だが警備装置は反応しない。

遼介《りようすけ》は数秒躊躇《ためら》った後、恒星炉棟の中に入った。もし見付かった場合は「通用口が開いていたことを注意しようと思った」と言い訳しようと決めてから。

人の気配は、恒星炉そのものが置かれている格納室の方から感じられた。

恒星炉のテクノロジーを盗むなら制御室を狙うだろう。制御プログラムはあの部屋にある。

(やはり、警備員か……？)

侵入者というのは自分の考えすぎだったのだろうか？

遼介《りようすけ》は自信を失いながらも、足を止めなかった。自分の気配を殺し、足音を殺して何者かの気配をたどる。

気配の主は、やはり格納室《container room》にいた。

格納室というのは原子炉格納容器《reactor container》の名称が流用された名前だ。恒星炉を含む核融合炉と原子炉（核分裂炉）は根本的に仕組みが違うのだが、同じ「核エネルギー」という括《くく》りで似たような名称が採用されている。

格納室の扉も開いていた。

（もしかして逃げやすいように開けたままにしているのか……？）

遼介《りょうすけ》は疑いを深めながら、扉の陰から室内をのぞき見る。

そこでは眼鏡型ゴーグルで人相を隠した二人の男が、六基ある恒星炉の一つに取り付いて工具を手に何やらごそごそとやっている。

（修理……いや、パーツ盗難か？）

修理なら部屋の照明を付けない理由がない。

重要パーツを盗み出そうとしている産業スパイの可能性が高い。

証拠は無かったが、遼介《りょうすけ》はそう判断した。曲者《くせもの》を捕らえるべく彼が格納室内に忍び入ろうとした、その時。

「そこで何をしている！」

遼介《りょうすけ》に声とライトが向けられた。巡回の警備員だ。いや、巡回ではなく異常を感知して駆けつけたのかもしれない。

その声に反応して、格納室内の曲者《くせもの》が中から飛び出してくる。

遼介《りょうすけ》は咄嗟《とっさ》に足を出した。

その足に引っ掛かって二人組の片方が転倒する。

だがその男はすぐに立ち上がり、相棒に一歩遅れて出口へと走り出す。あいにく警備員は、そちらにはいなかった。

（退路を塞ぐのは基本だろう！）

遼介《りょうすけ》は心の中で警備員を罵りながら、曲者《くせもの》を追い掛ける。

足は遼介《りょうすけ》の方が速い。

遅れている方を捕まえようと、遼介《りょうすけ》は手を伸ばした。

しかし、その瞬間。

（閉じろ、ゴマ《Akhrus ya Samsam》）

頭の中に聞き覚えのない言語と有名な意味の呪文が二重に響くと同時に、目の前が真っ暗になった。

その直前も廊下に照明は点《つ》いていなかったが、非常灯の光で完全な暗闇にはなっていなかった。捕り物に不自由が無い程度の明るさはあった。

自己防衛本能から、遼介《りょうすけ》が思わず足を止めてしまう。

視界は三秒で回復した。

その直後、彼は激しい勢いで背後から組み付かれた。

一瞬つんのめり、反射的に肘を打ち込み首に巻き付く腕が弛《ゆる》んだところを投げ飛ばす。

廊下に転がったライトが照らすその相手は、制服を着た警備員だった。

(しまった、つい……！)

愕然《がくぜん》としている隙に、遼介《りょうすけ》はもう一人の警備員にがっちり拘束された。

◇ ◇ ◇

警備室に連れて行かれ椅子に手錠で拘束された遼介《りょうすけ》は、自分が感じた魔法の気配と格納室の侵入者について正直に話した。

だが反射的に反撃したのがまずかったのだろうか。

彼は不法侵入者の仲間と決め付けられた。

遼介《りょうすけ》は、報《しら》せを受けた達也《たつや》が警備室に到着するまで拘束状態に甘んじなければならなかった。

達也《たつや》の指示により、遼介《りょうすけ》は手錠をようやく外してもらう。しかしそれで解放ではない。彼はそのまま達也《たつや》の事情聴取を受けることになった。

「二人の賊が魔法を使って恒星炉棟に侵入し、格納室の鍵を開けて恒星炉からパーツを盗もうとしたんですね？」

「……魔法で鍵を開けたというのは状況から考えた単なる推理ですが、恒星炉に取り付いて工具を使っていたのはこの目で見ました」

「なる程。確かにそれは、パーツの盗難を試みていたと見るのが自然でしょう。しかし格納室の監視カメラは、あの時間帯何故《なぜ》か故障していました」

警備員が急遽《きゆうきよ》派遣されたのは、監視カメラの故障が原因だった。

「遠上《とおかみ》さん。残念ながら、貴方《あなた》の無実を証明する物はありません」

遼介《りようすけ》が息を詰まらせる。

客観的に見て自分の行いが極めて怪しいものであったのは、彼も理解していた。

「……私を官憲に引き渡すのですか？」

「いえ、警察には訴えません。雇ったばかりの従業員が盗難未遂で捕まるなど、マスコミが好みそうなスキャンダルです。明日、いえ、今日のパーティーが台無しになってしまう」

達也《たつや》の言葉からも分かるとおり、時刻は既に零時を回っていた。

「それに遠上《とおかみ》さんが無実だという証拠はありませんが、有罪だという証拠もありませんので」

「…………」

「ただ、このままカンパニーで働いていただくのは難しいと言わざるを得ません」

遼介《りようすけ》は俯《うつむ》いて奥歯《かし》を噛み締めた。

FEHR《フエール》首領のレナに頼まれた調査は何も終わっていない。メイジアン・カンパニーについてはまだ、表面的な目的が分かっただけだ。せっかく内部に潜入できたのに、今辞めさせられてはレナの信頼を裏切ることになってしまう。

「……何か盗まれている物はありますか？」

「いえ、何も」

遼介《りょうすけ》の唐突な質問に、達也《たつや》は表情を変えずに答えた。「それが何か？」とも達也《たつや》は訊《たず》ねない。

反応が無い。もう達也《たつや》の中では、遼介《りょうすけ》の解雇は決まっているのだろうか。

遼介《りょうすけ》は折れそうになる心を何とか奮い立たせ言葉を続けた。

「恒星炉は革命的魔法技術の宝庫です。賊の狙いが何なのかは分かりませんが、一度で諦めるとは思えません。賊はまた盗みに入ると思います」

達也《たつや》の表情は動かない。その程度のことは言われなくても分かっているということだろう。

「私にチャンスをいただけませんか」

「チャンス？」

達也《たつや》からようやく反応が返った。

「私の手で賊を捕まえます。それで潔白を証明させてください」

「賊を捕らえる為《ため》に張り込むふりをして、侵入と逃亡の手助けをするつもりですか？」

この発言は、達也《たつや》のものではない。達也《たつや》に付き従って警備室を訪れ、今まで黙って達也《たつや》の背後に控えていた花菱兵庫《はなびしひょうご》のものだった。

「私は賊の仲間ではありません！」

心外な、という表情で遼介《りょうすけ》が叫ぶ。

「そうも考えられるということです。遠上《とおかみ》さん、自分でもお分かりでしょう？」

遼介《りょうすけ》が言葉に詰まる。確かに現在の立場と、そこに至った状況を考えれば兵庫《ひょうご》に言われたような憶測も成り立つ。

「達也《たつや》様、如何《いかが》なさいますか？」

兵庫《ひょうご》は、本気で達也《たつや》に判断を委ねる。彼は遼介《りょうすけ》の申し出に強硬な反対はしなかった。実を言えば兵庫《ひょうご》は、本気で遼介《りょうすけ》のことを疑っているわけではなかったのだ。

「良《い》いでしょう。ただし、単独行動は禁止です。パートナーの人選は一両日中に行います。今夜はもう、宿舎に戻ってください」

単独行動を禁じられたのは「お前を疑っている」と言われたようで、正直なところ愉快ではなかった。だが達也《たつや》の立場に立ってみれば、やむを得ないかもしれない決定だ。もし無条件で遼介《りょうすけ》のオファーを採用すれば、贔屓《ひいき》の誹《そし》りを受けたかもしれない。

それが理解できてしまう遼介《りょうすけ》は、達也《たつや》の裁定に従うしかなかった。

◇◇◇

五月一日午前四時。

今日は新会社設立のパーティーが予定されている。とは言っても、大袈裟《おおげさ》な式典の開催は企画されていない。事業自体は二年前にスタートして順調に推移している。会社設立は、単に体裁を変えるだけのものだ。

パーティーも、ちょっと規模が大きな立食パーティーに過ぎない。

招待客は少々特殊かもしれないが。

それでもこんな、夜も明けていない時間帯から準備に取り掛からなければならない程の大事《おおごと》ではなかった。

暁闇《ぎょうあん》の中、遼介《りょうすけ》は宿舎を出て港に向かった。南東地区に空港ができて、海路で島に出入りする人間はほとんどいなくなった。だが貨物船は活発に出入りしている。

恒星炉が産み出した電気を本州に送電する海底ケーブルはまだ敷設《ふせつ》途中だ。恒星炉の電気は、現在主に水素の製造に使用されている。生産された水素はコンテナ船で本州の工場に送られ、扱いやすい燃料に加工されるという流れだ。

この水素ガスの売上だけで、恒星炉プラントは来年にも投資した全額を回収できる見込みになっていた。事業拡大に新会社を設立という話がトントン拍子に進むはずである。

しかしコンテナ船が活発に出入りするこの港も、この時間帯は船影も人影も無い。遼介《りょうすけ》は埠頭《ふとう》の先端まで移動して、ジャンパーの内ポケットから大振りな携帯端末を取り出した。

いや、これは携帯電話と表現すべきだろう。音声通話用衛星通信端末。グローバルネット

（グローバルエリアネットワーク、GAN《ギャン》）の発達によりマイナーな通信手段の地位に留まっているが、地道に技術改良は続けられ二十一世紀最後の年になっても現役の通信手段として残っている。

しかし、一般的ではない。少なくとも個人で使うような物ではなかった。国際通信を行うだけなら、普通にグローバルネットを利用する方が便利だ。

西暦二一〇〇年現在、グローバルネットではなく衛星通信端末を使用するメリットは、せいぜい発信地の基地局を経由しないことくらいか。

「ハロー、ミレディ。遼介《りょうすけ》です。お昼時にすみません……」

英語で会話を始める遼介《りょうすけ》。

彼は自分の背中を物陰から窺《うかが》い見る視線に、気付いていなかった。

◇　◇　◇

魔法師人権保護団体、政治結社FEHR《フェール》。

現地時間四月三十日正午、バンクーバー市内にある本部の個人用オフィスで代表者のレナ・フェールは呼び出し音を鳴らす衛星電話の端末を手に取った。

ディスプレイに表示された発信者を見る。

電話を掛けてきた相手は、彼女が日本に派遣したばかりの遠上遼介《とおかみりようすけ》だった。

レナが応答ボタンを押し、スピーカーを耳に、マイクを口に近付ける。

「ハ……」

『ハロー、ミレディ。遼介《りようすけ》です。お昼時にすみません。少しご相談したいことがあるのですが、今よろしいでしょうか』

「………」

しかしレナは「ハロー」という決まり文句も喋《しやべ》らせてもらえなかった。

『ミレディ、ご都合が悪いのであればかけ直しますが？』

リーダーとして、軽く見られるより尊重してもらえる方が良《い》いのは確かだが、遼介《りようすけ》はいささか行き過ぎの気《け》がある。

レナは今日も、そう思った。

「……いえ、構いませんよ。何かあったのですか？」

『メイジアン・カンパニーに採用されました』

「上首尾ではないですか」

答えながら、レナは首を傾《かし》げる。情報を集める対象の、組織内部に従業員として入り込めたのだ。第一段階としてはベストに近いと言えよう。一体何が問題なのだろうか。

『ですが窃盗未遂の容疑を掛けられて早くも解雇されそうです』

「はっ？　……まだ帰国して三日目ですよね？」

何なのだろう、その急展開は？

……それがレナの偽らざる感想だった。

「何があったのですか？」

『実は……』

遼介《りようすけ》が昨晩の出来事を説明する。

『賊の二人、何処《どこ》かで見たような覚えがあるんですが、FEHR《フエール》のメンバーではありませんよね？』

そして遼介《りようすけ》がレナにこう訊《たず》ねた。おそらくこの質問が電話を掛けてきた主な目的だったのだろう。

「少なくとも私は、遼介《りようすけ》以外のメンバーに日本への出動を命じていませんよ」

『そうですか……』

遼介《りようすけ》の声は、彼が弱り切っていることを示しているようにレナには感じられた。

レナに冠せられた「聖女」の二つ名は、主に彼女の得意魔法に由来する。だが、ここで「何とかしてあげなくては」と本気で考える性格も、「聖女」と呼ばれている一因かもしれない。

「……FEHR《フエール》のメンバーではありませんが、遼介《りようすけ》が見たことがあると感じているのは気の所為《せい》ではないかもしれません」

『ミレディ、お心当たりがあるんですか⁉』

スピーカーから溢《あふ》れ出《で》る、期待が滲《にじ》む声。

「私が直接目撃したわけではないので断言はできませんが」

『それでも結構です！　教えてください！』

レナはここで答えをもったいぶるような性格の悪さを持ち合わせていない。

「遼介《りょうすけ》の話から推測するに、その二人組は『ジェイナス』の可能性が高いのではないかと」

彼女は自分の推理を、遼介《りょうすけ》にあっさり伝えた。

『ジェイナス？　あの犯罪魔法師コンビの？』

二年程前からUSNAの裏社会で名前が囁《ささや》かれ始めた二人組の犯罪者。警備厳重な建物に侵入し、機密性の高いデータやハイテク製品を盗み出す情報窃盗の専門家。

この『ジェイナス』という呼び名は警察やマスコミなどの第三者が付けたコードネームではない。彼ら自身が、盗み出した情報を売買する際に名乗っているものとして、裏社会に伝わったものだった。

「遼介《りょうすけ》の視界を奪ったのは、彼らの特殊魔法『アラビアンナイト』でしょう」

『アラビアンナイト？』

「ジェイナスが使うと言われている、系統魔法にも系統外魔法にも属さない特殊な魔法です。『Ｏｐｅｎ　Ｓｅｓａｍｅ《ひらけゴマ》』『Ｓｈｕｔ　Ｓｅｓａｍｅ《とじろゴマ》』のキーワードで発動し、『開く』『閉じる』という概念に当てはまる広範な現象を引き起こすと聞いています」

『セサミ？　それってアリババの？』

「ええ。アラビアンナイトという名称はそこから来ているのでしょう」

『アリババのエピソードは、アラビアンナイトの原典には含まれていなかったのでは？』

「……それ、拘《こだわ》る必要がありますか？」

遼介《りょうすけ》のピンボケ発言に、レナが思わず呆《あき》れ声を漏らす。

『いえ、失礼しました』

遼介《りょうすけ》も時と場合を弁《わきま》えない発言だと思ったのか、すぐに謝罪した。もっとも、レナに咎《とが》められれば自分が間違っていなくても謝罪しそうだが。

『それにしてもさすがに良くご存じですね』

「私たちの活動にとって本当の障碍《しょうがい》になるのは過激な反魔法主義者ではなく、魔法を犯罪や不当な暴力に使い、人々の恐怖と反感をあおり立てる魔法師ですから。FEHR《フェール》の代表として、そういう人たちに関する情報収集は怠れませんよ」

真っ当な政治活動が類似した主張を掲げる過激派の所為《せい》で台無しになるというのは、ありがちな話だ。

『仰《おっしゃ》るとおりです』

遼介《りょうすけ》にも心当たりがあるのか、納得を込めて相槌《あいづち》を打った。

「遼介《りょうすけ》の目が一時的に見えなくなったのは、精神に干渉して視界を閉じたのではないでしょうか」

『……対抗手段はお分かりですか』

「そうですね……」

考え込むレナ。

『…………』

遼介《りょうすけ》は彼女の答えを無言で待つ。

「……魔法に限らず特定の用途に限定された道具はその専門分野で高い性能を発揮します。逆に言えば、『開く』『閉じる』という概念に含まれるものは何でも、というような包括的な魔法の効果は、例えば『ニュクス』のような知覚に干渉する系統外魔法に比べて、それほど強くないと考えられます。視覚遮断の持続時間が短かったのもその所為《せい》ではないでしょうか」

『なる程。数秒しか続かないと分かっていれば対処できます』

「あくまでも推測です。魔法に掛からないこと、いえ、相手に魔法を撃たせないことが最善です」

『先制攻撃は最大の防御ということですね。分かりました。ありがとうございます』

「……やり過ぎてはいけませんよ」

やる気に満ちた遼介《りょうすけ》の声に、レナは思わず強い口調で念を押した。

◇◇◇

五月一日、午後五時三十分。

株式会社ステラジェネレーターの設立式は無事に終わり、立食パーティーが始まった。

夜のパーティーにしては少し早い。これは本州から百キロ近く離れた太平洋上の島というロケーションを考慮して、日帰りが可能になるように開始時間を早めに設定したのだった。無論、無理をして今夜中に帰ろうとしなくてもホテルの部屋は十分に確保してある。この三年間で急速に充実した施設は、恒星炉プラントに直接関係するものだけではない。

招待客に挨拶をして回っている達也《たつや》の隣には、ドレスアップした深雪《みゆき》が立っている。二人の後ろにはリーナが、深雪《みゆき》に負けないくらい艶《あで》やかに着飾って当たり前のような顔で付き従っていた。

恒星炉プラントへの出資に引き続き、アメリカ企業（実態は民間企業を経由したUSNA連邦政府）もステラジェネレーターの株主になっている。今夜の招待客にもその関係でアメリカ人が多く混じっている。彼らはリーナに話し掛けられて大いに盛り上がっていた。

そして深雪《みゆき》とリーナに負けないくらい会場の注目を集めていたのは、アダルトなドレスを身に纏《まと》う真由美《まゆみ》だった。

深雪《みゆき》とリーナのドレスがほとんどノースリーブに近い袖丈ながらも肩と胸元を隠しているのに対して、真由美《まゆみ》の衣装はストラップドレス。ストールの下から大胆に肩と胸元をのぞかせている。スカート丈が長いので派手すぎる印象は無かったが、小柄ながらグラマラスなプロポーションと相俟《あいま》って男性の目を大いに楽しませていた。

藤林《ふじばやし》は対照的に、スカートスーツで参加していた。女性客はカクテルドレス姿が多い中で異彩を放っていたが、年配のご婦人にはかえって受けが良かった。

なお遼介《りようすけ》の姿は、パーティー会場内には無い。彼は裏方でポーターなどの力仕事を担当していた。

パーティーの会場にはプラントがある北東地区ではなく、南東地区に建てられたホテルの内で最も大きな物が選ばれている。様々なデモンストレーションが行われた会社設立式の最中とは打って変わって北東地区は今、閑散としていたが、言うまでもなく人影が皆無ではなかった。昨日賊の侵入を許したばかりだ。その上今日は、大勢の客を招いている。警備はいつにも増して厳しかった。

製造した水素ガスを運搬する貨物船の入港も既に受け付けていない。これは事前に通告してあることで入港許可が出なかったからといって抗議してくる船は無かったが、結果的に間に合わなかった貨物船は何隻か出ている。そういう船は明日の朝まで、少し沖合に停泊待機だ。その中の一隻、ある貨物船の甲板上で、中東系の男性二人組が巳焼島《みやきしま》に双眼鏡を向けていた。二人は顔立ちも身体《からだ》付きも良く似ていた。年の近い兄弟か従兄弟《いとこ》か、もしかしたら双子かもしれない。

日本の港に出入りする貨物船の乗組員に中東系の船員がいるのは、別に不思議なことではない。世界四大国の内、新ソ連と大亜連合《だいあれんごう》は日本と敵対関係、USNAとIPUは友好関係にある。アラブ同盟との関係も今のところ良好だ。中東系の労働者は海の上だけでなく、街中でも案外見掛ける。

だが全く同じ体勢で双眼鏡をのぞき込みながら交わされた会話は、決して「珍しくない」で済まされるものではなかった。

「……しばらく侵入は難しそうだな」

「うむ。警備態勢の強化は、今夜に限ったことではないだろう。警備員ならともかく、ヨツバの戦闘魔法師に出会《でくわ》したくはない」

この二人は昨晩、恒星炉棟に忍び込んだ賊だった。

「バハドゥール。物《ブツ》の製造データだが、あそこにあると思うか？　俺には別の場所で製造されているように思われるんだが」

「同感だ、バフマン。あのパーツは恒星炉システムの心臓。考えてみれば、出資者にも製造ラインを秘密にしている可能性が高い」

「それは何処《どこ》だと思う？」

「根拠は無いが……、ＦＬＴではないか？　バフマン、お前はどう考える」

「俺も同意見だ、バハドゥール。しかしそうすると、ここにいても仕方がないな」

「それはそうだ。しかし、今すぐ船を動かすと余計な疑いを招く。朝になるまで待つべきだ」

「了解だ。では今夜の内に次の段取りを練るか」

「そうだな……。そうしよう」

二人は双眼鏡を顔から離し、寄り掛かっていた手すりを離れて船室に向かった。

◇◇◇

パーティーは八時前に終了した。予定より一時間近く長引いたのは、達也《たつや》や深雪《みゆき》と長話をしたい客が多かったからだ。

客を見送り、本来は関係がなかった藤林《ふじばやし》と真由美《まゆみ》を労《ねぎら》った後――二人はメイジアン・カンパニーのスタッフであって、ステラジェネレーターの従業員ではない――、達也《たつや》は深雪《みゆき》、リーナと一緒に北西地区の別宅に戻った。巳焼島《みやきしま》が重犯罪魔法師用刑務所だった頃の管理スタッフ用施設を改造した居住用ビル最上階の４ＬＤＫだ。なおリーナも巳焼島《みやきしま》に来た時は、この４ＬＤＫの以前水波《みなみ》が使っていた部屋に泊まることになっている。

「二人とも、ご苦労様」

襟元を緩めながら、達也《たつや》が深雪《みゆき》とリーナを労《ねぎら》う。

「達也《たつや》様の方こそお疲れ様でした。何かお作りしますか？　パーティーでは余り召し上がっておられないでしょう？」

「いや、大丈夫。結構つまんでいるよ」

「ではお風呂《ふろ》になさいますか？」

「風呂《ふろ》は深雪《みゆき》とリーナが先に使いなさい。俺は後で良《い》い」

達也《たつや》はそう言って着替えの為《ため》、自分の部屋に引っ込む。

彼がネクタイを取り、上着を脱いだところで部屋の扉がノックされた。

「どうぞ」

「失礼します」

達也《たつや》が返事をしてすぐ、まだドレス姿のままの深雪《みゆき》が入ってくる。

「お風呂《ふろ》はリーナに、先に使ってもらうことにしました」

達也《たつや》が何か発言する前に、言い訳のように深雪《みゆき》が言う。

「そうか」

達也《たつや》が頷《うなず》き、恥ずかしげに俯《うつむ》いている深雪《みゆき》の許《もと》へ歩み寄る。

そして、何も言わず彼女の身体《からだ》を抱き締めた。

「あっ……」

深雪《みゆき》の口から吐息が漏れる。それは決して、拒絶を示すものではなかった。

艶を帯びたその声は、拒絶ではなく期待を示していた。

達也《たつや》が深雪《みゆき》のあごに右手の指を添える。

深雪《みゆき》は逆らわず顔を上げた。

軽く唇を合わせる。

ついばむようなフェザーキス。

唇が離れ、深雪《みゆき》が達也《たつや》の胸に顔を埋める。

そこに羞じらいはあっても、ぎこちなさはない。

二人の仲も、三年間でこの程度には進展していた。

まるで中学生同士の初恋カップルだが、達也《たつや》と深雪《みゆき》にしてみれば、これでも大きく前進していた。


深雪《みゆき》がリーナと交代して浴室に入り、達也《たつや》は着替えてダイニングで喉を潤していた。

そこへ湯上がりのリーナが姿を見せる。

「HAR《ハル》、カフェオレをアイスでちょうだい」

リーナは達也《たつや》に頼むのではなく、ホームオートメーションに飲み物を出すよう命じた。

　そして自分は達也《たつや》の向かい側に腰を下ろし、ニヤリと笑う。

「タツヤ。ミユキの顔が少し赤かったようだけど、何かした？」

「キスをしただけだが」

　途端にリーナが白けた表情になる。

「それだけ？　まだそのステージなの？」

　リーナの口からため息が零《こぼ》れた。

「……奥手なんだったら少しは恥ずかしがりなさいよ。それともローティーン並みにピュアなの？」

「俺は奥手ではないと思うが。純情でもないな」

「ふーん……。だったら、ええと、『甲斐性《かいしょう》無し』なのかしら。確か日本語にはそういう言葉があったわよね」

「甲斐性《かいしょう》というのは元々生活力、経済力に重点を置く言葉だ。意気地と同じ意味に使うのは、厳密には正しいと言えないだろうな」

「じゃあ、意気地無し」

　達也《たつや》が苦笑を漏らす。

「それより、何か話があるんじゃないか？」

「ちょっと待って」

ちょうどそのタイミングで、ＨＡＲにコントロールされた自走式ワゴンがアイスカフェオレのグラスを運んできた。

リーナは自分でグラスを取って喉を潤す。

「ここからは真面目な話よ」

「ああ、何だ」

リーナのリクエストに従って、達也《たつや》の表情が多少シリアス味を帯びた。

「遠上遼介《とおかみりょうすけ》のことを、スターズに調べてもらった。その結果なんだけど」

「何か出たのか？」

「ええ。彼はＦＥＨＲ《フェール》のメンバーよ」

「ほう。バンクーバーから帰ってきたというのは正直な申告だったんだな。出発空港を変えるくらいの小細工はしていると思っていたが」

「ＦＥＨＲ《フェール》のことを知っているのね」

上目遣いで窺《うかが》い見ながら問い掛けるリーナ。

達也《たつや》は何でもないことのように頷《うなず》いた。リーナは忘れているようだが、達也《たつや》は遼介《りょうすけ》を面接した際にＦＥＨＲ《フェール》の名前を出している。

ＦＥＨＲ《フェール》。『Fighters for the Evolution of Human Race』（人類の進化を守る為《ため》に戦う者たち）の頭文字を取った名称の政治結社。二〇九五年十二月、『人間主義者』の過激化に対抗して設立。本部はバンクーバー。代表者はレナ・フェール。結社の目的は反魔法主義・魔法師排斥運動から魔法師を保護すること――。

達也《たつや》は自分がＦＥＨＲ《フェール》について知っていることを簡潔に述べた。

「相変わらず良く知っているわね、タツヤ。でもＦＥＨＲ《フェール》がテロの要警戒団体としてＦＢＩに監視されているのは知らないでしょ」

「確かにそれは知らなかった」

達也《たつや》は見栄《みえ》を張らず、素直に頷《うなず》いた。

「まだ具体的な暴力事件は起こしていなかったと思っていたが、報道されていないだけか？」

「いいえ、確かにまだ潜在的な容疑の段階よ。でもあそこはヤバイの」

「どんなところが危険なんだ？」

「教祖のカリスマ性」

「教祖？」

達也《たつや》が訝《いぶか》しげに眉を顰《ひそ》める。

「ＦＥＨＲ《フェール》は宗教団体だったのか？　政治結社だと思っていたが」

「活動内容は政治結社よ。でもリーダーであるレナに対する忠誠心が盲目的なの。いえ、狂信的と言う方が適切でしょうね。彼女が命令すればメンバーはどんなことも、それこそ自爆テロも厭《いと》わないと思うわ」

「それはまた……。レナというのはどういう人物なんだ？　魔法師《メイジスト》なのだろう？」

「ちょっと待ってて」

リーナがアイスカフェオレを飲み干して席を立つ。

「端末を取ってくる」

そう言って彼女は自分の部屋に向かった。

ダイニングには入れ替わりで深雪《みゆき》が入ってくる。

リーナもだったが、湯上がりの上気した肌が色っぽい。しっとりと濡《ぬ》れた黒髪が、貞淑でありながらゾッとするような妖しい色気を演出している。好みの問題だろうが、達也《たつや》の欠けた心を大きく揺らすのはやはり深雪《みゆき》の方だった。

「達也《たつや》様、お飲み物のお代わりは如何《いかが》ですか？」

「ありがとう。だが、風呂《ふろ》を上がってからにするよ」

「かしこまりました。ではわたしだけ頂戴しますね」

そう言って深雪《みゆき》は自分の手でハーブティーの茶葉をティーポットに入れた。金属製の水差しに水を入れ、CADを手に取って一瞬で熱湯に変える。

その熱湯をティーポットに注いで抽出したハーブティーを空になった水差しに移し、今度は一瞬で冷却した。

達也《たつや》の真向かいに座り、グラスに注いだハーブティーを一口飲んで深雪《みゆき》は軽く顔を顰《しか》めた。

その理由は、グラスを置いた後の「冷やしすぎました……」という呟《つぶや》きで明らかになった。

「ところで、リーナと何をお話しになっていたのですか？」

嫉妬ではない。ほぼ一日中行動を共にしているリーナ相手に嫉妬する段階は、もう通り越してしまっている。リーナには、達也《たつや》に対するそういう興味が無いと既に分かっていた。

「遠上遼介《とおかみりようすけ》の素性について、リーナはスターズに調査を依頼していたようだ。その結果を聞かせてもらっていた」

「何か疑わしい点が見付かったのですか？」

「彼はＦＥＨＲ《フェール》のメンバーだったのよ」

答えたのは、ダイニングに戻ってきたリーナだった。

「フェール？　それは何？」

ＦＥＨＲ《フェール》を知らなかった深雪《みゆき》にすれば当然の質問だった。

「ＦＥＨＲ《フェール》は表向き魔法師の人権保護を主張する政治団体なんだけど、ＦＢＩからテロを引き起こす可能性があるという理由で監視を受けているの」

さっき達也《たつや》にしたのと重複する説明だったが、リーナは嫌な顔一つ見せなかった。

「それで、ＦＥＨＲ《フェール》代表のレナ・フェールだけど」

リーナは深雪《みゆき》の隣に腰をおろし、電子ペーパーのスイッチを入れた。

スタイラスペンを走らせて、検索ワードを書き込む。

ペンを置いたのは、目当てのデータがすぐに表示されたからだ。

「レナ・フェール、本名はレナ・シュヴァリー。連邦政府の記録によると、二〇七〇年六月、ケベック生まれのフランス系。ケベックには二〇八一年七月まで住んでいたことが確認されているわ。八年前バンクーバーに移住しているけど、二〇八一年八月から二〇九二年八月までの十一年間は所在不明。もしかしたら国外にいたのかもしれない」

「政府が行方を摑《つか》んでいないとなると、密出国の可能性があるということか？」

「もしくは誘拐されていたか、ね。レナ・フェールは特異体質の持ち主なの。今年三十歳になるはずなんだけど、外見年齢は十六歳前後。ケベックでも、十一歳の時にせいぜい五歳前後にしか見えなかったという記録が残っている」

「……アナジェリア症候群か」

「ええ、その可能性がある」

アナジェリア症候群——遅老症。小説家マット・ヘイグの作品『トム・ハザードの止まらない時間』の主人公が患っている先天的な病気の名前だ。アナジェリア症候群という名称はマット・ヘイグの創作だが、現実にこの症状を疑われる人々が発見されたことから仮の病名として採用された。

疑われる、というのは本当に老化が遅いのかどうか、医学的に確認されていないからだ。いや、医学的に確認したデータが公表されていないと言うべきか。

「だから誘拐されていたかもしれないと？」

「そういうこと」

頷《うなず》くリーナ。ここで深雪《みゆき》が、達也《たつや》相手の質問を挿《はさ》んだ。

「達也《たつや》様、アナジェリア症候群というのは成長が遅くなる病なのですか？」

「病と言うべきか、体質と言うべきか。単にゆっくり老化するだけなら、健康と言えないこともない」

小首を傾《かし》げた深雪《みゆき》に、達也《たつや》は起伏の乏しい声で答える。

「老化しにくい……。だから、誘拐されたかもしれないと？」

ハッと目を見張った深雪《みゆき》の質問に、達也《たつや》はやや苦い顔で頷《うなず》いた。

少し想像力を働かせれば分かることだろう。老化が遅い体質。それは権力者にとって垂涎《すいぜん》の的だ。どんな手段を使ってもその秘密を手に入れたいと考える権力者は、決して少なくないに違いない。

重苦しい空気を嫌ったのか、リーナは報告書の別の部分に言及を始めた。

「ケベック在住当時のレナに魔法資質は確認されなかった。これも、アナジェリア症候群の影響でしょう。身体《からだ》の成長に魔法の成長も引きずられていたのではないかしら」

「その所為《せい》で政府のスカウトに引っ掛からなかったというわけか……。それで、レナ・フェールはどんな魔法を持っているんだ？」

「残念だけど、そこはハッキリ分かっていないわ。どうやら強力な精神干渉系魔法らしいんだけど。それも攻撃型じゃなく、心を癒やす系みたい」

「癒やしを与える精神干渉系魔法か。確かに、狂信者を作るには最適だな」

「快楽を与える精神干渉系魔法は一種の麻薬よ。にも拘《かか》わらず、規制するのが難しい。外から観測することが困難だし、使用の痕跡も残らないから。まったく、厄介なことこの上ないわ」

「表向きは、人心掌握に長《た》けた指導者でしかないというわけだな」

「そういうこと」

リーナが大きくため息を漏らす。

「遠上《とおかみ》さんも、そのレナさんの虜《とりこ》になっているかもしれないとリーナは考えているのね？」

達也《たつや》ではなく深雪《みゆき》が、肝腎の論点となる質問をリーナに投げ掛けた。

「かも、じゃないわ。ワタシはそう確信している。根拠が不十分なのは認めるけど……、少なくとも彼が高い戦闘力を有しているのは確かよ。そんな人間が、タツヤの恐ろしさに気付かないはずはない。それでもカンパニーにしがみつこうとしているんだから、余程の理由があるのよ、きっと。例えば、自分の命よりも優先される使命を教祖に与えられている、とかね」

「使命って？」

意外なくらい事態を深刻に捉えている様子のリーナに、深雪《みゆき》がそう訊《たず》ねる。

「それは分からないけど……とにかく彼は危険よ。狂信者は何をしでかすか分からないんだから。絶対に目を離すべきじゃないわ」

「リーナの考えすぎだと思うけど……」

リーナの短絡的にも見える結論に、深雪《みゆき》は疑問を呈する。

だが達也《たつや》は、リーナの意見に反論しなかった。

［6］実体の無い攻防

五月二日、午前八時半。達也《たつや》と深雪《みゆき》の別宅に電話が掛かってきた。

『おはようございます、深雪《みゆき》さん。ご機嫌如何《いかが》ですか』

モニターに登場したのは、日曜日の朝早くであるにも拘《かか》わらず隙の無い格好をした亜夜子《あやこ》。

「おはよう、亜夜子《あやこ》さん。上々よ。亜夜子《あやこ》さんもお変わりなく」

『ありがとうございます。御蔭様《おかげさま》をもちまして』

「それで、朝早くからどうしたの？　何か急な御用かしら」

同じく隙の無い格好をした深雪《みゆき》が亜夜子《あやこ》に用件を訊《たず》ねる。

『急というわけでもございませんが、早めにご報告したいことがありまして』

「それは、達也《たつや》様に？」

『お二人にです。今日中にお邪魔したいのですが、ご都合は如何《いかが》でしょう』

「おはよう、亜夜子《あやこ》」

横で話を聞いていた達也《たつや》がカメラの前に立ち、会話に参加する。

『おはようございます、達也《たつや》さん。昨日はお疲れ様でした』

「亜夜子《あやこ》もご苦労様。悪かったな、外の警戒などを任せて」

『いえ、どうかお気になさらず』

昨晩は招待客に万が一のことがないよう、亜夜子《あやこ》には文弥《ふみや》と共に不審者の接近を警戒してもらっていたのだった。

『本来はお客様の接待をお手伝いすべきだったのでしょうけど、ああいうパーティーはちょっと……。なので外に回していただいたのはかえってありがたかったです。パーティー自体は、嫌いではないのですけどね』

同じ特級美女というカテゴリーでも、亜夜子《あやこ》と深雪《みゆき》には大きな違いがある。それは亜夜子《あやこ》が、男性の性的な視線を引き寄せる傾向が強いという点だ。同年代以下の場合は然程《さほど》でもないが、年配の男性にはこれが顕著に表れる。

セックスアピールが強い、と言えば良いのだろうか。亜夜子《あやこ》の場合、露出を控えめにしていてもそういう目を向けられてしまうのだ。深雪《みゆき》の場合は男性の方が気後れしてしまうのか、その手のあからさまな視線に曝《さら》されることは無い。

亜夜子《あやこ》は優れた戦闘魔法師。異性に下心を隠せぬ目で見られても、肉体的な危機を覚えることは無い。だが不快感は否《いな》めない。彼女はまだ、そういう視線に優越感を覚える段階には至っていなかった。

「それこそ気にする必要はない。それで――」

亜夜子《あやこ》が一種の視線嫌悪症に悩んでいるのを知っている達也《たつや》は、この話題を長引かせるのを避ける為《ため》にも話を本題に戻した。

「──急ぎの報告があるとか？」

『ええ。なるべく早い方が良《い》いと思います』

話題が変わって亜夜子《あやこ》も少しホッとした様子だ。

「今すぐでも良《い》いぞ」

ヴィジホンで話をしているが、亜夜子《あやこ》たちが泊まっているのはこの同じビルの一つ下の階だ。

『良《い》いのですか？』

モニターの中の亜夜子《あやこ》の目が深雪《みゆき》に向けられる。

「ええ、構わないわよ」

達也《たつや》が良《い》いと言っているのだ。深雪《みゆき》に否《いな》やがあろうはずもなかった。

『すぐにうかがいます』

モニターの中で亜夜子《あやこ》が丁寧にお辞儀する。

その状態で、ヴィジホンのモニターは暗転した。

◇　◇　◇

「遠上遼介《とおかみりようすけ》はFEHR《フエール》の首領、レナ・フェールの手先です」

亜夜子《あやこ》の報告はこれだった。

る。

微妙な表情になった達也《たつや》と深雪《みゆき》、それにリーナの顔を見て、亜夜子《あやこ》が躊躇《ためら》いがちに問い掛ける。

「……あの、もしかしてご存じでしたか？」

「……ゴメン。それもう、スターズに調べてもらってた」

「はぁ、スターズにですか……」

リーナの回答に亜夜子《あやこ》が肩を落とす。さすがに落胆を隠せぬ様子だ。

「では、プラントに忍び込んだ賊が『ジェイナス』だったのもご存じなのでしょうか……？」

「ジェイナス？　いや、それは初めて聞いた。侵入者がいたのは本当だったんだな」

しかしこの達也《たつや》の答えに、亜夜子《あやこ》が活気を取り戻す。

「ジェイナスというのは人の名前なの？」

「ワタシも聞いたことがない。何かのコードネーム？」

深雪《みゆき》に続いて、リーナが亜夜子《あやこ》に訊《たず》ねる。

「ジェイナスというのはリーナさんが仰《おっしゃ》るとおり、二人組の魔法犯罪者のアメリカ暗黒街におけるコードネームです」

深雪《みゆき》とリーナの疑問に、亜夜子《あやこ》は得意げな顔で弁を振るう。

「有名になったのはこの二年程のことです。それ以前は東欧で活動していたようですね」

「二年前……。道理で知らないはずだわ」

リーナが言い訳のように呟《つぶや》いた。彼女が日本に来たのは三年前。ここ二年のことなら、知らなくても無理はない。

「何故《なぜ》、ジェイナスの仕業だと？　現場には何の手掛かりも残っていなかったが」

「達也《たつや》さん。実は、恒星炉棟に侵入した賊の正体をジェイナスではないかと推理したのは私ではありません」

亜夜子《あやこ》は表情を改め、ボイスレコーダーを取り出してダイニングテーブルに置いた。

「昨日の未明、遠上遼介《とおかみりょうすけ》が北東地区の港で衛星電話を掛けておりました」

「それを盗聴したのか」

「はい。相手はレナ・フェールです」

亜夜子《あやこ》には二つの得意魔法がある。一つは加重・収束・移動系の複合魔法『疑似瞬間移動』。もう一つは収束系魔法『極散』。

後者の魔法は、指定領域内における任意の気体、液体、物理的なエネルギーの分布を平均化し識別できなくするというもの。反射光の光波を広い領域の光波と混ぜ合わせて姿を消し、音波を拡散し他の音と合成して識別できない微《かす》かなノイズに変えて音を聞こえなくしてしまう。

実を言えば亜夜子《あやこ》は、このプロセスを逆転させることもできる。広い空間に拡散しようとする音を拾い集めて意味のある音声信号に戻す。聞こえなくするほど得意ではないが、数十メートル程度の距離ならば囁《ささや》き声《ごえ》を録音可能な状態に復元可能だ。

彼女はこの魔法で、遼介《りょうすけ》とレナの衛星電話を盗聴したのである。

「少し長くなりますが、最初から再生します。お聞きください」

ボイスレコーダーから、遼介《りょうすけ》と少女の声が流れ出す。二人の会話は英語だったが、この場に通訳を必要とする者はいなかった。

「亜夜子《あやこ》の盗聴に気付いて、演技していたのでなければ……」

「一昨日の夜の件については、遠上《とおかみ》さんは潔白ということですね」

達也《たつや》のセリフを受けて、深雪《みゆき》がそう結論する。

「待ってよ。あの件ではシロだったかもしれないけど」

しかしすぐにリーナが反論した。

「彼がFEHR《フェール》の潜入工作員なのは、これで確定したじゃない。このままメイジアン・カンパニーの中に置いていて良いの？」

「お二方。今、問題にすべきはジェイナスの方だと思いますが」

亜夜子《あやこ》の指摘に深雪《みゆき》とリーナがハッとした顔で口をつぐむ。

「ところで、達也《たつや》さん」

亜夜子《あやこ》が達也《たつや》に目を転じる。

「何だ」

「侵入者がレナ・フェールの推理どおり、ジェイナスであると仮定して……」

達也《たつや》はその前提に異を唱えなかった。

「ジェイナスは何を狙っているのでしょうか？」

「ジェイナスは盗み出したデータをブラックマーケットで売却して利益を得ている。そうだな？」

「ええ。私たちが調べたところでは、そうなっております。金銭的な利益のみとは断定できませんが」

「報酬の形態はともかくとしてだ。恒星炉関連で最も価値が高いデータは、人造レリックの製造法だろう」

達也《たつや》は亜夜子《あやこ》の質問に、迷わずそう答えた。

恒星炉に限らず、核融合炉は制御を止めれば核融合反応自体が止まる。恒星炉――重力制御魔法式熱核融合炉は、魔法の発動が途絶えれば運転も中断してしまう。

今はまだ、発電した電気を水素の製造に使っているだけなので発電が連続していなくても問題無い。だが発電所として社会インフラに電力を供給する役割を担《にな》うなら、二十四時間体制で連続運転できなければならない。それはつまり、恒星炉を動かす為《ため》の魔法を使い続けなければならないということだ。

魔法式保存効果を持つ人造レリックがなければ、恒星炉を動かしている間ずっと、魔法師が炉の側についていなければならない。二十四時間体制ならば、二十四時間ずっと。

それでは、魔法師は恒星炉のパーツも同然だ。

無論二十四時間連続となれば交替勤務制になるだろうが、魔法師が恒星炉という発電システムに組み込まれるのは同じだ。無声映画時代の名作『モダンタイムズ』で戯画的に描かれたライン工のように。

それでは兵器の役割が発電機に変わるだけ。魔法師──メイジストは道具の宿命から抜け出せない。この問題を解決する為《ため》の切り札が、魔法式保存効果を持つ人造レリック『マジストア』だった。──この「ストア」は「店舗」ではなく「貯蔵所」の意味だ。また『マジストア』の「マジ」は「マジック」の略であると同時に「呪い《まじな》」「蠱《まじ》」の意味でもある。

マジストアを使えば、現在の技術水準で六時間に一度、この人造レリックに魔法式をインプットして起動するだけで恒星炉の運転を維持できる。将来的には十二時間に一度まで性能を引き上げられる見込みができている。これなら恒星炉を動かす魔法師は、十二時間に一度、準備時間を含めて二十分から三十分程度働くだけで済む。非常事態に備えて待機している必要はあるだろうが、それは全自動化が進んだ工場でも同じだ。つまり、労働力を産業用ロボットに全面置換した工場の生産ライン監視労働者と同程度まで労働負荷が軽減される。

なおこの六時間に一度──将来的には十二時間に一度というのは、マジストアに保存した魔法式で魔法を発動し続けられる時間だ。マジストアに魔法式を記録し続けていられる時間ではない。いったんインプットした魔法式は、何もしなければ数ヶ月単位で維持される。

マジストアにインプットした魔法をアウトプットするにはまた、色々と秘密のノウハウがある。それはともかくとして、盗み出せるデータとしてはマジストアの製法に最も高値がつくだろう。

「では、格納室に忍び込んだ賊の狙いは……」

「恒星炉本体から人造レリックを盗もうとしたのだろう」

深雪《みゆき》が言い掛けた推測を、達也《たつや》がセリフを補う形で肯定する。

「人造レリックを手に入れたところで、そう簡単に複製できるような代物ではないのだがな」

達也《たつや》は聖遺物《レリック》の複製に散々苦労したのを思い出し、皮肉げに笑った。

「だが、亜夜子《あやこ》の御蔭《おかげ》で次の狙いが大体読めた」

「そうなのですか⁉」

「えっ、何処《どこ》なの⁉」

達也《たつや》の自信ありげな呟《つぶや》きに、亜夜子《あやこ》とリーナが驚きを露《あら》わにしながら訊《たず》ねる。

深雪《みゆき》は一人、「達也《たつや》様ならばその程度は当然」という顔をしていた。

「ＦＬＴだ」

達也《たつや》は二人の問いに一言、そう答えた。

◇◇◇

五月四日。遼介《りようすけ》は達也《たつや》の命令で、昨日からメイジアン・カンパニーの本部がある町田《まちだ》に来ていた。伊豆《いず》の社宅への転居は一時延期され、隣にあるＦＬＴ《フオア・リーブス・テクノロジー》の研究所職員用に確保されているビジネスホテルに泊めてもらっている。

遼介《りようすけ》はバンクーバーから戻ってきたばかりだ。まだ社宅に入れる生活用品を買いに行くことすらできていない。ベッドやダイニングテーブル、椅子やライティングデスクなどは社宅にあらかじめ用意してあったし、調理器具や掃除道具はＨＡＲに任せておけば必要無いが、寝具や食器は自分で揃《そろ》える必要がある。その準備をする時間を確保する点では、町田《まちだ》に一時寝泊まりするようにという達也《たつや》の指示はありがたいものだった。

ただ、納得できない面もある。

遼介《りようすけ》は自分に掛けられた嫌疑を晴らす為《ため》、恒星炉プラントの中に泊まり込む覚悟だった。だが巳焼島《みやきしま》から追い出されては、賊を捕らえる機会すら持てない。

やはり自分は解雇されるのだろうか。

遼介《りようすけ》の脳裏には、そんな不安がこびりついていた。

「おはようございます、遠上《とおかみ》さん。今朝も早いですね」

「おはようございます」

始業時間五分前にオフィス入りした同僚に、遼介《りょうすけ》は明るい声で——明るい声を意識して挨拶を返した。始業一時間前出社などという悪《あ》しき習慣は、労働関係の法令適用が厳格化されてから表面的には影を潜めている。

決まったばかりの勤務地を変更されたのは遼介《りょうすけ》だけではなかった。

「七草《さえぐさ》さん、今日はどうしましょう？」

「今のところ伊豆《いず》に行く必要はないと思います。必要なデータはここで手に入ると分かりましたし、私は役所への届出書類に手を付けるつもりですが」

真由美《まゆみ》も遼介《りょうすけ》同様、当面の本部勤務を命じられている。

達也《たつや》が不法侵入者を捕まえる為《ため》の、遼介《りょうすけ》のパートナーに指名したのは真由美《まゆみ》だった。

この人選も、遼介《りょうすけ》が納得できない点の一つだ。

真由美《まゆみ》も魔工院勤務が一時的に取《と》り止《や》めとなったことで、伊豆《いず》の社宅への転居を中断している。今は自宅通勤だ。

一応始業・終業時間はあるが、オフィスにいる時間は自分の裁量で自由にして良いと達也《たつや》からは言われている。だが今は特に差し迫った仕事もないので、真由美《まゆみ》は定時に出勤して定時に帰っている。

つまり、夜は自宅だ。これではコンビを組んで泥棒を捕まえることなど最初からできない。

(一体あの男は何を考えているんだ……)

遼介《りようすけ》は達也《たつや》を頭の中で「あの男」呼ばわりして愚痴を零《こぼ》した。

◇◇◇

達也《たつや》はもちろん、侵入した賊──『ジェイナス』を警戒していた。捕まえる為《ため》の手を何も打っていないはずもなかった。

FLT開発第三課にある人造レリック『マジストア』の秘密製造ライン。

全自動製造ラインの制御コンピューター室ールームには藤林《ふじばやし》が詰めていた。今日偶々《たまたま》ではなく、日曜日から三日連続である。もちろん交代制だ。FLTに保管されている人造レリックの製造データは、二十四時間体制の監視下にあった。

「……来たわね」

午後三時。

藤林《ふじばやし》が待ち構えていたコンソールのモニターに、ハッキングの明確な兆候が映った。

「達也《たつや》くんの予測が大当たり」

ついつい昔の呼び方で藤林《ふじばやし》が独り言を漏らす。

「欲しいのはデータなんだから、建物への侵入に失敗したら次はハッキング、という推理は常識の範囲内にすぎない。的中させたって、別に天才的とか思わないけど」

藤林《ふじばやし》の独り言は、達也《たつや》のことを褒めているのか貶《けな》しているのか微妙な内容だった。

「でもまあ、見付けた以上はきっちり対応させてもらいますけどね」

藤林《ふじばやし》は舌なめずりしているような雰囲気を漂わせて、そう付け加えた。

◇　◇　◇

五月二日の夕方、貨物船の船員を装《よそお》って川崎《かわさき》港に上陸した『バハドゥール・モフィード』と『バフマン・モフィード』の二人組、『ジェイナス』は外国人労働者向けの安いホテルに潜伏していた。昨日の内に盗んできた個人向けのノート端末を使い、やはり盗んできた無線ルーターを介して他人のアカウントでグローバルネットに接続、FLTのネットワークに侵入を試みているのだった。

ハッキングはハードよりソフト、ソフトよりスキル。とはいえ人間のインプットスピードがAIの対抗速度に敵《かな》うはずもなく、スキルをサポートするソフトが必要だ。そして高度なソフトを実行する為《ため》には高性能なハードウェアが必要。幾らスキルが高くても、こんな間に合わせの道具で堅牢《けんろう》なセキュリティを構築しているハイテク企業のネットワークに侵入できるものではない——はずだった。

しかし。

(『開け、ゴマ《Aftah ya Samsam》』)

バハドゥールが呪文の形に編集された思念波を端末のディスプレイに向かって飛ばす度《たび》に、ファイアウォールが破られていく。

それはまるで、門番が自ら鍵を開けて盗賊を招き入れているような有様《ありさま》だった。

ただ、バハドゥールはディスプレイを見詰めているだけだ。キーボードにもポインタにもスタイラスペンにも触っていない。端末を操作しているのは、隣に座ってもう一台の連結させた端末に指を走らせているバフマンの方だった。

「バフマン、何処《どこ》まで入った?」

「残るファイアウォールは後一枚か二枚だろう。もう少しだ、バハドゥール」

これは別に、バハドゥールが機械音痴だからではない。ネットワークのセキュリティを魔法で解除するのに精神的なリソースの全てを注《つ》ぎ込んでいる所為《せい》で、情報端末の操作をする余裕が無いのである。

分類不能魔法『アラビアンナイト』。精神現象であるか物理現象であるかを問わず、「開く」「閉じる」という概念に当てはまる現象に干渉する魔法。この場合は鍵の掛かったネットワークのゲートを開いて、正規のアクセスであるとシステムに誤認させているのだ。

バハドゥールとバフマンはＢＳ魔法師だ。「ＢＳ」は「生まれながらに特異な《Born Specialized》」魔法の遣い手を意味する。またの名を先天的特異能力者、先天的特異魔法技能者。

彼らはＢＳ魔法師の例に漏れず、『アラビアンナイト』以外の魔法を使えない。そして、それを理由に一般的な魔法師から見下されてきた。これもＢＳ魔法師の常だ。

ただ他のＢＳ魔法師に比べて、彼らの『アラビアンナイト』は応用範囲が広い。一人だけならそこまで便利とは言えないが「開く」と「閉じる」の両方が揃《そろ》えば、できることはかなり多かった。

ただそれは二人揃《そろ》ってこその話だ。『アラビアンナイト』は『ジェイナス』の魔法に対して与えられた名称。バハドゥールには『Open Sesame《ひらけゴマ》』しか使えないし、バフマンが使える魔法は『Shut Sesame《とじろゴマ》』だけ。開けるか閉じるか、片方だけだった。

バハドゥールとバフマンは双子のようにそっくりだが、実は赤の他人だ。『モフィード』という姓も、偶然一致しているに過ぎない。彼らは出会ってすぐに、自分たち二人が組むことで生得の特異な魔法の使い道が何倍にも増えることに気付いた。そして彼らはコンビを組んで、自分たちを冷遇した社会に反逆を開始した。

最初は二人だけの反逆だった。いや、「反逆」と言いながら、やっていることは単なる泥棒だった。だが二年前、今の組織に拾われて、人類社会に対する本格的な反逆の隊列に加わった。

人造レリックの製法を盗み出そうとしているのも、組織の命令だ。組織の首領は人造レリック『マジストア』で、BS魔法師や実戦レベルに達していない魔法師にも使いこなせる魔法兵器を製造しようと企《たくら》んでいるのだった。

「良し！　バハドゥール、たどりついたぞ」

バフマンの言葉に、バハドゥールは大きく息を吐き出した。

「人造レリックのデータはあったか？」

バハドゥールの質問に、

「待ってくれ。くそっ、何だこのファイルシステムは。ツリー形式に整理されていないではないか……。この端末のOSではストレージを丸ごと検索するしかないな」

バフマンが悪態を吐く。

「時間は掛かるが、やむを得ないだろう」

「そうだな」

バフマンがターミナルを立ち上げて検索のコマンドを打ち込む。原始的だが、スピードはこれが一番速い。

バフマンが見詰めるディスプレイ上に、検索中を示す文字列が流れ始めた。

だがそれは、すぐに止まった。

「フリーズか？　安物め」

バフマンが悪態を吐く。

「いや、違うぞ」

しかしバハドゥールが隣で眉を顰《ひそ》める。連結された彼の端末は、ネットワークのパフォーマンスをモニターしていた。

「バフマン、カウンタークラックだ！」

バハドゥールは叫びながら電源ボタンを押して、端末を強制終了しようとする。

しかし、端末はシャットダウンされなかった。

彼は悪態を吐いて、無線ルーターの電源コードを引っこ抜いた。

ネットとの接続はこれで切断されているはずだ。

それなのに、彼らの端末に対するクラッキングは続いている。

バハドゥールはすぐに何が起こっているのか理解した。

「別のルーターから……？」

信じ難いことだが、ネットワークの向こう側にいる敵は、このホテルの近くにある別のルーターを乗っ取ってこちらの端末にアクセスしているのだ。

「バフマン、閉ざせ！」

「了解！」

（『閉じろ、ゴマ《Akhrus ya Samsam》』）

バフマンの魔法が発動し、

端末とグローバルネットの接続が「閉じる」。

思い出したように、端末の電源が落ちた。

「逃げるぞ、バフマン！」

「分かった！」

完全に特定されてはいないだろうが、彼らの居場所がかなり狭い範囲まで絞り込まれてしまったのは確実だ。

二人は取るものも取りあえず、格安ホテルから逃げ出した。

◇◇◇

「もう一歩だったのに……」

藤林《ふじばやし》がコンソールの前で悔しげに零《こぼ》す。

「でも、これが『アラビアンナイト』か。中々興味深い魔法ね」

だがすぐに、冷静な専門家の顔になって呟《つぶや》いた。彼女は四葉家《よつばけ》で、電子的情報ネットワークを魔法の観点から意味付けるという研究を手掛けていた。今、見せられた魔法は、電子的情報ネットワークも物理的な事象と同じように魔法の影響を受けるというサンプルだ。この件が終わったら自分の研究に役立てようと、藤林《ふじばやし》は考える。

彼女はそこで、意識を切り替えた。

製造ライン管理コンピューターのコンソールを離れ、暗号通信専用端末の前に座る。

送信先は四葉家《よつばけ》の傭兵《ようへい》部隊を統括する花菱《はなびし》執事。

打ち込まれたテキストは以下のとおり。

『賊の潜伏先は川崎《かわさき》市××区××町×丁目××番地半径二十メートル圏内。簡易宿泊施設と推定される』

藤林《ふじばやし》が口にしたとおり、彼女はジェイナスの潜伏していた場所を完全に特定するまでもう一歩というところだった。

藤林《ふじばやし》からの情報に従い四葉家《よつばけ》の調査部隊が現場に急行し聞き込みを行う。その結果、彼らはジェイナスが泊まっていた格安ホテルを突き止め、「中東系の外見をした、おそらくペルシャ系の男性二人組で身長は百七十センチから百七十五センチの間」という手掛かりを手に入れた。ただ残念ながらホテルの監視カメラシステムが「閉じられて」いて、映像データは入手できなかった。

［7］追跡

五月五日（この世界の日本では、祝日ではない）。

達也《たつや》は一週間ぶりに、大学に来ていた。週一通学が続いていることに達也《たつや》自身も、やや危機感を覚えているところだ。

ところが間の悪いことに一時限目は急遽《きゆうきよ》、休講になっていた。これは、現代の大学では珍しい。学生の権利を尊重して講師都合による休講自体が減っている上、やむを得ない事情の休講は前日までに学生の個人端末へ通知が送られる慣行が確立しているからだ。

「達也《たつや》さん」

深雪《みゆき》とリーナは別の講義を取っている。手持ち無沙汰でうろうろしていた達也《たつや》に、背後からアルトの声が掛けられた。

振り向いた達也《たつや》に、ボーイッシュな格好をした胸の無い美女が走り寄る。

「文弥《ふみや》」

いや、その人物の正体はユニセックスなファッションと女性でも違和感の無いショートの髪型の男子学生だった。達也《たつや》の再従弟《はとこ》、黒羽《くろば》文弥《ふみや》だ。

文弥《ふみや》の身長は残念ながら、高校三年間で期待したほど伸びなかった。最終的に百六十五センチで成長が止まっている。

　平均身長より五センチほど低いだけだから、そんなに嘆く必要は無いかもしれない。だが文《ふみ》弥《や》の血縁には高身長の男性が多かった。達也《たつや》が百八十二センチ、父親の貢《みつぐ》でも百七十七センチ。遠縁の新発田勝成《しばたかつしげ》に至っては百八十八センチだ。

　当然（？）文弥《ふみや》は、自分も大きくなれると期待した。今は小さいけれど、すぐに背は伸びる。――彼は中学生時代、高校生になってからも二年間、ずっとそう思っていた。

　だが高校三年生になって、現実を受《う》け容《い》れた。十八歳の誕生日を迎え、これ以上背は伸びないという事実を受け止め……、文弥《ふみや》は開き直った。

　その結果が現在の、性別不詳の格好だ。

　とはいえ性癖が歪《ゆが》んでしまったのでもなければ、女装趣味に目覚めたのでもない。「男らしさ」への拘《こだわ》りを捨てただけだ。いや、「男らしい外見」への拘《こだわ》りを捨てたと言う方が正確か。彼は主に亜夜子《あやこ》の意見を取り入れ、自分に似合う格好をするようになったのである。

　文弥《ふみや》の心情的な理由以外に、実利的な意味もあった。

　素顔の文弥《ふみや》は色香の匂い立つ紅顔の美少年だ。もうすぐ二十歳というのに「美少年」なのである。大学生の中では、目立つことこの上ない。

　だが男性でもするような適度なメイクを施せば、普通の美女に見える。魔法師は男女とも美形が多い傾向にあり、魔法大学にも美女が多い。首都圏で最も美女が多い大学とさえ噂《うわさ》されている。その中にあっては、女性に見間違われる方が文弥《ふみや》は目立たずに済む。

四葉家《よつばけ》の諜報《ちょうほう》を担《にな》う黒羽家《くろばけ》の者としては、目立ちすぎるよりも女性に間違われた方が良《い》い。大学の外でも、中性的な格好をしている方が弱そうに見てもらえる。実力を覚《さと》られない。そういうメリットを、文弥《ふみや》は大学生になってようやく利用できるようになったのだった。

ただ、加減を間違えないように気をつける必要がある。気合いを入れてメイクをすると、文弥《ふみや》は並みの美女から特上の美女に変身してしまうからだ。

……と言っても、達也《たつや》が文弥《ふみや》の性別を勘違いすることはない。彼は笑顔で駆け寄る文弥《ふみや》を見ても、真実を知らない男子学生のように鼻の下を伸ばしたりはしなかった。

「達也《たつや》さんも休講なんですか？」

「文弥《ふみや》もか」

「ええ」

達也《たつや》の反問に、文弥《ふみや》は嬉《うれ》しそうに頷《うなず》いた。

「達也《たつや》さん、外の喫茶店に行きませんか？」

「あそこか」

「はい」

達也《たつや》には高校時代のアイネブリーゼのような「行き付けの店」と呼べる店はないが、文弥《ふみや》には馴染《なじ》みとなっている店があった。達也《たつや》も何度か、文弥《ふみや》に誘われたことがある。大学生活も三年目に入って、ようやく「何度か」だが。

「そうするか」

その店は大学から歩いて約五分だ。次の講義に遅れる心配は不要だった。

◇◇◇

達也《たつや》たち二人は、喫茶店の一番奥のテーブル席に座った。店内には女子学生の姿が多い。女性に好まれそうなシックな内装もさることながら、それよりも各席が古風なパーティションで完全に仕切られ他の客から見えなくなっている点が好まれているのだろう。

文弥《ふみや》はカウンターで二人分のコーヒーカップを受け取り、勝手知ったるという感じで店員の手を借りず自分でトレーに乗せて運んできた。その姿は、この店のウ、エ、イ、ト、レ、ス、と言われても違和感が無い。着ている物はワンピースでもスカートでもないし、エプロンも着けていないのだが。

実際にそういう勘違いをしている客もいたが、文弥《ふみや》は誤解を含んだ視線を一切気にせず席に戻り、達也《たつや》の前にコーヒーカップを置いた。

「達也《たつや》さん、最近は一段とお忙しそうですね」

トレーは返さずそのままにして、文弥《ふみや》は腰を下ろしながら達也《たつや》に話し掛ける。

「お前たちにも面倒を掛けるな」

「気にしないでください。仕事ですから」

達也《たつや》が「面倒」と言い文弥《ふみや》が「仕事」と言っているのは恒星炉プラントに侵入し、FLTにハッキングを仕掛けた犯罪魔法師《クリミナルメイジスト》コンビ『ジェイナス』の追跡だ。恒星炉が四葉《よつば》家《け》の重要事業であることを鑑《かんが》み、ジェイナスの捕獲任務は担当が花菱《はなびし》執事配下の傭兵《ようへい》部隊から黒羽《くろば》家《け》に移っていた。

「暗くなったら、僕も捜索に加わります」

明るい内に文弥《ふみや》が追跡に加わらないのは、大学の授業があるからではない。昼間に動くには、文弥《ふみや》は目立ちすぎるからだ。さすがにもう高校時代の、少女の変装は使えない。好き嫌いの問題ではなく、色気が出すぎるのである。かと言って身体《からだ》はスリムな男性の物だから、色仕掛《いろじか》けにも向いていない。彼もこれで、結構苦労しているのだった。

「よろしく頼む。俺自身が動ければ良いんだが……」

「達也《たつや》さんが動いたら情報部あたりが大騒ぎしてしまいますよ」

真顔で文弥《ふみや》が指摘する。

これは冗談でも何でもなく三年前のあの日以来、国防軍情報部や公安警察は達也《たつや》の一挙一動に神経を尖《とが》らせているのだった。

達也《たつや》は文弥《ふみや》の指摘に、苦笑いしか返せなかった。

◇　◇　◇

ジェイナスが所属している組織は、日本に足場を持っていない。サポートが無い二人は窮地に陥っていた。

ハッキングが逆探知されたのはまだ昨日のことだ。今は午後四時前。まだ丸一日しか経《た》っていないのに、確実に包囲が狭まっているのをバハドゥールもバフマンも感じていた。

追っ手の姿は、二人とも見ていない。だが暗黒街を生き抜いてきた直感が、彼らに教えるのだ。「敵がすぐ側まで迫っているぞ」と。

ジェイナスの二人は自分たちが追い詰められていることに、理不尽を覚えていた。

ホテルに手掛かりを残すような、迂闊《うかつ》な真似《まね》はしていないはずだ。

その場で捕まる方が、まだ納得できる。

逆探知された現場から逃《に》げ果《おお》せたはずなのに、何故《なぜ》こうして追い回されているのか。

二人は今、家族向けアパートのダイニングで食事中だ。空き家ではない。家には主婦がいた。

彼女は隣の部屋でぼんやりテレビを見ている。二人が侵入する前は、家事が一段落して寛《くつろ》いでいたのだろう。余り裕福な家庭ではないらしく、ホームオートメーションも最低限の物しか備わっていない。それでも五十年前に比べれば家事は飛躍的に省力化されているのだが、現代の日本女性には不便に感じられるかもしれない。

ジェイナスが態々《わざわざ》在宅の個人宅を選んだのは、経験的にその方がセキュリティの設定が緩いからだ。バハドゥールの魔法で玄関の鍵を開け、バフマンの魔法で主婦の意識を閉ざした。この状態は魔法抵抗力が無い一般人相手でも三十分程度しか続かないが、乾きと空腹を満たすには十分な時間だった。また、主婦が意識を回復しても、彼女は自分がうたた寝していたとしか思わないだろう。

「バフマン、俺は思うんだが……」

レトルトの鶏肉《とりにく》を咀嚼《そしやく》し呑《の》み込《こ》んだバハドゥールが、やはりレトルトのシーフードピザを食べているバフマンに話し掛ける。

「……何だ、バハドゥール」

口の中の物を呑《の》み込《こ》んで、バフマンが応えを返す。ピザはちょうど無くなったところだった。

「俺たちはあのホテルにノート端末を残していっただろう」

「あれが追跡の手掛かりになったと？　だが指紋は無論のこと、汗一滴も残していなかったぞ」

彼らは今の組織に所属するまで、単なる窃盗犯だった。後ろ盾が無い二人は、決して捕まらないよう魔法以外にも泥棒として必要なスキルを磨いた。その中でも最も重視したのは、証拠を残さないことだ。指紋など以《もつ》ての外《ほか》。体液から採取されるＤＮＡも決定的な証拠になる。二人は特に意識しなくても、汗や唾を飛ばさないようになっていた。

「お前もずっと、手袋をしたままだっただろう」

バフマンの言うとおり、二人は今も手袋をしている。この家で新しく調達した物だ。それまで使っていた古い手袋はオーブンで焼却処分を終えていた。

「お前の言うとおり、物的な証拠は残さなかった。それは間違いない」

バハドゥールがバフマンの主張を認める。

そのセリフで、バフマンは相棒が何を言いたいのか察した。

「……サイコメトリーか何かで追跡されていると？」

「そう考えれば納得がいく」

バフマンの言葉に、バハドゥールが頷《うなず》く。

「相手はあの四葉《よつば》だ。サイコメトリストを抱えていてもおかしくないか」

バフマンがため息を吐くような口調で相槌《あいづち》を打った。

「バフマン、念《ねん》の為《ため》だ」

バハドゥールはそこから先を言う必要が無かった。

阿吽《あうん》の呼吸で、彼の意図はバフマンに伝わった。

「ああ。できるかどうか分からないが、俺の魔法で残留思念の通り道を閉ざしてみよう」

バフマンは『Ｓｈｕｔ《とじ》　Ｓｅｓａｍｅ《ろゴマ》』の魔法でサイコメトリーによる探知を妨害すべく、

精神を集中した。

◇◇◇

格安ホテルに残されていたノート端末に残された残留思念を手掛かりに自分たちを追跡しているというバハドゥールたちの推測は当たっていた。

「……妨害術式が発動されたようです。これが『アラビアンナイト』という魔法でしょうか？」

「追えるか？」

「糸は切れていい、い、いませんから、問題ありません」

だが『アラビアンナイト』で追跡から逃れられるという考えは間違っていた。

黒羽《くろば》家《け》の配下には確かにサイコメトリーの遣い手が数人いる。だが、今回ジェイナスの追跡に動員されているのはサイコメトリストではない。

黒羽《くろば》家《け》では、残留思念を知覚できる者は珍しくない。強弱の違いこそあれ、大体五人に一人は残留思念を「視《み》」て、追う能力を持っている。

実は世の中を見ても、残留思念を知覚するだけならばそれほど希少な才能ではない。勘が鋭いと言われている刑事や探偵が、自覚無しにこの能力を使っているという例は間々《まま》ある。

ただそこに宿った思念から、映像や明確な意味情報を読み出せる者が稀《まれ》なだけだ。そういう「映像や明確な意味情報」を読み出す希少な能力の持ち主が、サイコメトリストと呼ばれる異能者なのである。

残留思念の知覚者は追うことができるだけだ。サイコメトリストの能力も、残留思念に宿る過去の情報を読み取るのみ。捜索対象の現在位置をピンポイントに突き止めるのは、どちらかと言えば「占い師」の領分に属する。あるいは達也《たつや》のように、現在から過去へ、そしてまた現在へ情報を往《ゆ》き来《き》できる超越者の領分。

知覚の通り道を閉ざされれば、残留思念と同じ気配を遠方からたどることはできなくなる。だが通った場所に残されている思念を順に追い掛けていく妨げにはならない。

黒羽《くろば》家《け》の追跡部隊は、三地点から残留思念と合致する気配の方向を観測し大体の位置を求める逆転交差方位法とでも呼べる方法と、残留思念を順に追い掛けていく方法を併用していた。バフマンの魔法によって前者の手法は妨害されるが、「つながっている」手掛かりを順に追い掛けていく追跡法は「閉じる」という概念に引っ掛からない。

逆転交差方位法（仮称）が使えない分、効率は落ちる。だが既にかなり接近していることは分かっている。ここから逃げられてしまう恐れは無い。――黒羽《くろば》家《け》から派遣された追跡部隊の面々は、そう自信を持っていた。

◇◇◇

大学の授業を終えた達也《たつや》は、町田《まちだ》のメイジアン・カンパニー本部へ赴いた。

「七草《さえぐさ》さん。明日の夜は、何か予定がありますか？」

彼はデスクにつくなり、真由美《まゆみ》を呼んでこう訊《たず》ねた。

「いえ、ありませんが……？」

「でしたら明晩、一つ協力していただきたいことがあるんですが」

この言葉を聞いて、真由美《まゆみ》は訝《いぶか》しげに眉根を寄せた。

「協力、ですか？　残業ではなく？」

「カンパニーの仕事ではありません。魔法師《メイジスト》としての七草《さえぐさ》さんの御力を借りたいんです」

「メイジスト……ああ、魔法師《まほうし》としてということですね。一体、どのような仕事でしょうか」

仕事ではないと言ったばかりだが、達也《たつや》はそれを指摘しなかった。

「先日、巳焼島《みやきしま》の恒星炉プラントに賊が侵入したのはご存じですか」

「ええ、小耳に挟んだ程度ですけど」

それを同じ部屋の自分のデスクで聞いていて、遼介《りょうすけ》は「話が違うじゃないか！」と心の中で抗議の声を上げた。遼介《りょうすけ》が自分に掛けられた濡《ぬ》れ衣《ぎぬ》を晴らす為《ため》にあの夜の曲者《くせもの》を自らの手で捕まえたいと申し出た時、達也《たつや》はパートナーを付けるという条件を出した。そして達也《たつや》が遼介《りょうすけ》のパートナーに選んだのは真由美《まゆみ》だ。

つまり彼女は、あの夜の賊を捕まえる為《ため》の相棒であるはず。それなのに侵入事件のことを詳しく知らされていないというのは、話が違うとしか思えなかった。

そんな遼介《りょうすけ》の憤《いきどお》りにはお構いなく――もしかしたら、気付いてはいたかもしれない――、達也《たつや》は平然とした顔で真由美《まゆみ》との話を続ける。

「その賊が近々、隣の研究所に侵入する可能性があります」

「FLTのラボに？　賊の狙いはシルバーモデルなんですか？」

メイジアン・カンパニー本部はFLT開発第三課ラボの隣にある。達也《たつや》が二〇九七年五月末の記者会見で『トーラス・シルバー』の解散を宣言した後も、開発第三課は『シルバーモデル』の名でCADを世に送り出し続けている。お隣の開発第三課棟は「研究所《ラボ》」と名付けられているが、同時に工場でもあった。――英語の「laboratory」には「薬品などの製造所」という意味もあるから別におかしくはないのだが。

それはともかくとして、FLT開発第三課といえばシルバーモデルのCADを連想するのが魔法に関わる者の普通の感覚だ。真由美《まゆみ》の推測は、的外れとは言えない。

「おそらく違います」

だが、達也《たつや》の答えは「否」だった。

「賊の狙いは、第三課に製造委託している人造レリック『マジストア』でしょう」

「人造レリックは隣で製造されていたんですか⁉」

マジストアという名称は一般的でなくとも、人造レリックが恒星炉システムの心臓部だということはそれなりに広く知られている。

「恒星炉プラントの中で作っているものだとばかり思っていました」

これは、真由美《まゆみ》一人の思い込みではない。人造レリックと恒星炉の関係を知る多くの者たちが、彼女と同じように考えていた。

「マジストアは、まだそれほど数が必要ではありませんからね。製造ラインは小規模な物で良《い》いんですよ」

恒星炉の稼働《かどう》に必要な魔法は「重力制御」、「第四態相転移」、「中性子バリア」、「ガンマ線フィルター」、もう一つ「重力制御」、そして「クーロン力制御」の六つ。一つの魔法あたり二個で、一基の恒星炉に十二個のマジストアが使われている。

現在、追加建設中の恒星炉は十八基。稼働《かどう》中の六基を合わせても、二百八十八個のマジストアがあれば足りる。人造レリック・マジストアは一日や二日で合成が完了する物ではないが、成人女性が片手で握り込める程度の小さな物でもあり、この程度の数であれば製造に広い場所は必要無い。

「それで七草《さえぐさ》さんには、遠上《とおかみ》さんとコンビを組んでマジストア製造ラインの警戒に当たってもらいたいんです。これはメイジアン・カンパニーの業務ではありませんが、引き受けていただけますか？」

「七草《さえぐさ》さん！」
・遼介《りょうすけ》がとうとう我慢できなくなって立ち上がる。
「俺からもお願いします！　力を貸してください！」

どうやら遼介《りょうすけ》は興奮すると一人称を取り繕えなくなるらしい。案外、激情家なのかもしれない。

「……何か事情があるんですか？」

真由美《まゆみ》が達也《たつや》の目を気にしながら、遼介《りょうすけ》へと振り返って訊《たず》ねた。

「恒星炉プラントに賊が侵入した夜、俺はその場にいたんです。異変を感じて様子を見に行っただけなんですが、賊が逃げ出したところに巻き込まれて共犯を疑われています。俺はこの濡《ぬ》れ衣《ぎぬ》を晴らさなければならないんです！　それができなければ、ここを辞めなければなりません。俺はメイジアン・カンパニーの仕事を続けたいんです！」

最初は驚いた顔をしていた真由美《まゆみ》だが徐々に落ち着きを取り戻し、最後には冷静な、思慮深げな表情になった。それは一高生徒会長時代を彷彿《ほうふつ》させる表情だった。

「分かりました」

真由美《まゆみ》は遼介《りょうすけ》に向かって頷《うなず》き、達也《たつや》へと向き直った。

「専務。明晩の警備、お引き受け致します」

「ありがとうございます。明日、カンパニーの仕事はしなくて良いですよ。無論、休暇にも欠勤にもしません」

「承りました。ラボには何時頃お邪魔すれば？」

「午後六時でお願いします。遠上《とおかみ》さんも、それで良《い》いですか？」

「了解です！」

遼介《りょうすけ》は大声で答え、達也《たつや》に向かって勢い良く一礼した。

達也《たつや》と真由美《まゆみ》はそれを見て「ああ、こういうキャラクターなのか」と、同じ感想を懐《いだ》いた。

◇◇◇

バハドゥールとバフマンは迫り来る追跡者の気配に追い立てられ、外国人街に紛れ込んだ。今もヒスパニックマフィアが地元の暴力団と勢力争いを繰り広げている、首都圏有数の無法地帯だ。東京のすぐ隣であるにも拘《かか》わらず、警察は見て見ぬふりをしている。

いや、厄介者を纏《まと》めて追い込み放置しているのかもしれない。現にこの一帯は「入るのは簡単だが出て行くのは難しい」と言われていた。

今も近くから銃声が聞こえている。日本は治安が良《い》いという先入観を持っていたバフマンが

「ここは本当に日本か？」と呟《つぶや》いたくらいだ。

　空き部屋を見付けて――空き家ではない。他の部屋には同じような不法侵入者が寝転び、あるいは座り込んでいる――一息ついた二人は、どちらからともなくこれからの予定について相談を始めた。

「……囲まれているな」

「同感だ。この街には入ってこないようだが、入れないわけではあるまい」

「うむ。単にトラブルを嫌っているだけだろう。マフィアと話がつけば、すぐにでも踏み込んでくるぞ」

「猶予はせいぜい、明日の夜までか」

「そんなところだろう。ただ逃げ回っていても、日本国内にいる限り捕まるだけだ」

「では、やるか」

　バハドゥールの言葉に、バフマンが頷《うなず》く。

「だが何処《どこ》を狙う？」

　その上でバフマンは、未解決の問題を提起した。

「俺はやはり、ＦＬＴのラボだと思う」

　バハドゥールの答えは明確だった。

「そうだな……」

「バフマン、我々は追い詰められている。この状況では、決め打ちもやむを得ない」

「分かった。では明日の夕暮れと共に、ここを脱出しよう」

「良《い》いだろう。帰国の船への連絡は俺の方でやっておく」

「俺は車を調達してくる」

「頼んだぞ」

「そちらもな」

バフマンが立ち上がり、ババドゥールは新たに盗んできた情報端末を開いた。

◇◇◇

「状況はどう?」

背後から掛けられた声に、文弥《ふみや》が振り返る。

「姉さん……。こんな所に来ちゃ危ないだろ」

弟の苦言に、亜夜子《あやこ》は軽く肩をすくめた。

「その格好で言われてもねぇ……。貴方《あなた》も安全には見えないわよ」

文弥《ふみや》はもうヤミの——少女の変装はしていない。着ている物もスリムパンツに薄手のショートコート。ただ股間の急所を守るプロテクターの所為《せい》で、スリムパンツが妙に密着して見える。

また、変装の意味でバッチリとメイクしている。

今の彼はぱっと見たところ、二十歳過ぎくらいの女性モデルだ。エレガントなボレロにロングスカートを合わせた亜夜子《あやこ》と並べても、男性には見えなかった。

「勘違いするヤツには勝手にさせておくよ」

亜夜子《あやこ》の指摘に、文弥《ふみや》は開き直った声でそう嘯《うそぶ》いた。

「状況は日没時から変わらない。逃げ道を一つ空けて、決して見失わないよう囲ませてある」

「それって達也《たつや》さんの指示よね？　達也《たつや》さんは賊をＦＬＴに誘い込むつもりなのかしら」

「そうだと思うよ。巳焼島《みやきしま》ならともかく、首都のすぐ近くで自由に暴れられる場所は少ないからね」

「確かに」

文弥《ふみや》の指摘に、亜夜子《あやこ》は納得顔で頷《うなず》いた。

「それに……」

「まだ何か？」

口ごもる文弥《ふみや》に、亜夜子《あやこ》が続きを促す。

「達也《たつや》さんは遠上遼介《とおかみりようすけ》を試すつもりじゃないかな」

「どの程度信用できるのか？」

「どの程度使えるヤツなのか、だよ」

そう言って外国人街の中心部に視線を戻した文弥《ふみや》の横顔を見ながら、「考え方が達也《たつや》さんに似てきたわね」と亜夜子《あやこ》は考えた。

［8］決着

五月六日、午後六時。

「こんばんは。失礼します」

「こんばんは、七草《さえぐさ》さん」

ＦＬＴラボの通用口扉を開けた真由美《まゆみ》を、遼介《りょうすけ》がキビキビした挨拶で迎え入れた。

「遠上《とおかみ》さん、今日もお早いですね」

真由美《まゆみ》は昨日までのスカートスーツではなく、パンツスーツを着ている。ビジネススーツでありながら活動的でもある。足元もヒールがほとんど無い紐《ひも》式の革靴だ。立ち回りを意識した服装だった。

「それに……随分気合いが入っていますね」

遼介《りょうすけ》の格好はハイネックシャツで首をガード。シャツの上にはミリタリーベスト。ボトムは厚手のワークパンツに、見るからに頑丈なワークブーツ。このまま戦場行きの輸送機に乗ると言われても違和感が無い。

「そうですか？　私は普段からこういう格好なんですが」

「……ミリタリーファッションが好きなんですか？」

真由美《まゆみ》の躊躇《ためら》いがちな問い掛けに、遼介《りょうすけ》が軽く首を捻《ひね》る。

「いえ、そういうわけでは……。頑丈だから、ですかね。昔から良く、服を擦り切れさせたりかぎ裂きを作ったりしていたものですから」

どうやら彼は、実用のみの観点から着る物を選ぶタイプであるようだ。

「そうなんですね」

真由美《まゆみ》にはそれ以外に応えようがなかった。

◇◇◇

事態が動いたのは午後八時過ぎだった。

それまで沈黙が気まずい空気に変わり掛ける都度様々な話題を提供していた真由美《まゆみ》が、雑談の途中で不意に黙り込んだ。

「……どうしたんですか？」

「遠上《とおかみ》さん、私は『マルチスコープ』が使えるんです」

「遠隔視系知覚魔法の？」

遠隔視系知覚魔法『マルチスコープ』。非物質体や情報体を見るものではなく、実体物をマルチアングルで知覚する、視覚的な多視点レーダー。あるいは三次元空間を視覚限定だが真の意味で三次元的に認識する異能と言うべきだろうか。

マルチスコープの持ち主は両眼視差や運動視差で平面の映像を脳内で立体的に再構成するのではなく、三次元立体をそのまま立体として認識する精神機能の持ち主だが、今重要なのはそのある意味四次元的な認識力の側面ではない。阻《はば》む物が無い遠隔視の側面だ。

「何が見えたんですか。まさか、侵入者？」

「はい。正面ゲートが開放され、二人組の男性が棟内に侵入しました」

遼介《りょうすけ》は警備システムのコンソールへ勢い良く振り向いた。だが侵入者を感知した場合に点《とも》るはずの警戒灯は沈黙したままだ。侵入者を映し出すはずのモニターも、何故《なぜ》か正面ゲートに続くロビーに切り替わらない。

「これが専務の言っていた『アラビアンナイト』の効果なのでしょうね」

達也《たつや》は真由美《まゆみ》と遼介《りょうすけ》が今夜の出動を承諾した後、二人に――遼介《りょうすけ》はレナから大体の所を聞いているから主に真由美《まゆみ》に、想定される賊『ジェイナス』の特徴について説明した。

身長百七十センチ以上百七十五センチ以下。

中東系の外見で、おそらくペルシャ系。

そして『アラビアンナイト』という特異な魔法。

「アラビアンナイトは『開く』および『閉じる』という概念に当てはまる広範な現象に干渉するという説明でした。多分『閉じる』魔法で警備システムの回線を閉鎖してから『開く』魔法でゲートを開けたのではないでしょうか」

「……それほど汎用性が高いのであれば有効時間は短いはずです」

「言われてみれば……、確かに」

感心して頷《うなず》く真由美《まゆみ》に、遼介《りょうすけ》は居心地の悪さを覚えた。

今、彼が口にしたのは、レナからの受け売りでしかないからだ。

「ならばジェイナスも急いでいるはずです。逃げ出す前に捕まえないと」

だが真由美《まゆみ》に指摘されて、そんな雑念は吹き飛んだ。

「そうですね。行きましょう！」

◇　◇　◇

一方、ラボに侵入したジェイナスの二人は、嫌な予感に襲われていた。

「……バハドゥール、おかしくないか？」

バフマンに問われたバハドゥールは、来客用端末のクラッキングを続けながら低い声で応えを返す。

「言いたいことは分かる。確かに一階の警備室に誰もいないのは不自然だ」

バハドゥールは外国人街で調達した懐《ふところ》の麻痺《まひ》銃に一瞬だけ意識をやりながら答えた。侵入前の予定では、警備室の職員を非致死性弾で無力化してから仕事に取り掛かるはずだったのだ。

「警備室だけじゃない。まだ八時だぞ？　それにしては、人気《ひとけ》が無さ過ぎる」

暗に、罠《わな》かもしれないとバフマンが訴える。

これだけ早い時間に侵入したのには、残業している職員がいれば警備員の巡回も無いだろうという計算があった。人のいない家屋ではなく、敢《あ》えて人が残っている建物に侵入して素早く盗み出すのが彼らジェイナスの得意とする手口。先日の恒星炉プラントのように深夜、無人の時間帯を狙う方が彼らにとっては珍しかった。

それも特異魔法『アラビアンナイト』があるからこそできる真似《まね》だ。今回も建物内に侵入するところまでは、いつもどおり上手《うま》く行っている。

だが建物の中にほとんど人の気配が無いというのは想定外だ。彼らは、他人の存在を察知する知覚系魔法——あるいは異能——は保有していない。それでもプロの犯罪者として、鋭い感覚を備えていると自負している。この建物は完全な無人ではないが、十人以上の人間はいないと自信を持って断言できる。

もしかしたら、その少数の人間が警備員かもしれない。自分たちは待ち伏せされているのかもしれないとバフマンは感じていた。

「しかし、手ぶらでは本部に戻れない。多少の危ない橋は覚悟の上だったはずだ」

「そうだな……」

バフマンはバハドゥールの言葉に反論しない。

だが完全に納得したわけではない。

本心ではすぐに逃げ出した方が良《い》いとバフマンは考えている。

それを察するのは、バハドゥールにとって難しくなかった。

しかしバハドゥールは相棒の危機感に気付かないふりをして、魔法によるクラッキングを続けた。

「見付けた。多分これだ」

そして小さく、ハッキリと声を上げる。

「本当か!?」

バフマンが周囲の警戒を忘れてバハドゥールの隣に走り寄った。

「二階の、この製造ラインだ。他のラインから完全に独立している」

イントラネットのセキュリティをこじ開けて呼び出した各階の平面図を指差しながら、バハドゥールがバフマンに説明する。

「時間が無い。早速向かおう」

バフマンがバハドゥールを促す。彼は警備システムを閉ざした自分の魔法が、もうそんなに持たないと理解していた。

「了解だ」

バハドゥールが先に立って走り出し、バフマンがその後に続いた。

◇◇◇

ＦＬＴ開発第三課ラボの隣。メイジアン・カンパニー本部オフィス。

心の中で呟《つぶや》いた達也《たつや》は、作成済みメッセージの送信ボタンを押した。そして専務理事という肩書きには少し物足りない、実用的なデスクチェアから立ち上がり、窓際《まどぎわ》に移動する。

（そろそろ良《い》いか）

「来たのか？」

窓の外を見下ろしながら達也《たつや》は背後に話し掛けた。

ビクッと震える気配。

「来たのか、じゃないでしょ。とっくに気付いてたくせに」

しかしその気配は、太々《ふてぶて》しい声に覆い隠された。

「そういう意味で言ったんじゃないんだが……」

ため息混じりの口調で応えながら、達也《たつや》が振り返る。

そこにはおどおどした顔の深雪《みゆき》と、反抗的な表情のリーナがいた。前《さき》の太々《ふてぶて》しい声はリーナだ。

彼女が言うように、達也《たつや》は二人の入室に気付いていた。その上で彼は「こんな時間に出歩くのは感心しない」という叱責の意図を込めて「来たのか」と話し掛けたのだった。

「言いたいことは分かるけど、まだ八時過ぎよ？　子供じゃないんだから」

「その話はまたにしよう。それで、ここに来たのは手伝ってくれるつもりだからか？」

目を伏せていた深雪《みゆき》が、達也《たつや》と視線を合わせる。

「お手伝いしても……よろしいのですか？」

「正直に言えば、俺よりも深雪《みゆき》の方が上手《うま》くやれると思っていたよ」

「必ずや！　ご期待に応えて御覧に入れます！」

「ああ、頼むぞ」

「はいっ」

深雪《みゆき》が指を組み、潤んだ目で達也《たつや》を見上げた。

「ねぇ……それ、何時《いつ》まで続くの？」

白けた声でリーナが口を挿《はさ》む。

「何のことかしら」

振り返った深雪《みゆき》は、乾いた笑みを浮かべている。その声に甘さは欠片《かけら》も無い。

「——いえ、何でも」

リーナはぎこちなく目を逸《そ》らした。

◇　◇　◇

川崎《かわさき》港沖合の船上で文弥《ふみや》は情報端末の画面を見て頷《うなず》いた。

「達也《たつや》さんから？」

まるで豪華客船の乗客のように着飾った亜夜子《あやこ》が文弥《ふみや》の端末をのぞき込むように身を寄せる。

二人が乗っている船は見掛け上、平凡な水上バス。亜夜子《あやこ》のファッションは、シチュエーションにマッチしているとは言えなかった。

「ゴーサインが出た」

頷《うなず》きながら文弥《ふみや》が応える。今日の彼は暗い色調のツナギ姿だ。マリンキャップを被《かぶ》り、飛散物から目を守る保護メガネを掛けている。女装の要素は欠片《かけら》も無く、今夜はさすがに女性には見えない。

彼は少し離れた所に停泊している小型貨物船に目を向けた。岸壁は空いているのに、接岸しようとする動きも無い。まあこの時間から接岸しても、密入国対策として内航船以外の船員は上陸できないのだが。

「姉さん、頼む」

「もしもなんて無いと思うけど、気を付けなさいよ」

「終わったら連絡するよ」

片方の耳に無線機を固定した文弥《ふみや》は、ナックルダスター形態の専用CADを右手に握り込み何時《いつ》でも使える状態にして、軽く身を屈《かが》めた。

亜夜子《あやこ》の手が文弥《ふみや》の背中に触れる。

次の瞬間、文弥《ふみや》の姿は甲板から消え失《う》せた。

◇◇◇

真由美《まゆみ》と遼介《りょうすけ》は一階の警備システム管制室から一階の正面ロビーに向かっていた。足音を立てないように、走るのではなく速歩《はやあし》で。

最初から一階の警備室にいなかったのは達也《たつや》の指示だ。人造レリックの製造ラインは二階にあるから、という理由だったが、正直に言えばこの指示には真由美《まゆみ》も遼介《りょうすけ》も腑《ふ》に落ちないものを感じていた。

その途中、一階に続く非常階段の直前で、

「遠上《とおかみ》さん、止まって」

真由美《まゆみ》が遼介《りょうすけ》にストップを掛けた。

「こっちじゃない。賊はエレベーターで上がってくる！」

「エレベーター？」

そんな馬鹿な、と遼介《りょうすけ》は思った。一階から二階の高低差で、泥棒が態々《わざわざ》逃げ場の無い密室になるエレベーターを選ぶというのは彼の常識に反している。

だが彼はそれ以上時間を無駄にせず踵《きびす》を返《かえ》した。エレベーターホールは非常階段から少し離れている。もたもたしていると人造レリックの製造ラインに侵入を許す恐れがあった。

ジェイナスの二人を乗せたエレベーターが上昇を始める。階数は一階分。到着は、すぐだ。

エレベーターホールに警備員が待ち構えていることを、バハドゥールもバフマンも疑っていない。建物内が無人でないのは分かっている。極少数であることも確信していた。態々《わざわざ》分かり易いエレベーターを使ったのは、警備員に待ち伏せさせる為《ため》だ。警備員の人数が少ないならば、何時《いつ》遭遇するか分からない状況に甘んじるよりも先に片付けてしまおうというのが二人の考えだった。

デジタルの階数表示が「2」に変わる。

バフマンは魔法を発動する準備に入った。

遼介《りょうすけ》がエレベーターホールに着くのと同時に、到着を示すランプが点《とも》った。

真由美《まゆみ》が遼介《りょうすけ》に追い付き、彼の背後で足を止める。

ステンレス鋼板の扉がゆっくり開いていく。いや、遼介《りょうすけ》の精神状態が、ゆっくりに見せているのかもしれない。

扉が半分ほど開き、ケージの中に人影が見えた瞬間。

(『閉じろ、ゴマ』《Akhrus ya Samsam》)

頭の中に、聞き覚えはあるが理解できない言語と有名な呪文がある意味で二重に響くと同時に、視界が真っ暗になった。

目が見えなくなったのではない。

フロア全体の照明が、非常灯も含めて一斉に消えたのだ。

予想外の事態に立《た》ち竦《すく》む遼介《りょうすけ》と真由美《まゆみ》。次の瞬間、二人の目に眩《まばゆ》い光が浴びせられた。

光はエレベーターの中から伸びていた。

高輝度のハンディライト。二十世紀から広く利用されている、アメリカメーカーのベストセラー『マグライト』だ。

完全な暗闇に覆われた直後に激しい光を浴びて、遼介《りょうすけ》たちの目が眩《くら》む。

遼介《りょうすけ》はその状態でいきなり真由美《まゆみ》に飛び掛かり、彼女を押し倒した。

真由美《まゆみ》が悲鳴を上げる。

エレベーターの向かい側、遼介《りょうすけ》たちが背にしていた人造大理石の壁から火花が散った。

照明が再点灯し、遼介《りょうすけ》と真由美《まゆみ》の視界もぼんやりとだが回復する。

遼介《りょうすけ》の身体《からだ》の下で、真由美《まゆみ》はパニックから立ち直っていた。

壁から聞こえた着弾音が、冷静になるよう彼女に命じた。

真由美《まゆみ》は回復が不十分な肉眼ではなく、マルチスコープで状況を確認した。

中東系の人相の二人が片手にハンディライト、逆の手に拳銃のような物を構えている。

真由美《まゆみ》は遼介《りょうすけ》が、自分を押し倒すことで拳銃（のような物）から庇《かば》ったのだと覚《さと》った。

真由美《まゆみ》が遼介《りょうすけ》の下で身動《みじろ》ぎする。

遼介《りょうすけ》が慌てて身体《からだ》を持ち上げた。

自由になった両手で、真由美《まゆみ》がＣＡＤを操作する。

発動したのは収束系魔法だ。

二人の賊の足先の空気を圧縮。

断熱圧縮による急激な温度上昇を火災センサーが検知する。

エレベーターがロックされ、エレベーターホールのスプリンクラーが作動した。

大量の水が降り注ぐ。

その水滴を使って、真由美《まゆみ》は氷の弾丸を作り出した。

エレベーターホールに待ち構えていた男女二人組にライトを浴びせて視界を奪い、バハドゥールが男に、バフマンは女の方にそれぞれの拳銃を向けた。

電気ショックによる非致死性弾だ。テーザーガンのような有線方式ではなく、銃弾自体に放電機能を持たせた物。弾速は低いが重量があるので着弾すればかなりの衝撃がある。それに加えて高圧の電撃だ。命中すれば、相手はほぼ確実に無力化される。

だが、至近距離にも拘《かか》わらず麻痺《まひ》弾は外れた。

男の方が女を押し倒して庇《かば》ったのだ。

電気の供給路を閉じていたバフマンの魔法が終了し、照明が回復する。

唐突に、バハドゥールとバフマンの背筋に悪寒《おかん》が走った。

彼らは申し合わせたようにエレベーターから踏み出した足を戻し、慌てて戸袋の影に隠れた。

いきなりスプリンクラーが作動する。

そして降り注ぐシャワーの中から、氷の弾丸が飛来しそれまで彼らが立っていた空間を貫いた。

バフマンがパネルの閉扉《へいひ》ボタンを連打する。

だがエレベーターの運転がロックされていて、扉は反応しない。

深い角度から撃ち込まれた氷弾が壁に貼り付いているバフマンの身体《からだ》を掠《かす》めた。

(『開け、ゴマ《Aftah ya Samsam》』)

バハドゥールが逆サイドから魔法を発動した。

システムのロックが解除され、扉が閉まっていく。

バフマンは一階のボタンを押した。

その直後、閉まっていく扉の隙間から男が飛び込んできた。

真由美《まゆみ》が放つ氷の弾丸はスプリンクラーの水滴を材料にしている。

放水が行われているのはエレベーターホールだけだ。ケージの中に水滴は届いていない。

彼女は開いたままの乗降口からケージの中に氷の弾幕を浴びせているが、死角に隠れた二人組に有効打を与えられていない。

(だったら、引きずり出す!)

ようやく目のダメージから完全回復した遼介《りょうすけ》は、ケージの中に飛び込むべく自身の魔法を呼び出した。

旧第十研で与えられ、旧第十研から追放される原因になった『十神《とおがみ》』の魔法。

個体装甲魔法『リアクティブ・アーマー』。

遼介《りょうすけ》の身体《からだ》に沿って、平凡な対物魔法障壁が形成される。

運行システムがロックされているはずの扉が、何故《なぜ》か閉じ始める。

遼介《りょうすけ》は半ば閉じた扉の隙間から、ケージの中に飛び込んだ。

飛び込んできた青年に向けてバハドゥールが麻痺《まひ》弾を撃つ。

放電機構を内蔵した弾丸は、青年が纏《まと》う障壁に受け止められた。
「魔法障壁!?」
バハドゥールの口から驚愕《きょうがく》が漏れる。
青年はバハドゥールの持つ拳銃を掴《つか》み、軽く捻《ひね》った。
それだけでバハドゥールの身体《からだ》がケージの壁に投げつけられる。
青年の身長は百八十センチ前後。バハドゥールは百七十センチ台前半。
体格差があるとはいえ、それだけでは説明できない手品のような手際《てぎわ》だ。
投げつけられた衝撃の中で、バハドゥールは気力を振り絞り魔法を発動した。
(『開け、ゴマ《Aftah ya Samsam》』)
青年の身体《からだ》を包んでいた障壁が、一瞬開く。
バフマンは守りを失った青年の背中に、麻痺《まひ》弾を撃ち込もうとした。
だが彼がトリガーを引くより早く、青年の障壁が回復した。
(『開け、ゴマ《Aftah ya Samsam》』!)
バハドゥールが再度、障壁を無力化すべく魔法を発動する。
しかし今度は、『アラビアンナイト』の「Ｏｐｅｎ《ひらけ》」が通用しなかった。
障壁の魔法抵抗力が格段に向上していたのだ。
最早《もはや》『アラビアンナイト』を寄せ付けない程に！

バフマンの放った弾丸が青年の障壁に阻《はば》まれる。

青年が素早く振り返った。

ケージが一階に到着し、扉が開く。

青年はバフマンに摑《つか》み掛《か》かった。

ケージから這《は》い出《だ》すように脱出するバハドゥールに目もくれないのは、何時《いつ》でも始末する自信があるからか。

青年の手がバフマンの拳銃に伸びる。

それほど速い動作には見えないのに、バフマンはその手を避けられない。

青年が拳銃ではなく、バフマンの手首を摑《つか》む。

摑《つか》まれた所から、バフマンの全身に激痛が伝わった。

拳銃がバフマンの手から零《こぼ》れる。

激痛の中で、バフマンは浮遊感を覚えた。

拳銃とバフマンの身体《からだ》が、ケージの床に落ちたのは同時だった。

受け身は取れなかった。

青年が受け身を取らせてくれなかった。

見上げる視界の中で、青年が手を振り上げている。

拳ではなく掌底打ちの構えだが、ダメージは変わらないに違いない。

それは、容易に想像できた。

自分はもう逃げられない。

バフマンは自分の命運が尽きたのを覚《さと》った。

迫り来る青年の掌打を目《ま》の当《あ》たりにしながら、バフマンは最後の力を振り絞った。

『閉じろ、ゴマ《Akhrus ya Samsam》』

エレベーターの扉が静かに閉まる。

青年の掌打がバフマンの胸に届き、

バフマンの意識は闇に吸い込まれた。

遼介《りょうすけ》は合気の技でバフマンを床に叩《たた》き付《つ》けて、胸への掌打で意識を奪った。合気術――合気道とは少し違う――は遼介《りょうすけ》が最も得意としている武術だった。

意識を失う程に頭部を強打すると、脳に障碍《しょうがい》が残る恐れがある。バフマンの胸を打った遼《りょう》介《すけ》の掌打は、彼が高校時代に合気術とは別の師匠から教わった「安全に相手を気絶させる技」だ。

取《と》り敢《あ》えず一人。遼介《りょうすけ》はホッと一息《ひといき》吐《つ》く。

ジェイナスの魔法が自分の障壁魔法に干渉する力を持っていたのは予想外だった。障壁を無効化された瞬間は、正直に言えば意外すぎて少し慌てた。

だが彼の個体装甲魔法は、破られると同時に「その原因となった攻撃と同種の力」に対する抵抗力が付与されて再構築される。故に『リアクティブ・アーマー』。攻撃に反応する装甲。一撃で無力化されない限り何度でも立ち上がり、戦い続ける。

それが旧第十研を追放され数字落《エクストラ》ちとなった『十神《とおがみ》』の魔法だ。

実際には、障壁の再構築回数に限界はあるのだが、それが訪れる前に敵を倒すのが『十神《とおがみ》』の、そして遠上遼介《とおかみりょうすけ》の戦い方だった。

遼介《りょうすけ》は残る一人を追うべく、パネルの開扉《かいひ》ボタンを押した。

だが、エレベーターの扉は遼介《りょうすけ》の操作に反応しなかった。

遼介《りょうすけ》がパネルのボタンを連打する。

扉は沈黙したままだ。

(魔法の効果が続いている……？　魔法師が意識を失っているのに？)

遼介《りょうすけ》は混乱してしまった。その所為《せい》で気付けない。

真実にたどり着けない。

扉を閉めたのは、確かにバフマンの魔法だ。だが開扉《かいひ》ボタンが反応しないのは、システムがロックされている所為《せい》だった。

エレベーターの運行システムは、真由美《まゆみ》がビルの防災システムに火事が発生したと誤認させたことによりロックされていた。そのロックを、バハドゥールの魔法が無理矢理解除していたのだ。

バハドゥールの魔法の効果が切れたことにより、エレベーターのシステムは再びロックされた。既に防災システムは偽《にせ》の火災を感知しなくなっているから、エレベーターを再稼働《かどう》させる為《ため》には非常通話ボタンでシステム管理ＡＩにコンタクトし、再開を申請するだけで良《い》い。

この手順は遼介《りょうすけ》も知っている。彼が冷静ならすぐに、正解に気付いたはずだ。

だが自分を閉じ込めているのは『アラビアンナイト』の「Ｓｈｕｔ《とじろ》」の魔法だと思い込んでいる遼介《りょうすけ》は、ひたすらパネルのボタンを連打し続けた。

◇◇◇

東京湾海上、川崎《かわさき》港沖合。

ここでも、一つの決着を迎えていた。

『姉さん、聞こえる？』

亜夜子《あやこ》の耳に、無線で文弥《ふみや》の声が届く。

「聞こえているわ。それで？」

『終わったよ』

文弥《ふみや》からの通信は、制圧完了の報《しら》せだった。

「意外に時間が掛かったわね。手強《てごわ》かったの？」

『人数が多くて』

「敵はそんなに多かった？」

『いや、誰が敵か見分けがつかなかったから、取《と》り敢《あ》えず全員昏倒《こんとう》させた』

文弥《ふみや》はここで、いったん言葉を途切れさせた。

『――百人ちょっとだったかな。まっ、誰も死んでいないから問題無いだろ』

再開されたセリフに、亜夜子《あやこ》の口から乾いた笑いが漏れる。最近気になっているのだが、弟は卒業した第四高校に「良識的な人間性」を落としてきたように思えてならない。

今度母校を訪問して、文弥《ふみや》が落とした「人間性」を探してこようかな……。亜夜子《あやこ》はそんな、益体《やくたい》も無いことを考えてしまった。

『姉さん？』

「ああ、ごめんなさい。お迎えに行きましょうか？」

亜夜子《あやこ》は自分が疑似瞬間移動で跳んで、文弥《ふみや》をこの船に連れ帰ろうかと提案した。

『いや、その船でこっちに接舷するよう命令して欲しい』

「船ごと持って行くの？」

文弥《ふみや》はどうやら賊の仲間だけでなく船員全員、船一隻丸ごと連れ去るつもりらしい。

『根拠は無いけど、この船自体が無関係じゃない気がするんだ』

「そうね……」

亜夜子《あやこ》はそう言っている間に考えを纏《まと》めた。

文弥《ふみや》は「根拠が無い」と言っているが、あの貨物船が船員ぐるみで犯罪組織に雇われていたという可能性は決して低くない。全員が犯罪組織のメンバーである可能性すら考えられる。

幸い今の四葉家《よつばけ》には、巳焼島《みやきしま》という治外法権に等しい拠点がある。船を丸ごと虜囚にするのも無茶とは言えない。むしろこの場合は、最も確実な解決策だ——。

「分かりました。その貨物船をシージャックしましょう」

『シージャックって……。そうかもしれないけど』

文弥《ふみや》が呆《あき》れ声を返す。ジョークを飛ばした甲斐《かい》があったようだ。弟の普通な反応に、亜夜子《あやこ》は安堵《あんど》込みでクスッと笑った。

◇　◇　◇

バハドゥールは遼介《りょうすけ》に投げ飛ばされた衝撃でフラフラになりながら、ここまで来るのに使った自走車を駐めた駐車場にたどり着いた。

自分一人で逃げたことに罪悪感は無い。長年のコンビだったが、所詮バフマンは赤の他人だ。仕事に失敗した所為《せい》で組織にも戻れないかもしれないが、我が身の安全が最優先なのは改めて考えるまでもなかった。

駐車には、余計なトラブルを招かぬように敢《あ》えて有料施設を使った。料金支払に関しては、生体認証が必要無いプリペイド式の電子マネーで支払可能な所を選んだ。駐車に関わる問題は、これで生じないはずだった。

しかし、バハドゥールが駐めたはずの車は駐車場に無かった。

そこには別のワゴン車が駐まっていて、金髪の若く美しい女性がフロントに寄り掛かる姿勢で端末を見ていた。

「……失礼ですが、ここに駐めてあった車を知りませんか？」

バハドゥールは不慣れな日本語を操って金髪の美女に問い掛けた。

「さあ？」

その女性はバハドゥールに向かって大袈裟《おおげさ》に肩をすくめてみせる。不自然な印象が無い、板についた動作だ。

金髪美女はそれ以上会話する意思が無いようだ。彼女は再び情報端末に目を落とした。

バハドゥールの心境が困惑から開き直りに移行するのは早かった。

消えてしまった車のことをあれこれ考えても意味は無い。

そんな時間も無い。

幸い、ここにいるのは華奢《きゃしゃ》な若い女だけだ。このワゴン車を奪ってこの場を離れる――。

あいにくバハドゥールの魔法では、バフマンのように意識や視界を奪うことはできない。

だが相手は非力そうな若い女性だ。麻痺《まひ》弾の拳銃はエレベーターの中に落としたままだが、素手で十分、何とでもなるとバハドゥールは判断した。

バハドゥールは犯罪者だ。殺しは避けても、女性に暴力を振るうことに躊躇《ためら》いは無い。

彼は声を発さず、逆向きに持ったマグライトの柄で金髪美女に殴り掛かった。

ところが。

バハドゥールが振り下ろしたマグライトは、彼女の身体《からだ》をすり抜けてワゴン車のフロントガラスを叩《たた》いた。

リーナの虚像の背後で、ワゴン車のフロントガラスが鈍い音を立てた。

「なにっ⁉」

バハドゥールが驚愕《きょうがく》の声を上げる。

その驚きは、フロントガラスが割れなかったことに対するものではなかった。

ジュラルミン製のマグライトがフロントガラスに撥《は》ね返《かえ》されるのを見ても、ガラスが防弾仕様だったのかと推測するだけだ。反射的に驚いても、それはすぐ理解に変わる。

彼の驚愕《きょうがく》は、マグライトがリーナの身体《からだ》を素通りしたことに対するものだ。

リーナの情報体偽装魔法『パレード』。元は十師族・九島家《くどうけ》の秘術であるこの魔法の本来の用途は敵の魔法の照準妨害。『パレード』は幻影魔法ではなく対抗魔法だ。

だが副次効果として作り出す幻影も、通常の幻影魔法とは一線を画す高度なもの。幻影と相対するのはバハドゥールにとって初めての経験ではないかもしれないが、気配と存在感を伴う、実物とまったく見分けがつかない幻影は、これまで体験したことが無いに違いない。

「いきなり何するのよ！」

マグライトが貫通した状態で、リーナの幻影が平手で押《お》し退《の》けるようにバハドゥールの胸を突く。

胸に摂氏三十六・五度の温度を伴う圧力を受けて、バハドゥールがよろよろと後退《あとずさ》った。彼の顔からは血の気が引いている。

人間の触覚を構成する要素は温度、振動、圧力。つまりこの三つを虚像との接触点に発生させれば、人間は虚像を実体と錯覚する。

幽霊に実体は無い。これはバハドゥールが育った文化圏でも同じだ。肉体があれば、それは幽霊ではない別の怪物。彼は身体《からだ》を抉《えぐ》られても割り裂かれてもすぐに再生する不死《イモータル》の化け物と相対しているような思い込みに囚《とら》われていた。

「ねぇ、何のつもりかって訊《き》いてるんだけど」

マグライトが抜けたリーナの幻影が、バハドゥールに一歩近付く。

バハドゥールは「ひっ！」と小さな悲鳴を上げてリーナの虚像に背を向け、逃げ出した。

走って、逃げ出そうとした。

しかし。

バハドゥールは、一歩踏み出したところで立ち止まらざるを得なかった。

彼の前に達也《たつや》と、達也《たつや》にぴったり寄り添った深雪《みゆき》が立ちはだかっていた。

「タツヤ・シバ……」

「ほぅ。俺を知っているのか」

達也《たつや》の返事は、バハドゥールの意識に届かなかった。

バハドゥールの目は、達也《たつや》の隣の深雪《みゆき》に向けられていた。

「それに、ミユキ・シバ……？」

「あら、わたしのこともご存じなのですね」

深雪《みゆき》がニッコリと笑う。

その笑顔は申し分なく華麗で、この世のものとも思われぬほど妖しかった。

バハドゥールの両目が恐怖の色に染まる。

その意識が恐慌《きょうこう》に呑《の》み込《こ》まれた。

「イフタフ・ヤー・スィムスィム！」

バハドゥールがいきなり大声で叫んだ。

アラビア語で『開け、ゴマ！』。

それ自体には何の意味も無い。

多くの人々の意識に刻み込まれているのは、単なる物語世界に存在する呪文、宝の洞窟の岩扉を開くという特定の働きをするだけのキーワードだ。そこにシンボリックな意味は無いし、この世界に働き掛ける呪術的効果も無い。

ただ、ＢＳ魔法師バハドゥールが持って生まれた特異魔法を発動する時、彼自身の中でこの言葉が音声イメージとして形成されるというだけだ。早い話、声に出そうが出すまいが彼の魔法には関係無いし、それを耳で聞かされたからといって魔法の影響を受けやすくなるというものでもない。

それでも、バハドゥールの魔法『アラビアンナイト』の『Ｏｐｅｎ《ひらけ》』は確かに発動した。バフマンの『Ｓｈｕｔ《とじろ》』に比べれば『Ｏｐｅｎ《ひらけ》』が戦闘に応用できる幅は狭い。だが全く使えないわけではない。敵愾心《てきがいしん》や恐怖心を閉じ込めている自制心の扉を開放してやることで敵から冷静な判断力を奪い、自滅に追い込むという使い方はある。

しかし。

バハドゥールの魔法は、達也《たつや》にも深雪《みゆき》にも何の効果も発揮しなかった。

バハドゥールが叫ぶのとほぼ同時に、達也《たつや》は銀色のシンプルな腕輪をはめた右腕を軽く前に差し伸べた。

その腕輪は『シルバートーラス』。完全思考操作型ＣＡＤ対応の円環形特化型ＣＡＤ。

一瞬で起動式が出力され、一瞬で魔法式が完成する。

発動した魔法は『術式解散《グラム・ディスパージョン》』。

魔法式を分解し、魔法を無効化する魔法。

魔法の効果を妨害するのではなく、魔法そのものを破壊する魔法。

バハドゥールの『アラビアンナイト』は、達也《たつや》の『術式解散《グラム・ディスパージョン》』によって効力を発揮する前に破壊されたのだ。


「大人しくしてくださいね」

深雪《みゆき》が愕然《がくぜん》とするバハドゥールに優しく囁《ささや》き、達也《たつや》と同じように右腕を伸ばす。

その手首にはめられたブレスレットは、光が規則的に乱反射し煌《きら》めいて見えるように表面が加工されている。

これもまた完全思考操作型ＣＡＤ対応円環形ＣＡＤ。ただしこちらは特化型ではなく汎用型。完全思考操作型対応ＣＡＤにはボタンが必要無い為《ため》、装飾性を自由に高めることができる。幾ら装飾的であっても、その機能が損なわれることはない。

深雪《みゆき》の魔法がバハドゥールを襲う。

表面的に、大きな変化は無い。

ただバハドゥールの顔から表情が抜け落ちただけだ。

魂を抜かれたような、呆然《ぼうぜん》とした表情で立《た》ち竦《すく》んだバハドゥールは、

一秒後、身体《からだ》中の力を抜き取られてしまったかのように、路上に崩れ落ちた。

達也《たつや》とリーナが同時に、倒れたバハドゥールに向かって歩き出す。

先にたどり着いた達也《たつや》がバハドゥールの側に屈《かが》み込《こ》んで、脈と呼吸と体温を確認した。

「大丈夫。眠っているだけだ」

達也《たつや》のセリフを聞いて、深雪《みゆき》は軽く息を吐いた。

光宣《みのる》が自らを眠らせた冬眠魔法を元に深雪《みゆき》が達也《たつや》と力を合わせて開発した、精神干渉系魔法『コキュートス』の威力制限版魔法『アイシィソーン《icythorn》』。

コキュートスは精神に、復活することの無い永遠の静止、事実上の死をもたらす。

それに対してアイシィソーンは、自ら目覚めることはできないが外部から専用の無系統魔法を浴びせることで目覚めさせることが可能な眠りを、強制する魔法。

コキュートスはその性質上、一切の手加減ができない強力すぎる魔法だ。深雪《みゆき》が持って生まれた貴重な精神干渉系魔法の才能をもっと幅広い機会に活《い》かせないかと編み出したこの魔法、アイシィソーンは、最も効果的に敵を拘束する魔法に仕上がっていた。

理論的には完成していたが、精神干渉系魔法はその性質上、人間相手でなければ効果を確か

められない。人体実験に対する心理的抵抗があって、深雪《みゆき》は中々アイシィソーンをテストできなかった。

だが今夜、窃盗を企《たくら》んだ犯罪魔法師《クリミナル・メイジスト》を実験台に使って、新魔法アイシィソーンの完成がようやく確認されようとしていた。

達也《たつや》が、手錠でバハドゥールを拘束し猿ぐつわを噛《か》ませてから、深雪《みゆき》に「じゃあ、起こしてみようか」と言葉を掛けた。

深雪《みゆき》が覚醒の鍵となる無系統魔法、特定のパターンを持った想子波《サイオンは》を浴びせる。無系統魔法だから達也《たつや》にも可能なのだが、最初なので深雪《みゆき》に最後まで確かめさせることにしたのだ。

効果はすぐに表れた。

バハドゥールが低く呻《うめ》いて身動《みじろ》ぎする。目を開き、身体《からだ》を起こして手錠を掛けられたまま逃げ出そうとしたバハドゥールを、達也《たつや》は鳩尾《みぞおち》に当て身を入れて黙らせた。

そして暴力の余韻などまるで感じさせない笑顔を達也《たつや》は深雪《みゆき》に向ける。

「おめでとう、深雪《みゆき》」

「ミユキ、おめでとう。凄《すご》いじゃない」

「ありがとうございます、達也《たつや》様。リーナもありがとう」

達也《たつや》とリーナの祝福を受けて、深雪《みゆき》は歓喜と安堵《あんど》の入り混じった笑みを浮かべた。

［9］FEHR《フェール》とFAIR《フェア》

最後は少し情けない結果に終わってしまったが、遼介《りようすけ》自身の奮闘もあり彼に掛けられた嫌疑は払拭《ふっしょく》された。明くる七日、遼介《りようすけ》は無事に達也《たつや》から、メイジアン・カンパニーへの正式採用を告げられた。——遼介《りようすけ》に試用期間の認識が無かったのはご愛敬《あいきよう》だろう。

彼は七日と八日の二日間で生活に必要な物を買い揃《そろ》え、八日に伊豆《いず》の社宅へ引っ越しを済ませた。なおこの二日間は達也《たつや》の判断で有給休暇になった。また真由美《まゆみ》は明日、九日の日曜日に引っ越す予定だ。

真由美《まゆみ》のことはともかくとして——というのは、ラボの二階に置き去りにされた真由美《まゆみ》は遼介《りようすけ》に対して大層へそを曲げており、機嫌を直してもらう目処《めど》が立っていないのだ——遼介《りようすけ》としてはようやく、帰国後の生活が落ち着いた感じだった。

翌日が日曜日ということで夜更《よふ》かしをしていた遼介《りようすけ》は思い出したように、日付が変わった一時間後、つまり九日午前一時に衛星電話を掛けた。

通話先の現地時間は五月八日午前九時。相手はバンクーバー、FEHR《フェール》本部のレナ・フェールである。

「ハロー、ミレディ。遼介《りようすけ》です。おはようございます」

『ハロー、遼介《りようすけ》。先日に比べて声が明るいように感じます。例の件、上手《うま》く行きましたか？』

「ありがとうございます！　御蔭様《おかげさま》で、冤罪《えんざい》は晴れました」

遼介《りょうすけ》は明るいと言うより高揚した声でレナの問いに答える。

『私は何もしていませんよ』

「いえ、ミレディのアドバイスは凄《すご》く役に立ちました。犯人は仰《おっしゃ》ったとおり『ジェイナス』でしたし、『アラビアンナイト』の欠点の、持続時間が短いというのも大当たりでした。御蔭《おかげ》で勝つことができました」

『遼介《りょうすけ》なら私のアドバイスが無くても勝てましたよ。でも、役に立てたのなら嬉《うれ》しいです』

「もちろんですとも！　この私の勝利は、全てミレディの御蔭《おかげ》です」

遼介《りょうすけ》が耳を当てている衛星電話機のスピーカーから、レナの咳《せき》が聞こえた。

「ミレディ、お風邪を召してはいませんか？」

心配を露《あら》わにした声で遼介《りょうすけ》が訊《たず》ねる。

実は咳払《せきばら》いだったのだが、遼介《りょうすけ》には風邪の兆候に聞こえたようだ。

『いえ、大丈夫です。少し咳《せき》が出ただけですから』

案の定、レナは素っ気なく否定する。

だがこれで納得するなら、遼介《りょうすけ》は最初から風邪の咳《せき》ではないと気付いていただろう。

「しかし……」

『だ・い・じょ・う・ぶ、です』

「はぁ……」

妙に力のこもった声に、遼介《りょうすけ》はそれ以上、不安を口にできなかった。

『遼介《りょうすけ》。メイジアン・カンパニーの方はどうなりましたか？』

「あっ、はい」

声を改めたレナに、遼介《りょうすけ》も意識を切り替える。

「無事、雇い続けてもらえることになりました」

『おめでとうございます』

レナは任務に関係無く、遼介《りょうすけ》が臨時雇いでない職に就いたことを祝福したのだが、

「ありがとうございます。引き続き司波《しば》達也《たつや》の真意に関する調査を進めます」

遼介《りょうすけ》の頭には、レナに与えられた使命のことだけしかなかった。

「はぁ……」

レナが思わずため息を吐く。

その直後、彼女は「しまった」と思った。

「ミレディ!?　如何《いかが》なさい……」

「身体《からだ》に異常はありませんし疲れてもいません。何でもありません」

レナは遼介《りょうすけ》に最後まで言わせなかった。

身体に異常は無いとレナの口から言われれば、遼介《りょうすけ》はこれ以上健康に関する話題を続ける

ことはできない。遼介《りょうすけ》だけでなく、FEHR《フエール》のメンバー全員がそうだろう。

何故《なぜ》なら、レナの肉体は明らかに「異常」だからだ。

「新事実が判明し次第、ご報告致します」

音声通話なので互いの姿は見えないが、遼介《りょうすけ》は姿勢を正してそう言った。

『無理はしないでくださいよ』

「心得ております。それではミレディ、良き一日を」

『お休みなさい、遼介《りょうすけ》』

レナは日本が真夜中であることを把握していた。

光栄にも「ミレディ」から就寝の挨拶をもらったのだ。

遼介《りょうすけ》はすぐに、眠ることにした。

◇◇◇

五月九日、日曜日。午前八時過ぎ。

いつもに比べて少し遅めの朝食を達也《たつや》は深雪《みゆき》、リーナと共にしていた。

「タツヤ。一つ訊《き》きたいんだけど」

朝食の席には相応《ふさわ》しくない尖《とが》った口調で、リーナが達也《たつや》に問い掛ける。

深雪《みゆき》は軽く顔を顰《しか》めたが、達也《たつや》は特に気にしていない声で「何だ？」と問い返した。

「トーカミを何故《なぜ》カンパニーに置いておくの？」

リーナの質問は、何故《なぜ》遼介《りょうすけ》を正社員として採用したのか、だった。なお彼女は遼介《りょうすけ》のことを「リョースケ」ではなく「トーカミ」と呼ぶことにしたようだ。潜在的テロ組織の一員である遼介《りょうすけ》をファーストネームで呼ぶ気にはなれないのだろう。

「彼は約束どおり、二人組の片方だけとはいえ真犯人を自分で捕まえたからな」

「だからこっちも約束を守るって？　そんな義理は無いでしょう」

「リーナ、勘違いしていないか？　俺は遠上《とおかみ》に『真犯人を捕まえれば解雇しない』などという約束はしていないぞ」

「だったら何でよ？」

リーナは今にも頰を不満で膨らませそうだ。

そんな子供っぽい真似《まね》をする彼女を見てみたいと達也《たつや》は思わないでもなかったが、敢《あ》えて焦《じ》らすような性格の悪い真似《まね》は自重した。

「使えそうな人材だからだ」

「……確かに兵士としてはそれなりに使えそうだけど、工作員を抱え込むリスクを帳消しにする程の実力とは思えないけど」

リーナは遼介《りょうすけ》の力量を認めながらも、達也《たつや》の回答に納得を示さなかった。

「戦闘力として期待しているのではないさ」

だが達也《たつや》の思惑は、リーナが理解したものとは違っていた。

「じゃあ何？」

「彼がＦＥＨＲ《フェール》とつながっているからだ」

「……どういうこと？」

「達也《たつや》様。もしや、ＦＥＨＲ《フェール》と協力関係を築きたいとお考えなのですか……？」

達也《たつや》に噛《か》み付《つ》くリーナに顔を顰《しか》めていた深雪《みゆき》が、不快感を棚上げにして達也《たつや》に訊《たず》ねる。

「その可能性を排除するのはもったいない。ただでさえ俺たちは人類社会の少数派だ。明確な犯罪組織でない限り、手を組めるならそれに越したことはない」

「……そうですね」

「………………」

達也《たつや》の言葉に、深雪《みゆき》が頷《うなず》く。リーナも、、、この場では異を唱えなかった。

◇◇◇

午後一時。

達也《たつや》は一人で四葉《よつば》本家に来ていた。

目的は無論、真夜《まや》との面会。彼は恒星炉プラントおよびＦＬＴ侵入・窃盗未遂の件についての報告に来ていた。

「……侵入犯バハドゥール・モフィード、バフマン・モフィード、コードネーム『ジェイナス』が所属していた組織はＦＡＩＲ《フェア》でした」

一通り挨拶を済ませた後、達也《たつや》はバハドゥールとバフマン、および逃走用貨物船の乗組員を訊問《じんもん》した結果判明した組織の名を出した。

「ＦＡＩＲ《フェア》……。確か、サンフランシスコに本拠地を置く過激派だったわね？」

ＦＡＩＲ《フェア》。『Fighters Against Inferior Race』（劣等種（による迫害）に対して戦う者たち）。本部はサンフランシスコ。ＦＥＨＲ《フェール》があくまでも魔法師の人権保護を訴える組織であるのに対して、ＦＡＩＲ《フェア》は反魔法主義者との積極的な闘争を掲げている。

今のところＦＡＩＲ《フェア》が組織犯罪に手を染めた証拠は無いが、治安当局からは時間の問題だと見られている。――あくまで、日本で入手できる情報だが。

カリフォルニアではＦＡＩＲ《フェア》の所為《せい》で魔法師がますます危険視されている、という噂《うわさ》も聞こえてきている。

「はい。そして人造レリック製造法の盗難を命じたのはＦＡＩＲ《フェア》のリーダー、ロッキー・ディーンです」

「リーダー自ら盗みを指示？　過激派と言うより犯罪組織ね」

真夜《まや》が可笑《おか》しそうな表情で——ただし、目には冷たく醒《さ》めた眼光を宿して——FAIR《フェア》のことを揶揄《やゆ》する。

「FAIR《フェア》の正体は犯罪結社だと思います」

達也《たつや》は真夜《まや》に相槌《あいづち》を打つのではなく、大真面目な顔で一歩踏み込んだ推測を述べた。

「また、FAIR《フェア》はジェイナスのようなBS魔法師を大勢抱えているようです」

「BS魔法師を？」

今まで半分以上「どうでも良《い》い」という雰囲気を漂わせていた真夜《まや》が、いきなり強い興味を示す。

「今回捕らえた者たちは訊問《じんもん》に対してBS魔法師としか言いませんでしたが、もっと特殊な、例えば妖術師《ソーサラー》の様な人材も手札に持っているかもしれません。現に今回捕虜にしたバハドゥール・モフィード、およびバフマン・モフィードの異能は、我々の魔法とはかなり性質が違います。ジェイナスはBS魔法師というより妖術師《ソーサラー》と呼ぶべき異能者ではないかと」

妖術師《ソーサラー》とは、事象を改変するという意味では魔法師と同じでありながら、その能力のシステムが合理的に説明できない異能者を言う。彼らの異能を説明できないことは、現代魔法学の大きな欠点だった。

「BS魔法師や妖術師《ソーサラー》の能力は、正面戦力としてみれば魔法師に劣っていると言われています。私も一般的な傾向としてはそれで正しいと思いますが、我々の想像を超えた能力の持ち主が存在する可能性を否定できません」

「……そうね」

「叔母上。FAIR《フェア》については、詳しい調査が必要だと思います」

「――分かりました。貴方《あなた》がそれほど警戒するなら、調査しなければならないでしょう。達也《たつや》さん、具体的な調査方法を立案してください。その上で改めて検討しましょう」

「了解しました」

実はこの段階で、達也《たつや》には腹案があった。

だが達也《たつや》はそれをこの場で開陳することはせず、今日のところは真夜の前から大人しく引き下がった。

◇　◇　◇

四葉《よつば》本家を辞去した達也《たつや》はいったん調布《ちょうふ》の自宅に戻った後、日曜日にも拘《かか》わらず巳焼島《みやきしま》に飛んだ。

行き先は北東地区の恒星炉プラントではなく、北西地区にある達也《たつや》個人の研究室。

だが目的は、彼が最近重点的に取り組んでいる人造レリック『マジストア』の改良に向けた研究ではなかった。

午後七時五十分。もうすぐ光宣《みのる》と水波《みなみ》が住む居住用宇宙ステーション——衛星軌道居住施設《オービタル・レジデンス》『高千穂《たかちほ》』が巳焼島《みやきしま》上空に最接近する時間だ。彼は研究室のモニターで高千穂《たかちほ》の現在位置を確かめ、赤外線レーザー通信用のアンテナを向けた。赤外線レーザーを使った通信は指向性に優れ、傍受のリスクが小さい。また伝送できるデータ量が多く、複雑な暗号を使用できる。

『達也《たつや》さま、何か御用でしょうか？』

通信に出たのは水波《みなみ》だった。丁寧なお辞儀をした水波《みなみ》がモニターの中で頭を上げるのを待って、達也《たつや》は「光宣《みのる》に頼みたいことがある」と伝えた。

「少々お待ちください」

水波《みなみ》の言葉のとおり、達也《たつや》は余り待つ必要がなかった。

「達也《たつや》さん、お待たせしました」

光宣《みのる》はすぐ、モニターの中に登場した。

『僕に頼みたいことがあるそうですね。何でも仰《おつしや》ってください』

「そう言ってもらえると助かる。実はアメリカで調査して欲しいことがある」

『アメリカで？　ええ、良《い》いですよ。今の軌道でも潜入は可能ですから』

「いや、そこまで急いでいない。高千穂《たかちほ》の移動用起動式が完成してからで良《い》い」

アメリカ大陸上空に着いたらすぐにでも降下しそうな光宣《みのる》を、達也《たつや》は即座に制止した。

『緊急というわけではないんですね。だったら何故《なぜ》僕に？』

「少し厄介そうな相手なんだ。お前くらいの実力がないと、安心して任せられない」

『嬉《うれ》しいことを仰《おっしゃ》いますね』

達也《たつや》のセリフはお世辞ではなく本気だ。

それが分かるから余計に、光宣《みのる》は嬉《うれ》しそうだった。

『その厄介な相手というのは何者なんですか？』

「FAIR《フェア》という魔法至上主義団体を知っているか？」

にこやかに笑っていた光宣《みのる》の顔が、急に強張《こわば》る。

『……知っています。達也《たつや》さんに最後の戦いを挑む直前、僕たちはFAIR《フェア》に匿《かくま》われていました』

この告白には、達也《たつや》も驚きを隠せなかった。

「FAIR《フェア》は顧傑《グ・ジー》の関係団体だったのか？」

光宣《みのる》が吸収した亡霊・周公瑾《しゅうこうきん》を使って日本に——日本の魔法師に様々な破壊工作を仕掛けた無国籍華僑の怪老、顧傑《グ・ジー》。元は大亜連合《だいあれんごう》と東亜大陸の支配権を争って敗れ、滅びた『大漢《だいかん》』に所属していた魔法師だ。

大漢《だいかん》滅亡には、四葉家《よつばけ》が深く関わっていた。その所為《せい》なのか、顧傑《グ・ジー》は四葉家《よつばけ》を標的としていた節もあったが、最終的に顧傑《グ・ジー》は達也《たつや》、そして彼と手を組んでいた一条将輝《いちじょうまさき》、十文字克人《じゅうもんじかつと》によって追い詰められ、海の藻屑《もくず》と消えた。——もっとも、顧傑《グ・ジー》を直接葬《ほうむ》ったのは、彼を利用していたUSNAが証拠隠滅の為《ため》に派遣したスターズのカノープスだった。

達也《たつや》が光宣《みのる》の告白を顧傑《グ・ジー》に結び付けたのは、光宣《みのる》が周公瑾《しゅうこうきん》の知識を受け継いでいるからだ。それまで日本を離れたことがなかった光宣《みのる》が潜伏先として頼るとすれば、周公瑾縁《しゅうこうきんゆかり》の、つまり顧傑《グ・ジー》が関与している組織だと達也《たつや》は当時、考えていたのである。

『FAIR《フェア》は元々顧傑《グ・ジー》が組織した団体でした。しかし顧傑《グ・ジー》はFAIR《フェア》をコントロールしきれず、すぐに手放したようです』

「そういう経緯があるとは知らなかった。ならばお前に頼むのは止めておこうか？」

一度匿《かくま》ってもらった相手なら義理もあるだろう。達也《たつや》はそう考えて依頼の取り下げを提案したのだが、

『いえ、やらせてください』

光宣《みのる》は断固として首を横に振り、取り下げを拒否した。

『一時のこととはいえ、過激派の助けを借りたのは僕にとって清算しなければならない過去の一つです』

光宣《みのる》の声には固い決意が込められていた。

ならば達也《たつや》に遠慮する理由は無い。

「分かった。FAIR《フェア》の本拠地はサンフランシスコだ」

『ロサンゼルスから移動したんですね。分かりました、お任せください』

達也《たつや》と光宣《みのる》が頷《うなず》き合い、通信が切れる。

達也《たつや》は早速、高千穂《たかちほ》の衛星軌道移動用起動式の作成の続きに取り掛かった。

◇　◇　◇

五月中旬某日のサンフランシスコ、FAIR《フェア》本部では長身の男女が向かい合っていた。

男性の方は百九十センチのスリムなイタリア系の優男《やさおとこ》。女性の方も身長が百七十センチ台半ばはある、北アフリカ系の肉感的な美女だ。共に年齢は三十歳前後か。

女性が深々と古風なお辞儀をし、男性が鷹揚《おうよう》な口調で頭を上げるよう指示する。

「では、聞かせてくれ。ジェイナスは失敗したのかな？」

「はい、閣下《マイ・ロード》。ジェイナスの二人は日本で捕らえられた模様です」

閣下《マイ・ロード》と呼ばれたのはFAIR《フェア》の首領、ロッキー・ディーン。

目を伏せたままディーンの質問に答えたのは彼の右腕、ローラ・シモン。

薄暗いこの部屋には、ディーンとローラの二人しかいない。FAIR《フェア》の活動は、ほぼ全てがこの二人だけで決められていた。

「そう簡単に捕まる二人ではないはずだが……。何者に捕らえられたのかは分かっている？」

「推測でよろしければ」

「もちろん、それで構わないよ」

ローラが伏せていた目を上げ、ディーンと視線を合わせる。

「おそらく、四葉《よつば》の手に落ちたのではないかと」

おそらく、と言いながら、ローラの口調は確信に満ちていた。

「……アンタッチャブルか。ならば、仕方が無い」

「閣下《マイ・ロード》」

「何かな？」

明らかに途中で言葉を切ったローラに、ディーンが続きを促す。

「恒星炉プラントが四葉《よつば》のコントロール下にあるのは明白です。あれに手を出せば、四葉《よつば》が介入してくることは容易に予想できました」

「それで？」

「閣下《マイ・ロード》はジェイナスを捨て駒に使われたのですか？」

「それは誤解だ」

ディーンは顔の前で大袈裟《おおげさ》に手を振った。

「ジェイナスの二人を過大に評価し、四葉《よつば》を相対的に過小評価していたのは認めるけどね。私は仲間を見捨てたりしないよ」

「――失礼しました」

白々しい、とは、ローラは言わなかった。二人きりとはいえ、いや、二人きりだから余計に、口にして良いことと口にすべきでないことを区別する必要がある。

彼女の首領は決して、慈悲深いリーダーではないのだ。

「だが、そうだね。これ以上恒星炉に手を出すのは止めておこうか。見《み》す見《み》す犠牲者を増やすわけにも行かないし」

そう言ってディーンはローラの腰を抱き寄せた。

「あっ……」

ディーンの唇がローラの耳に触れ、ローラの口から甘い声が漏れる。

「それに人造レリックでなくても、オリジナルを手に入れれば済む話だからね……」

自分の身体《からだ》を這《は》い回《まわ》るディーンの手に意識を奪われて、ローラはその呟《つぶや》きに応えを返せない。

ディーンはローラの口から淫《みだ》らな吐息を絞り出しながら、好戦的な笑みを浮かべていた。

〈続く〉

あとがき

改めまして、佐島勤《さとうつとむ》です。

新シリーズ『メイジアン・カンパニー』第一巻、お楽しみいただけましたでしょうか。

九月に「シリーズ完結」を謳《うた》っておきながら十月に続編となる新シリーズを発表するのは、自分でもどうかという思いが少なからずあったのですが、こうして刊行させていただくことになりました。

サブタイトルに『続《ぞく》・魔《ま》法科《ほうか》高校《こうこう》の劣等生《れっとうせい》』とあるように、本シリーズは『魔《ま》法科《ほうか》高校《こうこう》の劣《れっ》等生《とうせい》』の続編になります。当初のタイトルは『メイジアン・カンパニー』だけだったのですが、『魔《ま》法科《ほうか》高校《こうこう》の劣等生《れっとうせい》』を読んでいないと理解できない内容ですので、サブタイトルを付けることになりました。

本作の開幕は達也《たつや》と深雪《みゆき》の第一高校卒業から二年後、『魔《ま》法科《ほうか》高校《こうこう》の劣等生《れっとうせい》』第三十二巻のラストから約一ヶ月後になります。魔《ま》法科《ほうか》本編とは少し時間的な隔たりがありますが、魔《ま》法科《ほうか》最終巻とは正しく連続していると言えるでしょう。

それでも本シリーズは『魔《ま》法科《ほうか》高校《こうこう》の劣等生《れっとうせい》』ではありません。舞台は魔《ま》法科《ほうか》高校《こうこう》ではなく、魔法大学ですらありません。作品世界を構成する一要素として魔法大学のキャンパスライフを描くこともありますが、主な舞台はあくまでもメイジアン・カンパニーです。

本シリーズは魔法科《まほうか》第三十巻のあとがきでも触れた『魔法科高校《まほうかこうこう》の劣等生《れっとうせい》』シリーズで未回収となっている要素を掘り下げることを目的としています。前シリーズはあくまでも「魔法科《まほうか》高校《こうこう》の」であり、過去編だった第八巻を除いて達也《たつや》と深雪《みゆき》が高校在学中のエピソードを描くという制約がありました。魔法科高校《まほうかこうこう》入学から卒業までというシリーズ構成は、未回収要素よりも優先すべきものでした。

しかし本シリーズには、期間の縛りはありません。シリーズがどの程度続くかは未定ですが、作中時間は達也《たつや》と深雪《みゆき》が大学を卒業しても続いている可能性があります。現段階で本シリーズのラストと考えている区切りはありますが、テーマ自体は何処《どこ》までも続けられるものですから。それこそ、達也《たつや》と深雪《みゆき》の子孫のエピソードを綴《つづ》ることも可能です。——今のところ、その予定はありませんが。

逆にティーンの恋愛要素は乏しくなります。見掛け上の十八歳以下は何人か登場しますが、レギュラーメンバーの実年齢は皆十九歳以上ですから。青春要素はもう一つの新シリーズ『キグナスの乙女たち』の方にご期待ください。

だからといって本シリーズにアダルティなエロティシズムを取り入れるつもりもありません。正直、この作者にその方面を期待されても困りますので、悪《あ》しからず。

本シリーズは前シリーズに比べて疑似科学の色合いが薄くなり、オカルトモドキの色彩が強くなると思います。その中で疑似科学の側面を強く残しているのが、光宣《みのる》と水波《みなみ》が住んでいるオービタル・レジデンス『高千穂《たかちほ》』です。平たく言えば居住用宇宙ステーションですね。宇宙船の往来がないので「ステーション」にはなりませんが。だから「オービタル・レジデンス」などという造語をこしらえたわけです。

当初、高千穂《たかちほ》はサンダーバード五号と宇宙大作戦――テレビ版スタートレックのエンタープライズ号を混ぜ合わせたようなイメージでした。宇宙大作戦をご存じない方々の為に簡単な説明をしますと、テレビシリーズのエンタープライズ号は異文明惑星に転送ビームで乗員を送り込み――多くの場合、上陸メンバーには何と（！）艦長が含まれます――、様々な事件に介入し散々引っかき回した挙げ句、「後はご自由に」とばかりその惑星から去って行きます（偏見）。

そういえばオリジナルのサンダーバード五号とエンタープライズ号は何となくデザインが似ていると思いませんか？　大きな円盤に細長いパーツをくっつけているあたり。当時のアメリカには円盤形宇宙船に対する思い入れがあったのでしょうか。

このシリーズの高千穂《たかちほ》の外観は円盤＋棒状パーツではありません。しかし例えば疑似瞬間移動による『仮想衛星エレベーター』は、エンタープライズ号の転送ビームが元ネタです。他に何かこれといった共通点があるのか、と問われると言葉に詰まってしまいますが。衛星軌道上の秘密基地は、別にサンダーバードの専売特許ではないでしょうから。

なお余談ですが、『仮想軌道エレベーター』ではなく『仮想衛星エレベーター』なのは態《わざ》とです。高千穂《たかちほ》の軌道は静止軌道ではないので、静止軌道衛星を原則とする「軌道エレベーター」の名称は避けました。


造語といえば、この新シリーズ第一巻でも様々な新語が登場しました。今後も登場します。その中でも「メイジアン」「メイジスト」の二つは『魔法科高校《まほうかこうこう》の劣等生《れっとうせい》』第三十巻で既に登場していますが、この巻から本格的に使われ始め、シリーズのキーワードになる概念です。

タイトルになっていることからもお分かりのように、このシリーズでは「魔法師《まほうし》」よりも「メイジアン」を主に使っていくことになります。メイジアンは魔法師《まほうし》とイコールではなく魔法資質保有者の意味ですから、前シリーズの「魔法師《まほうし》」の意味では「メイジスト」、または「魔法師《メイジスト》」という表記がスタンダードになります。


新シリーズ第一巻で目立っていたのは、何と言ってもリーナではないでしょうか。彼女はレギュラーの座を勝ち取ったのみならず、日本に帰化するに当たりあの黒幕的スポンサーの養女にまでなっていましたね。

その反面、達也《たつや》の同級生の出番が余りありませんでした。ほのかと雫《しずく》が少し登場しただけです。その代わり下級生組、特に文弥《ふみや》と亜夜子《あやこ》の活躍が目立ちました。また、光宣《みのる》がラストで今後の活躍を匂わせています。おそらくこの傾向はしばらく続くのではないでしょうか。主に、私が書きやすいという理由で。

今だから告白しますが、達也《たつや》と深雪《みゆき》は書きにくいキャラクターです。物語を進めにくい、と言い換えるべきかもしれません。しかしここにリーナを加えることで、一気にバランスを取りやすくなります。文弥《ふみや》もまた、物語を進めやすいという意味で便利なキャラクターです。彼がいささか可哀想《かわいそう》な境遇に陥っているのはストーリー構成上の必然性からではなく、全面的に作者都合です。可哀想《かわいそう》に（他人事《ひとごと》）。

その反面、光宣《みのる》のレギュラー化が予告されているのは構成上の必然性からです。彼は『メイジアン・カンパニー』で三人目の主人公とでも言うべき役割を担《にな》っていく予定です。それに伴い、水波《みなみ》の出番も増えてきます。

出番が増えるという点では、真由美《まゆみ》が一番かもしれません。前シリーズ終盤ではあまり登場機会のなかった彼女ですが、本シリーズでは『魔法科高校《まほうかこうこう》の劣等生《れっとうせい》』の「初年度の部」並み、あるいはそれ以上に活躍する場面が増えるでしょう。彼女のファンの方々は、期待していただいても良いかもしれません。「かもしれない」ばかりで恐縮ですが。

光宣《みのる》を「三人目の主人公」と申しましたが、「二人目の主人公」の候補者は今回登場した新キャラの遠上遼介《とおかみりょうすけ》です。真由美《まゆみ》たちの一学年上の遼介《りょうすけ》は、その気になれば魔法科高校《まほうかこうこう》、魔法大学に進学可能でした。しかし数字落《エクストラ》ちの彼は「自分の血筋、自分の能力を隠して生きていくくらいなら、いっそ」とばかり、魔法とは関係のない道に進もうとしました。しかし留学先で、遼介《りょうすけ》は聖女と呼ばれる女性魔法師《メイジスト》・レナに出会ってしまいます。

その結果、彼は大学を中退し就職に役立つようなこれといった資格も肩書きも、魔法師としてのライセンスも手に入れられず、離れるつもりだった魔法にどっぷり浸《つ》かり、しばらくアルバイト生活を送った挙げ句、達也《たつや》の下でこき使われることになります。こうして考えると、レナは「聖女」と言うよりも「魔女」みたいですね（笑）。

作中でも触れましたが、レナの体質である遅老症「アナジェリア」は『トム・ハザードの止まらない時間』（マット・ヘイグ著、大谷真弓《おおたにまゆみ》訳、早川書房）に出てくる病、と言うか体質です。「アナジェリア」はマット・ヘイグの造語だと私は思っていますが、もし違っていたら教えていただけると幸いです。

さて、他にも新語・新キャラ、色々とありますが、それらについては次巻以降と致しましょう。ここからはお報《しら》せです。

本シリーズ『メイジアン・カンパニー』でも、イラストは石田可奈《いしだかな》さんが手掛けてくださることになりました。大人っぽくなった旧キャラ、彼女たちに負けず劣らず魅力的な新キャラを、どうぞご期待ください。

なお石田《いしだ》さんにはもう一つの新シリーズ、『キグナスの乙女たち』（仮称）でもお世話になることが決定しております。そちらもご期待ください。
『キグナスの乙女たち』（仮称）のキービジュアルは、公式サイトで一足先にご覧いただけます。（https://tsutomusato.jp/news/）
それでは、次巻でもお目に掛かれますよう心より願っております。

（佐島《さとう》　勤《つとむ》）

◉佐島　勤著作リスト

「魔法科高校の劣等生①〜㉜」（電撃文庫）
「魔法科高校の劣等生SS」（同）
「続・魔法科高校の劣等生　メイジアン・カンパニー」（同）
「魔法科高校の劣等生　司波達也暗殺計画①〜③」（同）
「ドウルマスターズ1〜5」（同）
「魔人執行官《デモーニック・マーシャル》　インスタント・ウィッチ」（同）
「魔人執行官《デモーニック・マーシャル》2　リベル・エンジェル」（同）
「魔人執行官《デモーニック・マーシャル》3　スピリチュアル・エッセンス」（同）

本書に対するご意見、ご感想をお寄せください。

ファンレターあて先
〒102-8177　東京都千代田区富士見2-13-3
電撃文庫編集部
「佐島 勤先生」係
「石田可奈先生」係

読者アンケートにご協力ください!!

アンケートにご回答いただいた方の中から毎月抽選で10名様に
「図書カードネットギフト1000円分」をプレゼント!!

二次元コードまたはURLよりアクセスし、
本書専用のパスワードを入力してご回答ください。

https://kdq.jp/dbn/　パスワード　8nib2

- ●当選者の発表は賞品の発送をもって代えさせていただきます。
- ●アンケートプレゼントにご応募いただける期間は、対象商品の初版発行日より12ヶ月間です。
- ●アンケートプレゼントは、都合により予告なく中止または内容が変更されることがあります。
- ●サイトにアクセスする際や、登録・メール送信時にかかる通信費はお客様のご負担になります。
- ●一部対応していない機種があります。
- ●中学生以下の方は、保護者の方の了承を得てから回答してください。

本書は書き下ろしです。

この物語はフィクションです。実在の人物・団体等とは一切関係ありません。

電撃文庫

続《ぞく》・魔法科高校《まほうかこうこう》の劣等生《れっとうせい》

メイジアン・カンパニー

佐島《さとう》 勤《つとむ》

2020年10月10日　初版発行
2020年11月20日　再版発行

発行者　青柳昌行
発行　株式会社KADOKAWA
〒102-8177　東京都千代田区富士見2-13-3
0570-002-301（ナビダイヤル）
装丁者　荻窪裕司（META＋MANIERA）
印刷　株式会社暁印刷
製本　株式会社暁印刷

ISBN978-4-04-913254-0　C0193　Printed in Japan

電撃文庫　https://dengekibunko.jp/

電撃文庫創刊に際して

文庫は、我が国にとどまらず、世界の書籍の流れのなかで〝小さな巨人〟としての地位を築いてきた。古今東西の名著を、廉価で手に入りやすい形で提供してきたからこそ、人は文庫を自分の師として、また青春の想い出として、語りついできたのである。

その源を、文化的にはドイツのレクラム文庫に求めるにせよ、規模の上でイギリスのペンギンブックスに求めるにせよ、いま文庫は知識人の層の多様化に従って、ますますその意義を大きくしていると言ってよい。

文庫出版の意味するものは、激動の現代のみならず将来にわたって、大きくなることはあっても、小さくなることはないだろう。

「電撃文庫」は、そのように多様化した対象に応え、歴史に耐えうる作品を収録するのはもちろん、新しい世紀を迎えるにあたって、既成の枠をこえる新鮮で強烈なアイ・オープナーたりたい。

その特異さ故に、この存在は、かつて文庫がはじめて出版世界に登場したときと、同じ戸惑いを読書人に与えるかもしれない。

しかし、〈Changing Times,Changing Publishing〉時代は変わって、出版も変わる。時を重ねるなかで、精神の糧として、心の一隅を占めるものとして、次なる文化の担い手の若者たちに確かな評価を得られると信じて、ここに「電撃文庫」を出版する。

1993年6月10日
角川歴彦

電撃文庫DIGEST　10月の新刊　発売日2020年10月10日

安達としまむら9 【著】入間人間　【キャラクターデザイン】のん	安達と出会う前のしまむら、島村母と安達母、日野と永藤、しまむら妹とヤシロ、そしていつもの安達としまむら。みんなどこかで、少しずつ何かが変わっていく。そんなお話です。
新作 続・魔法科高校の劣等生 **メイジアン・カンパニー** 【著】佐島 勤　【イラスト】石田可奈	数多の強敵を打ち破り、波乱の高校生活に幕を下ろした達也。彼は新たな野望の実現のため動き始めていた。それは魔法師のための新組織『メイジアン・カンパニー』の設立。達也は戦い以外の方法で世界を変えようとする。
魔王学院の不適合者8 ～史上最強の魔王の始祖、転生して子孫たちの学校へ通う～ 【著】秋　【イラスト】しずまよしのり	転生の際に失われた記憶を封じた《創星エリアル》。その存在を知ったアノスだが、かの地では二千年前の魔族《魔導王》が暗躍し――？　第八章《魔王の父》編!!
幼なじみが絶対に負けないラブコメ5 【著】二丸修一　【イラスト】しぐれうい	丸末晴ファンクラブ爆誕！　末晴に女子ファンが押し寄せる事態に、黒羽、白草、真理愛の３人で、まさかのヒロインズ共同戦線が成立!?　彼女たちにもファンクラブが誕生し、もはや収拾不能のヒロインレース第５弾！
アポカリプス・ウィッチ③ 飽食時代の【最強】たちへ 【著】鎌池和馬　【イラスト】Mika Pikazo	セカンドグリモノアを『脅威』の群れが覆い尽くす。その最下層には水晶像となり回復を待つ旧友ゲキハ達が取り残されているのだ。学校奪還を目指すカルタ達だが、指揮を執るキョウカの前に人間達の『黒幕』も現れ――。
オーバーライト2 ――クリスマス・ウォーズの炎 【著】池田明季哉　【イラスト】みれあ	ヨシの元にかつてのバンド仲間、ボーカルのネリナが襲来！　時を同じくして、街ではミュージシャンとグラフィティ・クルーの間に《戦争》が勃発。消されたブーディシアのグラフィティ、そしてヨシをめぐる三角関係の行方は!?
女子高生同士がまた恋に落ちるかもしれない話。2 【著】杜奏みなや　【イラスト】小奈きなこ	八年越しの想いを伝え合った、わたしと佑月。友達よりも特別だけど、好きとか付き合うではない関係。よく分からないけど、ずっとこのままの２人で――と思っていたら、文化祭の出し物を巡り思いがけない事態が発生し――。
魔力を統べる、破壊の王と全能少女2 ～魔術を扱えないハズレ特性の俺は無刀流で無双する～ 【著】手水鉢直樹　【イラスト】あるみっく	成績不良を挽回するため、生徒会のミッションを受諾した無能魔術師の円四郎。全能の魔術師メリルと学園トップ層の美夜の３人で高層ビルを爆破する爆弾魔を探るが、犯人はどうやら学園の先輩、宇佐美七海のようで――!?
新作 **バケモノたちが嘯く頃に** ～バケモノ姫の家庭教師～ 【著】竜騎士07　【イラスト】はましま薫夫	名家の令嬢の家庭教師として、御首村を訪れた青年・塩沢磊一。そこで彼が目にしたものは、人間のはらわたを貪る美しき〝バケモノ〟、御首茉莉花の姿だった――！　竜騎士07最新作が電撃文庫から満を持して登場。
新作 **君が、仲間を殺した数** ―魔塔に挑む者たちの咎― 【著】有象利路　【イラスト】叶世べんち	彼はその日、闇に堕ちた。仲間思いの心優しい青年は死に、ただ一人の修羅が生まれた。冒険の舞台は『魔塔』。それは命と「心」を喰らう迷宮（ダンジョン）。そこに挑んだ者たちは、永遠の罪と咎を刻まれる――。
新作 **午後九時、ベランダ越しの女神先輩は僕だけのもの** 【著】岩田洋季　【イラスト】みわべさくら	夜９時、１ｍ。それが先輩との秘密の時間と距離。「どうしてキミのことが好きなんでしょうか？」ベランダ越しに甘く問いかけてくるのは、完璧美少女の氷見先輩。冴えない僕とは一生関わることのないはずだった。
新作 **ねえ、もっかい寝よ？** 【著】田中環状線　【イラスト】けんたうろす	クラスでは疎遠な幼なじみ。でも実は、二人は放課後添い寝する関係だった。学校で、互いの部屋で。成長した姿に戸惑いつつも二人だけの「添い寝ルール」を作って……素直になれない幼なじみたちの添い寝ラブコメ！
新作 **異世界の底辺料理人は絶頂調味料で成り上がる!** ～魔王攻略の鍵は人造精霊少女たちとの秘密の交わり!?～ 【著】アサクラ ネル　【イラスト】TAKTO	オレは料理人だ。魔王を満足させる料理を作らないと殺されるハメになり、絶望しているときに出会ったのがソルティという少女。彼女の身体から「最高の塩」を採集するには、彼女を絶頂へと導くしかない……！
新作 **女子高生声優・橋本ゆすらの攻略法** 【著】浅月そら　【イラスト】サコ	渋すぎる声と強面のせいで周囲から避けられている俺が、声優デビューすることに。しかも主役で、ヒロイン役は高校生声優の橋本ゆすら。高嶺の花の彼女とともに、波瀾万丈で夢のような声優人生が始まった――！

アクセル
ワールド
川原 礫
イラスト／HIMA
accel World
もっと早く……
《加速》したくはないか、少年。
第15回電撃小説大賞《大賞》受賞作!
最強のカタルシスで贈る
近未来青春エンタテイメント!
電撃文庫

SWORD ART ONLINE
ソードアートオンライン
川原 礫
イラスト/abec
「これは、ゲームであっても遊びではない」
《黒の剣士》キリトの活躍を描く
究極のヒロイック・サーガ!
電撃文庫

ラブコメは異世界を救ったあとで！
～帰ってきたら、逆に魔王の娘がやってきた～
押しかけ女房――じゃなく
魔王の娘との同棲生活で、
元勇者の日常が大パニック!!
異世界で魔王を倒したあと、現代日本に戻って穏やかに暮らしていた俺。
そんなある日、魔王の一人娘、フランチェスカが向こうの世界からやってくる。
まさか、コイツと同棲するハメになるとは……なんてこった!
末羽 瑛
ill. 日向あずり
電撃文庫

可愛いかがわしいお前だけが僕のことをわかってくれる（のだろうか）
鹿路けりま
イラスト◆にゅむ
同窓会で東大生だと
ウソをついた浪人生の僕。
もしウソがばれたら……よし、
死のう！　死んで異世界転生だ！
そんな人生絶望中の僕の前に
銀髪ロリ悪魔が現れ、『尊死』するまで
死なせてくれない!?
ってどんなラブコメだよ!?
電撃文庫

豚になった俺が、
異世界で美少女と
いちゃラブ(!?)する
ファンタジー
逆井卓馬
Author: TAKUMA SAKAI
[イラスト] 遠坂あさぎ
Illustrator: ASAGI TOHSAKA
豚のレバーは加熱しろ
Heat the pig liver
the story of a man turned into a pig.
純真な美少女にお世話される生活。う～ん豚でいるのも悪くないな。だがどうやら彼女は常に命を狙われる危険な宿命を負っているらしい。
よろしい、魔法もスキルもないけれど、俺がジェスを救ってやる。運命を共にする俺たちのブヒブヒな大冒険が始まる！
電撃文庫